MEU AMIGO JESUS CRISTO

Lars Husum

Meu amigo Jesus Cristo

Rogério Bettoni
TRADUÇÃO

GUTENBERG

This Portuguese edition was published by agreement with Gyldendal Group Agency and Vikings of Brazil Agência Literária e de Tradução Ltda.

Título original: *Mit venskab med Jesus Kristus*

A presente tradução, autorizada pelo autor, foi feita tendo como base a tradução inglesa, *My Friend Jesus Christ*, de Mette Petersen, e como apoio o original em dinamarquês, *Mit venskab med Jesus Kristus*.

GERENTE EDITORIAL
Alessandra J. Gelman Ruiz

TRADUÇÃO
Rogério Bettoni

REVISÃO
Lizete Mercadante

DIAGRAMAÇÃO
Christiane Morais de Oliveira

CAPA
Diogo Droschi
(Sobre ilustração de Neil Webb)

Dados Internacionais de Catalogação na Publicação (CIP)
Câmara Brasileira do Livro, SP, Brasil

Husum, Lars

Meu amigo Jesus Cristo / Lars Husum ; tradução Rogério Bettoni. -- Belo Horizonte : Editora Gutenberg, 2013.

Título original: *Mit venskab med Jesus Kristus*.

ISBN 978-85-8235-073-7

1. Jesus Cristo - Ficção 2. Ficção dinamarquesa I. Título.

13-06246 CDD-839.81

Índices para catálogo sistemático:
1. Ficção : Literatura dinamarquesa 839.81

EDITORA GUTENBERG LTDA.

São Paulo
Av. Paulista, 2.073, Conjunto Nacional,
Horsa I, 23° andar, Conj. 2301
Cerqueira César . 01311-940
São Paulo . SP
Tel.: (55 11) 3034 4468

Belo Horizonte
Rua Aimorés, 981, 8° andar
Funcionários . 30140-071
Belo Horizonte . MG
Tel.: (55 31) 3214 5700

Televendas: 0800 283 13 22
www.editoragutenberg.com.br

AGRADECIMENTO

Muito obrigado a Henrik Vestergaard, Simon Pasternak, Camilla Pedersen, Johannes Riis, Carina Kamper, Jette Christa Pedersen, Kevin Lytsen, Anne Dissing, Thomas Husum Jensen e a todas as pessoas que me ajudaram.

SUMÁRIO

Primeira parte

MÃE, IRMÃ, NAMORADA, JESUS

Na banheira

A primeira vez é quando tenho 15 anos. Faço isso por estar apaixonado por Miriam, a ruiva. Ela tem seios fartos, quatro pintas no nariz e é Testemunha de Jeová. Queria ter coragem para falar com ela, mas eu não disse uma só palavra durante todo o nono ano. Ela sabe o que sinto porque vivo seguindo-a por todo canto, mesmo fora da escola. A princípio me escondo atrás de arbustos e árvores, jogando-me no chão toda vez que ela se vira. Ela percebe que estou à espreita e eu não sei me esconder tão bem, mas minha reputação de esquisito não a deixa fazer nada a respeito. Ela tenta me ignorar, mas quanto mais me ignora, mais me aproximo. Em uma noite clara de maio, chego a me esgueirar pelo jardim e espiar pela janela de sua casa. Ela está deitada na cama, lendo, e eu em pé no meio de um canteiro de flores. Fecha o livro, boceja e, de repente, nossos olhares se encontram. Ela me olha apavorada e muda, e eu aceno tímido e confuso antes de sair correndo.

Sei muito bem que jamais seremos namorados, mas parte do meu amor se deve exatamente ao fato de não ser querido por ela. Bato de cinco a seis punhetas por dia nessa época. Na verdade, faço isso em todos os lugares, inclusive no canteiro de flores do jardim. Sis está preocupada porque ando muito calado e misterioso, mas estou só com tesão, mais nada.

Não tiro os olhos de Miriam na aula de dinamarquês, e ela retribui o olhar, nervosa. O professor me chama a atenção várias vezes, não por não parar de olhar para Miriam, mas porque não presto atenção. Vejo de leve a marca da calcinha, e se vejo a marca da calcinha é porque deve haver uma calcinha, e se há calcinha é porque ela tem bunda e buceta. Sem me dar conta, minha mão desliza até a virilha, desabotoo a calça e ponho para fora. Ela é a primeira a perceber e contrai o rosto, com cara de nojo. Em uma fração de segundo, ela supera o medo que sente de mim. Atravessa a sala correndo, me dá um tapa que ressoa – SLAPT – e sai furiosa. Lá estou eu, confuso e desolado, com o rosto ardendo e sem entender por que os outros me chamam de bizarro. De repente, o professor de dinamarquês me pega pelos braços e me sacode.

– Guarda isso, seu pervertido!

Estou perplexo.

– Guarda o quê?

Ele interpreta como provocação, perde o controle e também me dá um tapa na mesma bochecha que Miriam havia esbofeteado: SLAPT. Eu não fiz nada! Por que estão me batendo? Dou um salto da cadeira e acerto um murro nele. Não sou tão grande, mas sou forte e minha mira é perfeita. POW, e o nariz dele espirra, jorrando sangue pra todo lado. Isso o paralisa. Dou mais um murro, acerto-lhe a têmpora, BAM, e ele cai. Olho em volta e vejo o rosto desorientado dos colegas. As meninas estão choramingando, algumas saem correndo. Olho para eles com raiva e grito "Bando de vermes!". Alguma coisa eu tinha que gritar.

É quando Jesper me agarra por trás. Ele é o herói da turma porque joga na seleção nacional juvenil de handebol. Rolamos no chão, atracados. Ele é maior que eu, mas acabo ficando por cima. Consigo sentar no peito dele e prender seus braços com minhas pernas. Quando estou prestes a lhe acertar um murro, vejo meu pau atravessado em cima do rosto dele. Só aí me dou conta do que fiz. Levanto-me, coloco o pau para dentro e saio correndo. Ninguém me segue ou tenta me impedir. Por que fariam isso? Estão felizes porque o depravado foi embora. Quero ir para casa e apagar da memória a humilhação.

A próxima coisa de que me lembro é estar na banheira cortando os pulsos. Olho surpreso o sangue escorrendo pelas mãos, mas depois afundo na água, sorrindo, com uma leve sensação de calma. Sis ainda não teve notícias da escola, portanto não sabe o que fiz. Ela chega em casa e corre direto para o banheiro, como sempre. Sis costuma segurar mais que o necessário quando pode fazer xixi no banheiro de casa. Esqueci de trancar a porta, que ela abre de um só golpe, procura a privada e dá um berro. Faz xixi ali mesmo e começa a balançar o corpo para frente e para trás sobre a urina, a água e o sangue. Só depois começa a agir. Sis salva minha vida, o que fez muitas vezes depois disso. Estou no hospital há três dias por causa da perda descomunal de sangue, e nem por um minuto Sis sai do meu lado.

E se passa um longo tempo até que eu me apaixone de novo.

Porque não posso virar órfão aos 13 anos

Meu pai bate feito um torpedo em outro carro quando tenho 13 anos e Sis tem 20. Nada sério acontece com o outro motorista – uma perna quebrada, só isso –, mas papai e mamãe morrem, os dois. Mamãe morre na hora. Ela quebra o pescoço e parece quase incólume. Papai, ao contrário, morre de ferimentos terríveis, mas só depois de horas na mesa de cirurgia. Agora ele é uma massa sangrenta. Estamos no hospital e estou tranquilíssimo, ao contrário de minha irmã. Não me preocupo nem por um segundo se meu pai vai sobreviver. É claro que vai, porque se não sobreviver, não teremos mais pais. Recuso-me a acreditar quando dizem que ele morreu. Eles precisam voltar e verificar, porque não posso virar órfão aos 13 anos. Mas eles não cometeram erro algum, e é nesse instante que começa minha dor de estômago. Não costuma ser uma dor intensa, apenas a sensação de um nó que se aperta. Quando o nó fica muito apertado, solto gemidos e grunhidos. Não conto para Sis sobre o nó porque ela já tem muito com que se preocupar.

CRÍTICA DO *Jyllands-Posten*

Grith Okholm: Overgiver mig til dig [Entregar-me a você]

por Henrik Vestergaard Nielsen

Um talento em ascensão. As belas canções da maior beleza do cenário musical dinamarquês.

Ano passado, Grith Okholm brotou do nada musical com seu álbum de estreia, *Alt forandrer sig* [Tudo muda]. Graças a seu charme todo feminino e um *sex appeal* comparado ao de Brigitte Bardot, a cantora e compositora foi celebrada de repente como o maior talento da música dinamarquesa. Ela ganhou lugar exclusivo no coração musical dos dinamarqueses, que nunca conseguiram resistir a uma beleza autêntica.

Surge daí a dificuldade do segundo disco: deixar claro se o talento é verdadeiro ou apenas um acaso feliz. *Overgiver mig til dig* é muito superior ao primeiro trabalho: um disco cujas letras, música e atmosfera são de nível internacional. Tudo é melhor nesse disco que conquistará públicos diversos.

Overgiver mig til dig traz onze faixas belíssimas que cantaremos nas noites quentes de verão, e que depois vão nos aquecer nos dias frios. O charme talvez seja a maior vantagem das canções, que exploram com elegância os atalhos e as banalidades do amor. Grith Okholm se popularizou com muita rapidez, e nesse álbum ela mostra porque continuará sendo uma cantora obrigatória nos próximos anos. Ela já é uma rainha na cena musical dinamarquesa, e seus súditos se jogam a seus pés.

Mamãe lança doze álbuns de estúdio e alguns ao vivo, e cada um deles vende pelo menos cem mil cópias. *Overgiver mig til dig* foi seu grande sucesso. Até agora são 493 mil cópias vendidas, sem contar a Suécia e a Noruega. No último Natal, foi lançada uma caixa por 399 coroas incluindo todos os discos de mamãe, e mais um só de canções inéditas – versões demo e sobras de estúdio. A caixa foi o presente de Natal do ano, vendendo mais de duzentas mil cópias, e isso dez anos depois de sua morte, o que me deixa ainda mais rico. Eu e minha irmã herdamos milhões com a morte de mamãe (e papai), mas que bem nos fazem milhões? Sis investe em apartamentos por toda Copenhague. Ela os compra antes dos preços de mercado subirem, e de repente os imóveis valem quatro vezes mais do que ela pagou por eles. Isso quer dizer que sou rico, possuo bens e tudo mais, mas esses assuntos de economia nunca me interessaram porque na verdade nunca precisei.

Mamãe

A reputação de mamãe não é abalada por ela morrer com apenas 41 anos, mas ela seria igualmente querida se ainda hoje estivesse viva. Afinal de contas, ela compôs algumas das canções mais cativantes e populares da Dinamarca. Há três anos, o jornal *Berlingske Tidende* fez uma pesquisa para eleger as cinquenta melhores canções populares dinamarquesas. "Kvinde Min", da banda Gasolin, venceu, mas mamãe entrou na lista com nove canções – mais que ninguém –, sendo que três delas, "Med dig", "Hvad hjertet gemmer" e "Storm" ["Contigo", "O que esconde o coração" e "Tempestade"] apareceram entre as dez melhores, na terceira, sétima e oitava posições, respectivamente.

Mamãe quer aproveitar sua carreira ao máximo, por isso se apresenta o tempo inteiro em absolutamente todos os lugares. Até mesmo nossas férias costumam estar conectadas a alguma turnê pela Noruega ou Suécia, onde ela também é extremamente popular. Nunca saímos de férias só para ficar na praia ou passear visitando ruínas. É claro que passamos alguns dias esquiando quando vamos à Noruega, mas nós vamos por causa da mamãe. As críticas quase sempre são muito boas, porque ela dá tudo de si quando está no palco. Na última turnê ela teve uma única crítica ruim, escrita por um jovem jornalista, Hans Henrik Fahrendorff, da revista *Gaffa*, que classificou seu show como "preguiçoso e desleixado". Provavelmente houve vinte outras críticas da mesma apresentação, chamando-a de "cativante e surpreendente", mas mamãe começou a chorar por causa daquela crítica ruim. Quando papai ficou sozinho por um instante, ligou para o crítico e explicou que ele nunca mais faria outra resenha sobre minha mãe.

Quando mamãe não está trabalhando, ela descansa para poupar suas energias. Assiste bastante à televisão ou se tranca e ouve música alta. Mamãe ouve músicas totalmente diferentes das que canta: gosta de Iron Maiden, AC/DC e, mais recentemente, de Metallica. Não devemos importuná-la, pois precisa relaxar. Sis leva isso muito a sério e cuida para que eu não procure a mamãe sem motivo, pois não devo interrompê-la de jeito nenhum. Devo procurar Sis. Muitas vezes bati na porta do escritório de mamãe apenas para Sis me tirar de lá, me colocar sentado e dizer: "O que é, querido?" Soa estranho a primeira vez que me chama de "querido" (ela deve ter uns 11 anos), mas logo me acostumo.

O único lugar que mamãe nunca se apresenta é em Tarm, onde cresceu. Ela se recusa mesmo que tentem convencê-la, oferecendo-lhe somas ultrajantes por uma única apresentação na Tarm Arena, mas ela não quer retornar jamais àquela cidade. Quando percebem que não conseguem convencê-la com dinheiro, eles tentam algumas alternativas. A cidade inteira pretende celebrar sua carreira com uma festa gigantesca. Os planos para a realização do evento já estão adiantados quando contam para ela, que diz não ter interesse em participar. É claro, a comemoração não acontece quando a convidada de honra não aparece. A decepção em Tarm é enorme. Depois de várias tentativas frustradas de levar mamãe a Tarm, o então prefeito – um homem grisalho, criador de porcos – vem nos visitar. Ele sai de Tarm, segue até Copenhague e toca nossa campainha.

– Olá, meu nome é Bjarne Andersen. Sou o prefeito de Tarm.

Mamãe olha surpresa para ele e pergunta:

– Como conseguiu nosso endereço?

Ele ruboriza e diz:

– A secretária de sua gravadora me deu. Achei que seria melhor conversarmos pessoalmente do que nos comunicarmos por carta.

Ele é bem humilde, um idoso que enrubesce. Mamãe se comove. Ela o convida para entrar e ouve educadamente o que diz. Ele até fica para o jantar. Ela dá esperanças, mas no fim tem de dizer não, e ele volta para casa com mais uma derrota. Soube que desistiu da política por causa disso.

Papai

O único colega com quem papai se encontra fora do trabalho é o tio John. Os dois são carteiros. Acabar como carteiro em Nørrebro enquanto mamãe é querida por toda a Dinamarca incomoda meu pai, principalmente porque as revistas o mostram sempre usando uniforme dos correios. Papai é perseguido por fotógrafos, que derrubam sua moto só para conseguir uma foto dele correndo atrás das cartas ao vento. Ele se sente patético, mas mamãe não o acha patético. Ela pouco se importa ao que ele se dedica, desde que ele esteja sempre ao lado dela, e ele está – cada segundo ele vive por ela, cada respiração ele dá por ela.

Tio John não é nosso tio – papai e mamãe são filhos únicos –, mas John gosta quando o chamamos de tio.

– Acho legal que me chamem de tio, é quase como ser da família, Allan.

Como papai não esboça nenhuma reação, John repete:

– É quase como ser da família, Allan.

John é gordinho e mora com os pais. Ele tem mais ou menos a idade do papai, por quem tem um carinho imenso, mas não é seu amigo. Ele é mais do que colega de trabalho e menos do que amigo. Papai o escuta, mas ele nunca fala dos próprios problemas e não gosta de se intrometer. Para papai, no entanto, John é o que mais se parece com um amigo. Mas papai é assim com todo mundo, exceto com mamãe. Um dia digo a ele que me intimidam na escola. Ele ouve, assente seriamente e diz:

– Não é nada legal da parte deles, Nikolaj.

E é tudo que diz.

Assim eles se conhecem

Os pais de minha mãe são muito devotos e a educaram com a crença em Jesus e num Deus rigoroso.

Segundo mamãe, o principal motivo de meu avô ser crente é ter uma razão para dar broncas. Para seu eterno aborrecimento, mamãe sai por aí beijando (muito) os garotos – em parte como protesto, mas também porque ela adora quando dizem que ela é adorável. Ela sonha em fugir para Nova York ou Londres, mas Copenhague também não seria nada mal, desde que ela fique longe do vovô.

Papai também é de Tarm, mas decidiu se mudar para Copenhague. Ele é filho único, os pais morreram e ele não tem amigos íntimos, então por que ficar numa cidadezinha como Tarm onde as opiniões são tão limitadas?

Tornar-se um acessório cômico de mamãe não está exatamente em seus planos.

Ele conhece mamãe em sua festa de despedida. Até agora, eles se conheciam só de vista. Ela mesma se convidou. Papai tem 22 anos, é boa pinta, viajado, e é o centro de atenções oficial da festa. Mamãe tem 16, é bonita, deveria estar em seu quarto, mas fugiu, e não demora em se tornar o centro de atenções extraoficial da festa. Mamãe tem a tendência de ser o centro de todas as festas. Os dois ainda não haviam se falado antes dessa noite, e agora não falam com mais ninguém. Mamãe não o perde de vista, pois ele a salvará. Quando todos se vão, mamãe fica e papai não acredita que de repente está sozinho com uma bela garota de seios risonhos.

– Allan, você vai me levar para Copenhague?

– É claro que vou – diz ele, surpreso diante da facilidade de tomar a decisão.

Ela relaxa e ele percebe como ela é pequena e indefesa em seus braços grandes. Eles se conhecem há oito horas quando decidem ir morar juntos. Ele a beija e ela prende a respiração quando ele desabotoa suas calças. Ela beijou muitos garotos, mas o único homem com quem chegou até o final foi papai.

Quando mamãe diz que vai se mudar (o que faz com uma confiança surpreendente, pois tem papai para defendê-la), vovô se enfurece. Ela só tem 16 anos, certamente não vai se mudar para Copenhague. Ele a chama de coisas que um pai não deveria chamar a filha. Ele já fez isso em outras ocasiões, mas dessa vez está bem pior. Mamãe foge várias vezes e procura refúgio com papai. Papai odeia que tudo seja tão difícil, porque é claro que ela deve morar com ele, mas exige que mamãe volte toda vez para resolverem a situação de maneira apropriada. É preciso honrar os pais, inclusive vovô e vovó. A quinta vez que ela volta abatida, vovô está esperando por ela com olhos de assassino. Tudo começa com gritos e ameaças, mas ele pensa mesmo que pode fazê-la obedecer só com palavras? Ela é ameaçada com o inferno a vida toda. Mamãe simplesmente grita de volta e então vovô tira o cinto. Vovô não tem o hábito de surrar mamãe. Às vezes, dá uma bofetada quando ela é desobediente ou respondona, mas nunca fez algo tão violento assim. Vovô açoita mamãe enquanto vovó chora e não faz nada. Vovó não é má. Ela é fraca.

ZAP

– Agora peça perdão!

ZAP ZAP ZAP ZAP ZAP

– Vai se foder!

ZAP ZAP

– Peça perdão!

ZAP ZAP ZAP ZAP ZAP ZAP ZAP ZAP

– Vai se foder!

ZAP ZAP ZAP ZAP ZAP ZAP ZAP ZAP ZAP ZAP ZAP ZAP ZAP ZAP e então a porta se abre de uma vez só, com um estrondo. É papai. Ele acompanhou mamãe até a casa dela e decidiu ficar por perto. Ele não tem dúvida de que os gritos são para chamar sua atenção e reage exatamente da maneira correta. Arranca o cinto das mãos de vovô e o arremessa do outro lado do quarto. Nesse momento mamãe realmente se apaixona por papai, pois jamais se sentira tão feliz quanto agora que papai surra vovô com seu próprio cinto. Quando para de bater, o que demora um bom tempo, ele estufa o peito e os encara, viril.

– Estamos partindo. Você jamais verá Grith novamente. Ela é minha, e vocês dois fiquem longe dela.

Dito isso, eles se vão.

Mamãe não leva nada consigo exceto o amor de sua vida e a oração que faz todas as noites. Ela menospreza quem faz propaganda da própria fé, mas reza mesmo assim. Talvez seja só um hábito do qual não consegue se livrar, mas ela reza toda noite porque assim se sente tranquila o bastante para dormir.

Mamãe e papai esperam que meus avós mandem a polícia procurá-los, mas parece que, para eles, mamãe não vale o trabalho. Nós só nos encontramos depois da morte de mamãe, e eles não estavam interessados nela, mas em mim.

***

Mamãe ama Copenhague e não faz nada nas duas primeiras semanas além de ir a diferentes lugares, sentar-se e observar os transeuntes. Ela adora observar os estranhos enquanto passam. Todos os dias uma alma gentil pergunta carinhosamente para ela: "Você está bem?", e mamãe diz com um sorriso: "Sim, estou ótima".

Um dia, enquanto observa as pessoas, ela cantarola. Depois começa a acrescentar algumas palavras à melodia e com isso nasce "Med dig". Ela compôs uma canção inteira, e foi fácil! Alguns dias se passam até que ela decide cantá-la para o namorado. A canção é para ele, mas ela não a considera tão boa assim, pois ela o ama mais que a simples canção é capaz de expressar. Quando papai volta para casa depois do trabalho, mamãe diz que tem um presente para ele. Ele deve se sentar e não dizer nada. Ela está nervosa, treme dos pés à cabeça. Papai, por sua vez, está confuso. Ele não entende que presente é esse que exige seu silêncio, principalmente porque mamãe tem medo de começar.

– Cadê o presente?

Mamãe enlouquece.

– Eu disse para ficar quieto. Está estragando tudo.

– Desculpe – diz papai, sentindo-se ainda mais confuso.

Lá se vão mais cinco minutos de um silêncio constrangedor. Esse é o presente mais estranho que já deram a ele, até que ele ouve as primeiras notas trêmulas saindo dos lábios de mamãe. Ela canta de olhos fechados para não ver a expressão do rosto de papai. Ela termina a canção e se senta, esperando que papai diga alguma coisa legal, mas ele não diz nada. Maldito dinamarquês, por que não finge, pelo menos? Ela abre os olhos. Quer se desculpar pela canção ridícula e vê papai chorando. Finalmente papai consegue balbuciar:

– Puta merda, como te amo. Você é fenomenal.

Mamãe não acredita que ele está falando sério e desconsidera o elogio com um sorrisinho sem graça, mas papai mantém o olhar firme e diz com grande propriedade:

– É a coisa mais bonita que já ouvi em toda minha vida.

Mamãe sente a seriedade das palavras e fica sem saber como agir.

***

Cinco meses depois, a canção atinge a primeira posição nas paradas dinamarquesas. Ela deve isso a papai, pois jamais teria conseguido sozinha. Papai está orgulhoso, mas também se irrita cada vez mais porque as necessidades dela são colocadas o tempo todo acima das dele. Quando ele finalmente reclama, os dois têm uma briga violenta que termina com mamãe saindo e batendo a porta. Ela demora dois dias para voltar. Papai está desolado, mas sem dúvida mamãe retorna e tudo volta a ser como antes. Ela faz isso com frequência, vai embora e só volta quando papai está dilacerado. Uma vez ela se vai por uma semana inteira e papai não dorme durante sete noites consecutivas. Mamãe e papai estão felizes? Não, mas não conseguem viver separados. Acontece que estarem juntos não é suficiente para fazê-los felizes.

Escola

Mamãe está com 21 anos quando minha irmã nasce. Antes disso não teve tempo. Começa a falar em ter filhos aos 17 anos, mas sua carreira deslancha. Ela se cansa depois de alguns anos se apresentando, então é hora de ter um bebê. Sis nasce numa espécie de intervalo criativo, e não demora a descobrir que ninguém faria nada por ela. Por isso, Sis insistiu sempre em resolver as coisas por ela mesma. Diferente de Sis, eu nunca tive de fazer as coisas por mim mesmo. Tinha a minha Sis.

Mamãe sempre lidou com a fama com a maior tranquilidade. Para mim, ao contrário, ela sempre pesou nos ombros.

No primeiro dia de aula, Kathrine, a comprida, e Vibeke, a nanica, descobrem quem eu sou e cantam "Hvad hjertet gemmer" para caçoar de mim. Eu me aborreço, os outros percebem e estou condenado a ser um eterno motivo de escárnio. Acabo me acostumando com a dor. Quase vira uma rotina, pois acontecem sempre as mesmas coisas. Sei que quando Morten me vê, estou prestes a levar um soco no braço. Sei que quando Pernille abre a boca, ela vai dizer que o pai chama minha mãe de puta. Sei que quando sussurram, é porque estão tramando. Eu paro de reagir mesmo quando tentam me bater, pois não sinto dor quando consigo me fazer de entorpecido. Também ajuda que minha irmã seja um anjo vingativo. Se Morten me dá um soco, Sis lhe dá uma joelhada na coxa. Uma bela garota do sexto ano que se dirige de propósito a um pirralho imundo do segundo.

– Ei, você bateu no meu irmão? – e antes que possa responder, Morten rola no chão aos gritos.

No nono ano Sis vai para um colégio interno perto de Frederikshavn. Ela não quer me deixar sozinho à mercê de provocações; implora que papai e mamãe a deixem ficar em casa, mas de nada adianta, pois os professores dizem que ela é uma criança difícil, então papai e mamãe agem como lhes é sugerido.

Ela me liga todas as noites e eu lhe digo que fiz amigos, que as provocações pararam e que a escola é legal. Sis fica surpresa quando falo do meu novo amigo com quem acabei de assistir *O Exterminador do Futuro 2*.

– Como ele se chama?

– Kenneth. É o Kenneth que mora no 16.

– Mas ele não é mais velho que você?

– Só dois anos.

Sis pensa um pouco no assunto, mas por sorte resolve dizer:

– Estou feliz por você ter feito um amigo, meu querido.

Faço mais amigos enquanto ela está no internato, amigos maravilhosos que me protegem, e ela quer de todo coração que seja verdade. Faço isso por Sis, para que ela não se envergonhe de não estar lá para me proteger. É a primeira vez que me sinto realmente sozinho e solitário.

É uma bênção quando Sis volta para casa. Somos inseparáveis durante as férias de verão. Não vejo ninguém além de Sis, e ela não vê ninguém além de mim. Até durmo no quarto dela. Nós nos afundamos embaixo do edredom enquanto ela me abraça com força. Não me ajuda em nada na escola, pois ela entra para o ensino médio, mas quando volto para casa ela está lá e o tempo voa.

Tue

No segundo ano do ensino médio, ela se apaixona por Tue. Ele é descontraído, sorridente e gentil, tudo que não sou. Eu o detesto por natureza. Entra e sai quando quer, beija minha irmã, a faz rir de um jeito que nunca vi, some com ela durante horas e dias, fica para dormir. Tue está à disposição o tempo todo. Ele é sempre legal comigo, e quando se intromete é porque se preocupa com o irmão pequeno e confuso de Sis, mas quero minha irmã só pra mim.

O confronto é inevitável. Não tenho ideia do que fazer, porque Sis está apaixonada e não é inconcebível que eu acabe sendo o perdedor. Acontece de repente e é tão surpreendente para mim quanto para ele.

O primo dele morre nesse dia, e ele está chorando no quarto de Sis. Sua leveza agora não lhe serve de nada. Eles brincam juntos desde quando usavam chiqueirinhos, e agora o primo morre de leucemia. Não sei de nada, só sei que tive um dia miserável na escola. Bastam cinco minutos para que eu receba um catarro no pescoço. Eu preferia que me batessem, porque é realmente humilhante ser considerado tão pouco a ponto de me cuspirem. Aparentemente, eles combinaram que aquele era o dia de me darem uma revista geral. Estou usando minha jaqueta jeans. Papai mandou fazer pra mim; minhas iniciais estão bordadas no bolso. Ela é bem bacana. Ele raramente fala comigo, mas me dá uma jaqueta sem igual no mundo. Para mim isso diz muita coisa. Eles jogam a jaqueta no mictório e três deles, em fila, fazem xixi em cima dela. As pessoas se juntam, gritam e morrem de rir, enquanto eu choro até os olhos esbugalharem. O xixi pode ser lavado, mas jamais vestirei a jaqueta de novo, pois eles arruinaram o sentimento que ela desperta em mim. Chego em casa com a jaqueta ensopada de urina dentro da mochila. Preciso de Sis e só de Sis, mas acontece que lá está Tue. Eu nem percebo que ele chora, apenas escuto Sis dizer:

– Agora não, Nikolaj.

– Agora, sim. Ele está sempre aqui, precisa ir embora.

Mas Sis balança a cabeça e eu começo a gritar até perder o fôlego e quando paro para respirar, ele assume controle e desconta tudo em mim. Ele conhece todos os meus pontos fracos e busca um por um. E acaba dizendo:

– E você fede a mijo!

Ninguém diz nada durante dez segundos, até que Sis diz para Tue, furiosa, mas com igual tristeza:

– Vá embora! Não quero ver você de novo.

Tue fica confuso. Ele tenta tocá-la, mas ela se afasta. Nada me atinge.

Cantora Grith Okholm morre em acidente

A cantora mais adorada da Dinamarca, Grith Okholm, morreu em um trágico acidente. O marido Allan Jensen, que dirigia o carro, luta para sobreviver.

Grith Okholm, conhecida por inúmeras canções pop, como "Med dig" e "Storm", faleceu. A cena musical dinamarquesa perdeu sua voz mais bonita, e os dois filhos de Grith Okholm perderam a querida mãe. Ela tinha apenas 41 anos. A filha de Grith Okholm, Sanne Okholm Jensen, confirmou ao *Ekstra Bladet* que sua mãe faleceu depois da colisão de dois automóveis.

O acidente ocorreu às 2h30 da madrugada passada.

Grith morreu no local, sem dor. O carro era dirigido pelo marido dela, Allan Jensen, que está na UTI do Rigshospitalet, onde paira entre a vida e a morte. O motorista teria escapado do acidente sem ferimentos no corpo, não fosse por uma fratura na perna.

De acordo com a polícia, o acidente foi provocado por Allan Jensen ao mudar de pista de repente. O outro carro não conseguiu evitar a colisão.

"Não sei o que aconteceu. Papai costuma ser um pouco distraído. Ele deve ter cochilado", disse Sanne Okholm Jensen, visivelmente abalada, ao nosso repórter.

Grith Okholm e o marido voltavam para casa depois de uma recepção de lançamento de seu disco mais recente, o formidável *Stille dage* [Dias tranquilos]. No entanto, não há nenhum indício de que Allan Jensen estivesse sob o efeito de álcool ou drogas.

Foto de arquivo.

"Papai nunca dirigia depois de beber, ele é muito consciente. Jamais faria isso. Devia estar pensando em alguma coisa e acabou se distraindo", diz Sanne Okholm, pensando no pai que luta para sobreviver. A polícia considera a possibilidade de Allan Jensen ter dormido ao volante, o que teria provocado esse trágico acidente. Apesar da pouca idade, Grith Okholm faz parte da cena musical dinamarquesa há vinte e cinco anos. Ela é a maior campeã de vendas na Dinamarca, onde é extremamente respeitada, bem como na Noruega e na Suécia. Ela fará muita falta para os filhos e para nós, que gostávamos muito de suas canções alegres e adoráveis.

Depois que eles se vão

Minha irmã está furiosa consigo mesma por permitir que as pessoas a façam dar declarações enquanto papai está morrendo. Por conta disso, não falamos com a imprensa. Seremos pessoas comuns a partir de agora, e pessoas comuns não são interessantes para a imprensa.

– Nikolaj, somos só nós dois agora.

– O que quer dizer?

– Tudo que temos é um ao outro – sussurra ela, enquanto segura minha mão bem forte, a ponto de doer.

Eu sei disso. Por que ela diz isso?

– Quero dizer, meu querido, que não precisamos falar com mais ninguém, e se alguém falar com você, não responda. Estou aqui por você e sou tudo de que precisa.

Ela me deixa meio assustado.

É importante para Sis que nós dois fiquemos em paz, mas infelizmente não depende de nós. Entre outras coisas, há uma reportagem de página dupla na *Se & Hør* com fotografias de Sis na praia usando um biquíni enfiado na bunda. Eles conseguiram as fotos com um antigo namorado dela – não Tue, mas algum outro idiota com quem ela saiu por um tempinho. É uma escolha estranha. Eles escrevem uma nota sobre nossa tristeza e depois dizem "Mas não é uma belezura essa filha quando está quase sem roupa"? Todos acham que ela se parece com mamãe, o que a deixa ainda mais estressada do que ela já é.

Eles não tentam me fazer parecer atraente. Sabem que sou uma causa perdida. Conversam com meu professor de dinamarquês, o mesmo em quem vou bater dois anos depois.

"Ele é muito na dele e muita gente o acha estranho, mas eu não. Ele é especial, só isso."

Sis fica furiosa. Ela grita com ele durante mais de meia hora.

– Cale sua boca! Escute aqui: não me interessa que tenha dito com a melhor das intenções. Não fale do meu irmão, está me ouvindo? [*Silêncio*] Está me ouvindo? – e bate o telefone. Ele me trata diferente depois disso, mas não de um jeito bom.

Toda a atenção que recebemos significa que não conseguimos nos recuperar.

A mais estranha de todas é a reação das pessoas na rua. Uma semana depois de meus pais morrerem, um grupo de meninas se aproxima de mim na rua e pede um autógrafo, porque supostamente sou famoso. Fico completamente pasmo, mando todas irem à merda e saio correndo. Mulheres mais velhas me perguntam se minha irmã vai logo lançar um disco, porque mal conseguem esperar para escutá-lo. Elas esperam que minha irmã siga o estilo de mamãe, todo alegre, agradável e dinamarquês. Elas também recebem um "vai à merda". Homens mais velhos me aconselham a como lidar com a raiva que sinto de meu pai, uma raiva que não existe. Eles nunca recebem um "vai à merda", porque toda vez, fico confuso.

Também encontro pessoas que realmente conheciam meu pai. Estou parado no supermercado procurando pizzas congeladas quando percebo uma gorda se aproximar. Ela é tímida, preocupada em não fazer nenhuma bobagem.

– Desculpe incomodar você.

Faço que sim com a cabeça e busco uma rota de escape, mas ouço quando ela diz:

– Eu conhecia seu pai.

– Conhecia?

– Sim, trabalhei com ele nos correios. Queria dizer que sinto muita falta dele. Ele sempre foi educado e prestativo. Não se esqueça nunca disso, independentemente do que escreverem sobre ele. Não se esqueça disso.

Essas poucas palavras adoráveis me fazem começar a chorar. Ela me envolve gentilmente nos braços e eu cedo, agradecido. Ela me abraça assim durante vinte minutos. É a primeira vez desde a morte de meus pais que não tenho dor de estômago.

Vovô e vovó

Eles aparecem do nada. Mamãe e papai estão mortos e enterrados há mais de um mês quando toca a campainha. Abro a porta. Do lado de fora está um senhor e uma senhora que parecem estranhamente familiares, mesmo que eu nunca os tenha visto antes. Há alguma coisa neles que me deixa nervoso. Os dois parecem tão austeros.

– Nikolaj?

– Sim.

– Olá. Sou seu avô. Esta é sua avó.

Todo meu sangue congela.

Mamãe escreveu para eles algumas vezes. Recebeu uma única carta como resposta. Uma carta muito curta.

> *Querida Grith Okholm,*
>
> *Achamos suas cartas confusas. Você escreve para nós como se fôssemos sua família, o que claramente não somos.*
>
> *Tivemos uma filha no passado, mas ela morreu muito jovem. Tinha apenas 16 anos. Naturalmente vimos você na TV e dissemos, Deus do céu ela se parece com nossa menina, mas só por causa da aparência, nada mais. Por isso pedimos que não escreva mais. Você nos faz lembrar a perda terrível de uma filha muito amada.*
>
> *Sinceramente,*
>
> *Leif Okholm*

Agora eles estão na porta e não sei o que fazer. Sis não está em casa, mas voltará logo.

– Podemos entrar? O frio está cortando aqui fora.

Eu sei que não podem, mas mesmo assim digo que sim. Minha irmã vai me matar, mas eles são da família e eu sei muito pouco o que é isso.

Nós nos sentamos na sala de estar. Fiz café e servi alguns biscoitos, e aqui estamos.

– Por que vocês vieram? – pergunto.

– Para ver como está nosso neto – diz vovô.

– Quem? Eu?

– Sim, quem mais seria?

– Somos dois.

– Dois quem?

– Eu e Sis.

– Sim, mas viemos por sua causa.

Isso me deixa feliz. Sorrio para eles. Agora eles têm minha atenção; estou ouvindo, mas vovô não diz outra palavra até que ouço a porta. É uma questão de segundos até que ela esteja na sala. Olho para ela e seu rosto me diz que está assustada.

– Estes são vovô e vovó.

– Eu sei quem são eles. O que estão fazendo aqui?

As palavras simplesmente explodiram.

– Estamos visitando nosso neto. Ele perdeu os pais e imaginamos que ele precisaria dos avós.

– Ah, imaginaram, não é mesmo? Se mandem daqui agora.

– Acho que você devia falar direito com a gente.

– Ah, você acha? Cai fora!

– Podemos ir, mas vamos voltar. Somos uma família e Nikolaj precisa dela.

– Vocês não são nossa maldita família. Cai fora! – ela grita, furiosa.

Vovô se levanta devagar, ainda olhando para Sis.

– Venha, vamos embora. Se cuida, Nikolaj. Nós nos veremos em breve, tenho certeza.

– A merda que vão!

O rosto de Sis ficou completamente vermelho. Não entendo por que ela está tão nervosa.

– Mas que boca imunda a sua – diz vovô.

– A casa é minha! E falo do jeito que eu quiser.

Eles se vão. Vovó, que não disse nada ainda, de repente pega o braço de Sis e diz baixinho "Sinto muito". Sis olha para ela, confusa, e sacode o corpo para se livrar dela.

Olho para eles nostalgicamente. Viro-me para Sis com um olhar aborrecido e ela me dá um tapa: SLAPT. Fico paralisado como pedra, não tenho a menor ideia de como reagir, então me retiro deprimido para meu quarto. É a primeira vez que minha irmã chora depois da morte dos meus pais. O choro simplesmente derrama de dentro dela. Ligo o aparelho de som e aumento até o máximo para não ouvi-la.

***

Demora uma semana para que entrem em contato conosco mais uma vez. Nesse intervalo saiu uma matéria no *B.T.* falando de como eles deixaram todos os rancores para trás, porque o neto precisa deles.

"'*Está sendo muito difícil para ele e estamos fazendo de tudo para protegê-lo. Algumas coisas ainda precisam ser resolvidas, mas depois ele vem morar aqui*', *diz Leif Okholm, avô de Nikolaj.*"

Na verdade eu fico divagando em ir morar com eles na Jutlândia, pois imagino que meu desassossego desapareceria se eu estivesse rodeado de pessoas da costa oeste. Seria leve, calmo, e nada me ameaçaria. Vovô e vovó me dariam uma base sólida que faria de mim um jovem forte. Eu levaria Sis, é claro, e todos seríamos felizes.

Meus avós procuraram um advogado em Copenhague indicado pela Sociedade Missionária. Ele procura minha irmã e explica que ela é muito jovem, e por isso não é indicada para cuidar de mim.

– Quem disse? Não é você que decide isso.

– Não, mas o Serviço Social sim.

O assistente social que cuida do meu caso simpatiza com Sis. Mas ele não acha que uma moça de 20 anos teria responsabilidade para cuidar de um garoto de 13. Sis esteve relativamente calma até agora porque não havia alternativa, até que vovô e vovó aparecem e ela fica com medo.

O advogado explica para ela que seria melhor para mim se eu me mudasse para Tarm, onde posso ter um lar seguro e estável. Ela, por sua vez, diz ao advogado que eu não vou a lugar algum. Eu sou o irmão pequeno dela, e ela é a família que tenho.

– E você acha que consegue lidar com um adolescente? Eles precisam de uma mão firme.

– Como a mão que meu avô usava para intimidar minha mãe?

O advogado não sabe do que minha irmã está falando e continua:

– Sim, exatamente como seu avô e sua avó eram firmes com sua mãe. Ela provavelmente não teria tanto sucesso se eles não tivessem sido firmes.

Sis fica furiosa:

– Você é mesmo um estúpido, não é?

O advogado suspira, irritado. Aqui está ele, tentando ser educado e sensível, ela o insulta e ele a ameaça. Se ela aceitar que eu me mude para Jutlândia, ela pode ir me visitar e eu posso vir visitá-la. Mas se eles tiverem de brigar por mim na justiça, ela perderá todo o contato comigo. Não poderá me visitar, telefonar ou escrever.

Sis olha para ele friamente e diz:

– Posso pagar advogados dez vezes melhores que você. Posso pagar pessoas que vão desenterrar todo tipo de sujeira sobre vovô e vovó. Mas quer saber? Não vamos tão longe assim, seu idiota. Você me deu um alerta, e no momento em que sair daqui, eu vou chamar uns motoqueiros grandões e cabeludos, daqueles que usam jaqueta, e eles vão machucar você seriamente se tentar tirar o Nikolaj de mim. E agora você vai embora.

Sis não chama nenhum motoqueiro porque ela não conhece nenhum.

Motoqueiros grandões e cabeludos, daqueles que usam jaqueta

No dia seguinte, vovô liga para Sis. Ele a provoca, humilha e ameaça. Eu vejo e escuto. Ela tenta desligar várias vezes, mas o telefone parece-lhe grudado à mão. O corpo dela treme inteiro. Vovô a deixa em pânico.

– Sis, eles não me levarão embora se eu não quiser, não podem fazer isso.

Mas Sis não tem tanta certeza disso. Ela apoia a cabeça nas mãos e fica sentada sem dizer nada durante um tempo. Até que se levanta, bem decidida.

– Estou saindo. Não sei muito bem quando volto.

– Aonde você vai?

– Vou cumprir minha promessa.

Sis vai caminhando de bar fuleiro a bar fuleiro, até que encontra uma mesa cheia de sujeitos realmente cabeludos com tatuagens realmente assustadoras. Ela pede uma cerveja, molha os lábios e olha para a mesa dos caras. Eles são todos grandões, enquanto minha irmã tem apenas 1,56 m e pesa 46 kg. Um dos caras se levanta para ir ao banheiro e ela imediatamente toma o lugar dele. Os outros olham boquiabertos para essa beleza luminosa que se senta sozinha na mesa deles e dão um sorriso tímido. Ela não diz nada, simplesmente fica sentada ali. O quarto sujeito volta do banheiro.

– Desculpe, você está sentada no meu lugar.

– Eu sei. Posso me espremer aqui? Podemos sentar juntos.

Ela se espreme para um lado e ele se senta, um tanto surpreso. Ninguém diz nada durante um tempo, então minha irmã resolve começar.

– Posso contar uma coisa? Meus pais morreram num acidente de carro há um mês. Vocês provavelmente conhecem minha mãe. Grith Okholm. Sabe, aquela que canta "Storm" e "Hvad hjertet gemmer". Sabem quem ela é?

Todos anuem com um gesto e ela começa a chorar, parcialmente porque há o que chorar e parcialmente porque está com medo. De repente ela sente um braço confortável sendo colocado sobre seus ombros. É o quarto sujeito, aquele que foi ao banheiro, que coloca o braço em volta dela. Ele não está acostumado a ser gentil, mas dá o melhor de si. Ela levanta o olhar para ele e diz:

– Obrigada. Tudo o que tenho agora é meu irmão. Não sei o que farei se não tiver meu irmão. Ele é sete anos mais novo que eu e ainda não conseguiu se recuperar. Mas eu faço o melhor que posso para protegê-lo. Não estou tão forte agora, mas preciso estar. Eles vão tirar meu irmão de mim.

Ela sente o braço sobre seus ombros tencionar e percebe que o clima na mesa começa a ferver.

– Meu avô quer levá-lo para a Jutlândia. Ele nunca quis saber de nós enquanto mamãe era viva, porque não éramos bons o bastante para ele. Agora ele quer ficar com meu irmão, mas meu irmão não vai pra porra de Jutlândia nenhuma morar com um homem que arrancou sangue da minha mãe só porque ela se apaixonou por meu pai.

Agora o braço está realmente tensionado sobre seus ombros.

– Não sei o que fazer. Geralmente eu sou muito corajosa, mas ele me assusta. Estou com muito medo. Ele diz que sou vulgar e não consigo devolver na mesma moeda.

Agora o braço que a conforta na verdade a machuca. Ela levanta a cabeça e olha no rosto deles.

– Preciso de ajuda.

***

Vovô fica surpreso quando, numa manhã de março, dá de cara com quatro motoqueiros na calçada de casa.

– O que vocês querem? – pergunta ele, e depois não diz mais nada durante meia hora.

***

Ele não desiste de imediato, ainda que minha irmã o tenha assustado. Ele liga para nós, desliga quando Sis atende, e quando eu atendo, me manda jurar que Sis não está por perto antes de começar a falar. Ele não está bem, posso ouvir que não está e pergunto:

– O que houve, vovô? Por que está ofegante desse jeito?

E ele me diz, furioso, que minha irmã mandou um grupo de motoqueiros atrás dele. Está com duas costelas quebradas. É mesmo esse tipo de gente que quero como responsável por meu bem-estar? Ah, sim, absolutamente! Estou orgulhoso por Sis ter feito isso por mim. Vovô está tentando me persuadir. Se eu quiser, basta pedir para não ser mais cuidado por Sis e ir morar com eles. Na verdade eu penso nisso, porque sei que Sis estará do meu lado de qualquer maneira. Posso decepcioná-la e ela me perdoará assim que eu pedir desculpas. Provavelmente nem terei de pedir desculpas. Acontece que eu penso no assunto e escolho Sis, porque minha irmã é minha irmã e meus avós são meus avós. Ligo e escrevo para eles diversas vezes, mas quando meu avô entende que foi derrotado, ele não perde mais tempo comigo. Dói ser descartado dessa maneira, e é por isso que tenho sonhos de vingança. Mas jamais pensei que um dia eu seria cúmplice da morte de vovô.

Minha irmã sai com o quarto motoqueiro durante dois meses. Ela não está apaixonada, mas é agradecida. Ela sente que lhe deve alguma coisa, então dá seu amor por dois meses.

Deixei de ser inofensivo

Travo minhas batalhas com o mundo. Não me sinto bem, mas vou melhorar, principalmente porque Sis não tem projeto no mundo além de mim. Ela trabalha no supermercado Føtex 25 horas por semana, mas só para se manter ocupada enquanto estou na escola. Para Sis é importante que sejamos o mais comuns que pudermos, e nada mais normal do que trabalhar no Føtex.

Decidimos que bastamos um para o outro, e realmente nos bastamos durante alguns anos, até que um dia, de repente, resolvo parar de cooperar. Para mim não basta ser amado apenas pela minha irmã. Também quero o amor de outras pessoas, então é com outras pessoas que sonho toda noite. É assim que começo a me apaixonar, sempre pelas garotas com quem não tenho chance. Miriam é a maior das paixões e, pela mesma razão, o maior dos fracassos. Ela me convence de que eu jamais terei alguém além de Sis, e que devo ser um sujeito terrível já que a única pessoa que me ama é minha irmã. Isso me deixa furioso comigo mesmo, mas também com todas as pessoas que não me amam. Seria tão horrível assim me dar apenas umas migalhas de afeto?

Minha esperança é que, depois de minha tentativa de suicídio, Sis largue o emprego para ficar de olho em mim, mas ela não larga. Tira umas semanas de folga, enquanto estou suspenso da escola, mas depois volta para o Føtex e começa inclusive a trabalhar em período integral. Sinto que ela está se distanciando de mim.

Ela diz:

– Acho que vai ser bom se eu começar a fazer alguma coisa.

– Fazer o quê?

– Alguma coisa. Remar, talvez? Não gostaria de fazer alguma coisa?

– Tipo o quê?

– Não sei, meu querido. O que gostaria de fazer? Acho que deveria ver outras pessoas além de mim.

– Não quero estar com ninguém além de você.

Mas ela continua fazendo sugestões esquisitas. Eu podia praticar handebol, tênis, judô, tocar guitarra, e quanto mais ela me pressiona, mais eu sinto que ela não se importa mais comigo. Sou acometido pela maior dor das dores de estômago.

Não comento nada, mas é claro que ela me ama menos agora do que antes, e não entendo o motivo. Sinto falta do medo que ela demonstrava de me perder. Quero que ela lute por mim. Preciso deixá-la com medo para que me ame de novo.

Um rapaz esquelético

Estou na praça Sankt Hans Torv numa quinta-feira à noite quando vejo um grupo de quatro caras dando uma surra num rapaz esquelético. O fato me chama a atenção e vou caminhando lentamente até eles. O rapaz luta para afastá-los, mas eles vão chegando mais perto. Há um caneco de cerveja vazio no chão. Eu o apanho e ando um pouco mais adiante. Uau. Eles estão espancando o rapaz, que está de costas no chão. Ele leva alguns chutes, mas de alguma maneira consegue se levantar. Ele é robusto, mas os outros são maiores e em maior quantidade, ele ainda vai apanhar muito. Chego ainda mais perto e agora estou a apenas dois metros de distância. Ninguém presta atenção em mim. Estão todos concentrados: o rapaz em sobrevier, os outros quatro em bater na cabeça dele. Encontrei o que procuro. Arrebento o caneco e vidro na cabeça do cara maior. O vidro espatifa e ele cai no chão com um grito. Ele cobre o rosto com as mãos e o sangue escorre entre os dedos. Os amigos dele olham para mim estupefatos, e eu golpeio aquele que está perto de mim com todas as minhas forças. Ele despenca e bate a cabeça na calçada. Estou orgulhoso e surpreso e penso comigo mesmo: "Até que sou bom nisso". Os dois últimos olham para mim e não demora para que o rapaz esquelético esteja pendurado em cima de um deles. É um espetáculo estranho, pois ele não dá socos ou chutes, ele morde. Segura o rosto do agressor e arranca um bom pedaço. Uma onda de calor me invade por dentro e sei que tomei a decisão certa quando o vejo cuspindo um pedação da bochecha. O último dos quatro corre o mais rápido que pode. Abandona os amigos, que gritam e sangram. Eu não faço nada. Apenas espero. O rapaz olha para mim, todo surpreso, e diz com a boca cheia de sangue do outro sujeito:

– É melhor a gente correr.

Assim conheci Jeppe. Ele é meu primeiro, e agora, mais antigo amigo. Jeppe é da minha idade, mas parece dois ou três anos mais novo. Ele é louco comigo porque o salvei e ele não sabe por quê. Estou do lado dele, é tudo o que precisa saber. Saio com Jeppe, tomo algumas cervejas e espero acontecer alguma coisa. Nada na primeira noite. Nem na noite seguinte, aliás. Ou na seguinte da seguinte. A gente simplesmente anda pela cidade e conversa; Jeppe fala e eu escuto. Jeppe fala sem parar, fala sobre tudo: carros, futebol e planos para o futuro. Jeppe quer ser enfermeiro, o que é engraçado porque ele é um merdinha que bota medo em todos os merdões.

Uma vez topamos com o cara que correu. Ele está sentado com a namorada no parque Kongens Have (e não há ninguém perto deles). Jeppe me arrasta até os dois e se coloca bem diante dele.

– E aí, lembra de nós?

O rapaz olha para cima e leva um susto, o que deixa Jeppe todo empolgado.

– Aqui não. Não na frente da minha namorada.

Decido me sentar perto da namorada. Ela treme de medo. Jeppe começa a dar uns pulinhos sem sair do lugar: é a adrenalina.

– Como estão seus amigos? – pergunta Jeppe.

– Não vai deixar minha namorada ir embora?

Ela tenta se levantar. Seguro ela pelo braço e, gentilmente, mas com firmeza, faço-a se sentar de novo.

– Eu fiz uma pergunta. Como estão seus amigos?

– Não estão muito bem.

– É mesmo? – disse Jeppe, com um tom de ironia.

– Sim.

Olho sorridente para Jeppe.

– Dizem que o grandalhão está cego.

Eu não sabia disso, mas é previsível que se você arrebenta um vidro no olho de alguém, vai causar um estrago naquele olho.

– Sim, ele está cego de um olho.

Começo a me sentir parte da conversa.

– Qual o seu nome?

Por algum motivo, a pergunta o deixa assustado.

– Claus.

– E da sua namorada?

– Lise.

– Olá, Claus e Lise. Há quanto tempo estão juntos?

Eles não dizem nada e Jeppe dá um chute de leve no pé de Claus.

– Nós fizemos uma pergunta.

– Sete meses – disse Claus rapidamente.

– Agora vou fazer uma pergunta para Lise e quero que você, Claus, fique bem quieto.

Jeppe está todo animadinho. Ele não tem ideia do que estou tramando, mas percebe que estão com medo.

– Você ama Claus?

Lise diz que ama.

– Então você odiaria se alguma coisa acontecesse com ele, não é?

Lise diz que odiaria.

– Então por que tentou sair agora há pouco?

Lise diz que estava com medo.

– Nós não vamos machucar você. Feche os olhos.

Lise pergunta por quê.

– Você ama seu namorado, então é claro que deve ficar com ele, mas eu vou bater em Claus agora e não acho que você deve ver isso.

Levanto-me. Ela não fecha os olhos. Jeppe pula de um lado para o outro.

– Feche os olhos.

Lise diz para não o machucarmos.

– Prometo que vou bater nele só uma vez, mas você tem que fechar os olhos.

Lise balança a cabeça. Claus segura a mão dela.

– Feche os olhos, mocinha.

Lise fecha o solhos e eu o acerto na mesma hora. POW. Não é meu melhor soco, porque estou de pé e ele sentado, mas dói direitinho. Viro de costas e vou embora. Jeppe vem pulando atrás de mim. Viro para trás e olho para eles discretamente.

Lise está abraçada a Claus e o consola.

Para Jeppe, a noite é sempre boa quando estamos só nós dois e brincamos de brigar. Andamos pela rua abaixo e de repente ele se joga em cima de mim, me derruba no chão, se coloca por cima do meu corpo e me insulta, só por diversão, até que eu consigo derrubá-lo. Eu sempre acabo por cima porque ele sequer tenta resistir a mim. Por isso ele fica extremamente decepcionado quando por acaso trombamos com Anders, seu irmão mais velho, ou Satan, como eu o chamo. É assim que ele gosta de ser chamado, então assim o chamo para agradar. Seria rude negar isso a ele.

Acontece que em determinado círculo eu ganho fama de jovem e promissor psicopata. Ser filho de Grith Okholm também ajuda, pois me torna mais sexy.

Não existe amor fraternal entre Jeppe e Satan, pelo contrário: Jeppe tem medo dele. Jeppe briga para continuar comigo, mas Satan decidiu que agora sou dele, o que significa que Jeppe não tem chance alguma. No final ele se enche de Satan, desaparece e assunto encerrado, então adeus e obrigado, Jeppe. Para espanto de Sis, passo o ano seguinte inteiro com Satan.

Minha primeira vez

É a véspera de meu aniversário de 17 anos e não sou mais virgem. Agora, sim. Deu tudo certo. Só me senti estranho fazendo isso com alguém dez anos mais velho que eu. Ela está deitada na cama, mesmo havendo outras pessoas dormindo aqui. Entro sorrateiro na sala de estar. Está tudo fora do lugar e a sala fede a cerveja, cigarro e vômito. Estou feliz por não morar aqui. É a casa da ex de Satan. Ela está em algum lugar na Suécia, fugida porque Satan bate nela. Satan tem a chave do apartamento, mas ela não sabe disso. Ela devia ser bacana, uma mulher que estuda crítica teatral ou algo do tipo, mas é culpa dela sair com Satan. Agora a única coisa que está sendo destruída é o apartamento, ela devia estar agradecida. Quem escolhe Satan tem a punição que merece. Isso serve para mim também. Mereço me sentir um miserável.

Vou dar o fora daqui. Só preciso encontrar meus sapatos. Amanhã é meu aniversário e quero estar em casa para que Sis cante para mim. Ela me ligou vinte vezes nos últimos dias só para saber se estou vivo. Chegarei em casa com um dedo quebrado. É uma coisa boa, porque chega junto da história do murro na cara de alguém, e essas histórias são as melhores porque deixam Sis assustada.

Merda! Satan acordou. Faz um gesto para que eu chegue perto. Nem preciso dizer que ele dorme no sofá.

– Está indo?

– Sim.

– Festa ótima.

– Sim.

Ele se senta, tosse e apanha uma garrafa de dois litros de Coca-Cola sobre a mesa. Vejo umas guimbas de cigarro flutuando dentro dela, mas não digo nada. Ele toma um belo gole e depois, enquanto cospe uma guimba, diz:

– Trepou com a Ditte?

Suponho que ele esteja falando daquela que está na cama, então concordo com a cabeça.

– Como foi?

– Que quer dizer?

– Vale a pena experimentar?

– Ela é legal – menti.

Ela estava bêbada demais para entender o que acontecia, então não houve muita cooperação. Agacho-me e olho embaixo do sofá.

– Com essas velhas, nunca se sabe... Às vezes elas não deixam a gente fazer merda nenhuma. O que está procurando?

– Não encontro meus sapatos.

– Ontem você os jogou pela janela – diz ele se divertindo.

– Joguei? Por quê?

– Você os jogou num cachorro. Foi hilário. Ele urrou quando você o acertou.

Satan se levanta e caminha na direção do quarto.

– Quando a gente se encontra de novo? – pergunta ele.

– Não sei.

– A gente se vê então.

Eu concordo com a cabeça enquanto ele vai atrás de Ditte.

Meus sapatos não existem mais, então vou descalço para casa. Sinto vergonha por perder o controle. Uma vez ataco um menino turco de nove ou dez anos. Ele olha para mim me provocando, daquele jeito típico dos meninos turcos de nove ou dez anos, e eu me jogo em cima dele. Ele cai e antes mesmo de bater no chão, dou-lhe um chute no rosto. É só um menino! É pura sorte eu ainda não ter matado ninguém, mas eu faço o que faço baseado em algumas decisões bem lúcidas sobre o que quero com isso. Quero que Sis se preocupe *comigo*, nada mais.

Brian Birkemose Andersen

Durante um ano e meio me dedico a deixar Sis esgotada. Pele, nervos, carne, tudo rasgado, aos pedaços. Ela berra e grita, roga e implora, mas não muda nada. Vejo que ela se preocupa, ouço, sinto, cheiro, e me sinto amado como nunca me senti antes. Ignoro o fato de que minha irmã não pode respirar de pura angústia, pois o terror que ela sente me conforta. Passo longos períodos fora de casa, dias a fio sem dar notícias. Ela não sabe onde estou; simplesmente saí. Ela não tem ideia se estou bem, ou se estou sozinho em algum lugar, sangrando até morrer, então apareço de novo, muitas vezes ostentando novas contusões e sempre levando histórias grotescas. Ela tenta me abraçar, fala comigo com amor de irmã, mas eu fico impassível. Uma manhã ela me acorda. Cheguei em casa bêbado e despenquei na cama. Ela se senta na beirada e olho para ela, adormecido.

– O que foi?

Ela bate de leve nas minhas costas.

– Você está sangrando.

Não acho que seja coisa muito séria, tudo que digo é:

– E daí?

– Tem um talho enorme nas suas costas – diz ela, tocando-me com cuidado. Eu me contorço de dor. – Onde arrumou isso?

– Arrumou o quê?

– O talho.

Ela o toca mais uma vez, eu me contraio.

– Você pode parar de fazer isso, por favor? – Eu me viro e olho para ela. Ela parece esgotada. Há círculos escuros em volta dos olhos e nenhuma força na voz.

– Onde arrumou isso?

Olho nos olhos dela e digo:

– Não sei, eu estava bêbado. A gente se meteu numa briga.

Séria, ela assente.

– Nikolaj, você vai acabar se matando se continuar assim.

– Não, não vou – digo eu e cubro a cabeça com o edredom. Ela fica na beirada da cama durante meia hora e eu fico debaixo do edredom. Quando finalmente ela sai, eu me levanto. Olho o corte no espelho do banheiro. Está horrível, mas não a deixo perceber que estou apavorado. Não me lembro de levar esse corte. Lembro-me vagamente de Satan saltando na cara de um sujeito, mas não de alguém me cortando. Olho minha jaqueta. Está rasgada, mas eu a visto mesmo assim e tento sair sem Sis perceber. É inútil: ela se agarra a mim.

– Fique em casa comigo, querido, por favor.

Ela me segura bem firme pelo braço, mas consigo me soltar com um puxão violento. Deixo Sis e vou atrás de Satan, com quem arrebento alguns desgraçados e sinto nojo de mim mesmo.

Sei que ela não tem a chance de fazer nada, pois jamais pediria ajuda, mas um dia sou pego de surpresa. Faltam algumas semanas para o meu aniversário de 18 anos e Sis diz que precisa conversar comigo. Espero mais um sermão sobre como estou destruindo minha vida, mas não é isso. Ela vendeu a casa. É uma casa de 295 m^2, com um jardim gigantesco, no bairro de Frederiksberg. Grande demais pra nós dois, mas sempre moramos aqui e por isso fico chocado.

– Comprei três apartamentos com o dinheiro. Dois deles são investimentos, e um deles é seu. Você escolhe.

Não sei o que dizer quando penso na matemática da situação.

– Se dois deles são para alugar e o terceiro é para mim, você vai morar onde?

Aí vem a parte desagradável.

– Vou morar com Brian.

– Que Brian?

– Brian Birkemose Andersen.

– Não sei quem é Brian Birkemose Andersen – digo, intrigado.

– É meu namorado.

– Você não tem namorado.

Minha irmã sorri.

– Tenho Brian.

E é assim que acontece.

Sis deixa bem claro que não vamos nos ver durante um bom tempo. O namorado diz que ela precisa pensar em si mesma se não quiser definhar por completo. Ela está tão esgotada que concorda com ele, principalmente porque ele lhe dá segurança. Agora é minha vez de implorar, mas de nada adianta. Ela precisa se distanciar de mim durante um tempo e tem Brian para cuidar dela e ajudá-la a se fortalecer. Não há nada que eu possa fazer para mudar a situação, e por isso escolho o apartamento mais distante – um imóvel de dois quartos em Hellerup. É uma fuga. Durante dezoito meses fiz um monte de coisas que não deveria, mas havia uma razão. Agora não há mais razão nenhuma. Preciso ir embora, então me enfio no apartamento em Hellerup.

Saio de casa todos os dias, mas só porque me forço a cumprir uma rotina estrita. Compro tudo que preciso no Netto e dou uma volta pela Blockbuster de Strandvejen. Nunca faço compras para mais de um dia, pois se o fizesse, praticamente não sairia do apartamento. Tenho a conexão mais rápida, o maior pacote de canais a cabo, uma televisão gigantesca e todos os dias compro música, livros, quadrinhos, jogos e filmes pela internet, então sou muito autossuficiente. Não tenho um único contato físico durante mais de um ano, com a exceção de uma pessoa, o oftalmologista de 37 anos de Sis, agora seu namorado, Brian Birkemose Andersen. Brian é feio, parece um gnomo gorducho, mas é um cara bacana e Sis precisa de um cara bacana.

Ela me telefona todas as noites às 19 horas, pontualmente, e eu atendo, obediente, todas as vezes. Não digo muita coisa – além de choramingar – porque não acontece quase nada na minha vida. Às vezes, ficamos parados segurando o telefone, sabendo que ouvimos a respiração um do outro. Passo horas sentado em silêncio, embora envolvido numa conversa. É claro, minha esperança é que cada conversa acabe num convite, mas não. Ela mantém contato, mas se mantém a distância. Brian é seu substituto temporário.

Toda quinta-feira a campainha toca, e lá está Brian. Lembro-me da primeira vez que ouvi a campainha. Abri a porta surpreso e me deparei com um sujeito muito feio.

– Olá, Nikolaj.

– Quem é você?

– Meu nome é Brian. Sou namorado da sua irmã.

– Tá de brincadeira.

– Não.

– Mas você tem cara de merda.

– Mas... e então, como está?

Não entendi bulhufas.

Brian passa toda quinta para ver se está tudo bem. Ele é os olhos e ouvidos de minha irmã, e no começo ele só olha. Toca a campainha. Eu abro. Pergunta como estou. Digo que estou bem. Ele diz "Bom" e vai embora. Isso eu aceito. Não gosto dele, mas sei por que aparece e ele não se intromete mais do que deve. Mas quanto mais ele e Sis se relacionam, mais ele sente que precisa se preocupar com o irmãozinho doentio. Hoje, uma conversa é necessária. Ele se convida para entrar, senta-se e fala comigo. São incontáveis as vezes em que peço para Sis mandá-lo ficar quieto, mas ela diz que se quero recuperar minha relação com ela, primeiro eu preciso me dar bem com Brian. Preciso conversar com outras pessoas. Outras pessoas, talvez, mas não Brian. Ele não se importa, faz isso pela minha irmã. Eu não passo do irmãozinho doentio.

Um dia eu me encho. Ele me conta que Sis e ele foram ao zoológico e se levanta para me mostrar como os elefantes dançaram para eles. Enquanto dança como um elefante na minha cozinha, dou um murro nele. Miro no nariz, é sempre o melhor lugar, mas ele me engana. Parece inofensivo, grande e desajeitado, e eu o subestimo. Ao perceber o golpe, ele se desvia com tranquilidade e chega bem perto de mim, me dá um abraço tão forte que não consigo me mover. Ele me segura tão firme que me levanta do chão, eu me debato como peixe fora d'água. E ficamos assim até que eu me acalmo. Ele me solta e eu penso em voar em cima dele de novo, mas não ouso. Ele é rápido, e forte, como o elefante que imita para mim.

– Pois é, acho que está na minha hora. Vejo você na semana que vem, Nikolaj.

Ele não conta nada para Sis, o que me irrita ainda mais. Ele acha que sou tão insignificante que nem se dá ao trabalho de dizer. Por isso penso numa vingança. Quando a campainha toca na semana seguinte, eu abro a porta, pego o balde e despejo todo o conteúdo em cima dele. Não dá tempo de se mexer e ele fica coberto da cabeça aos pés pelo meu vômito; olha-se de cima a baixo, com cara de nojo. Quase vomita junto, fazendo movimentos espasmódicos. Olha para mim com uma expressão triste, vira-se e vai embora. Acho que venci, mas na noite seguinte o telefone não toca às 19 horas. Também não toca na noite seguinte, e também não toca durante a próxima semana. O nó no meu estômago explode e eu bebo até me entorpecer para suportar a dor. Na próxima quinta-feira a campainha toca e eu abro a porta, como um bom rapaz, para Brian.

O convite

Não vejo Sis há um ano e três meses. Faz muito tempo e choro lágrimas de alegria na noite em que ela me convida para jantar.

Pego um táxi para ir ao número 10 da Peder Skrams Gade. É no quarto andar, e a cada passo na escada, tremo ainda mais. Tento me controlar, mas percebo que é uma causa perdida. Paro indeciso diante da porta, toco a campainha. Brian abre. Eu esperava que Sis abrisse a porta de um só golpe e se atirasse em meus braços, mas em vez disso vejo Brian, que aperta minha mão. Me surpreende como soa artificial e desagradável. Ele me leva até a sala. Lá está Sis, um pouco nervosa assim como eu, e além disso ela está gorda de um jeito estranho, não realmente gorda, mas um pouco grande. Ela se levanta e se atira no meu pescoço, o máximo que pode com a barriga saliente. E assim ficamos, aos gritos e gritos.

– Está tão magrinho, Nikolaj.

– Não estou magrinho, é você que está gordinha.

Ela me dá um tapinha de brincadeira:

– Não estou gorda, bobão. Estou grávida.

Eu desmaio.

Acordo no meio da noite. Estou deitado na cama de Sis, que está sentada perto de mim, segurando minha mão. Está meio adormecida.

– Você está grávida mesmo?

Ela se esforça para acordar e me olha com ternura.

– Você está bem?

– Você está grávida? – pergunto, cético.

– Sim, de seis meses. Ficou feliz com a notícia?

Eu não digo nada porque não sei o que dizer. Que droga. Ela me pergunta de novo.

– Sim, é claro que sim – digo.

É mentira, mas é isso que ela quer ouvir. Ela se deita perto de mim, me abraçando. Pego a mão dela. Estamos tão perto que sinto sua respiração. Quando ela expira, uma leve brisa acaricia minhas costas.

– Senti sua falta. Você sabe disso, não sabe? – diz Sis.

– Eu sei.

– Mas agora estamos juntos de novo e você está prestes a ganhar um sobrinho. Isso quer dizer que tudo finalmente vai ficar bem.

Ela acaricia minhas costas de leve.

– É um menino?

– Hum-hum.

– Então tomara que não se pareça com Brian.

Ela não diz nada.

– Você já percebeu como ele é feio?

– Ele é bom pra mim.

– Espero que seja mesmo, porque ele é feio pra cacete.

– Já chega – diz Sis, dando-me outro beijo afetuoso.

– Ele é.

Ficamos deitados em silêncio durante um tempo. É gostoso.

***

Eu os visito com frequência, mas não dá muito certo. Sou o convidado que visita. Brian tem mais direito de estar ali do que eu. O barrigão da minha irmã tem mais direito de estar ali do que eu. Sis adora quando estou presente, mas só isso não basta. Ela está indo bem, não sou mais o único em sua vida. Dói toda vez que preciso ir embora, simplesmente porque tenho que ir.

Um dia eu apareço e ela não está em casa. Depois de um ano de completo isolamento, não demora muito para que o medo tome conta de mim. Basta uma porta trancada. Isso já aconteceu uma vez, eu me sentei e esperei mais ou menos uma hora até ela chegar, cansada e ofegante, carregando uma sacola de compras. Mesmo que eu tentasse esconder, ela viu que andei chorando e se sentiu triste e miserável. Dessa vez eu também me sentei, esperei e chorei, com uma dor de estômago tenebrosa. Passa-se uma hora, depois outra, e mais outra, até que se passa a tarde inteira. É no último andar, isso quer dizer que ninguém me vê. Estou convencido de que minha irmã me abandonou, mas é claro que não fez isso. Por acaso ela está no meio de um longo e complicado trabalho de parto. Brian telefona na minha casa uma vez atrás da outra, mas não atendo porque não estou lá. Não tenho telefone móvel porque eu mesmo não sou tão móvel assim. Sis se recusaria a dar à luz se eu não estivesse com ela. Eu queria estar com ela, porque ela é supersticiosa com o parto. Se algo novo vem ao mundo, algo velho tem de deixá-lo, e ela tem medo de que seja eu. Por fim, ela manda Brian atrás de mim. Ele protesta, mas não adianta nada. Ele viola todas as leis de trânsito para chegar ao meu apartamento, toca a campainha, não atendo. Ele arromba a porta. Dirige correndo até a Blockbuster, sem sorte. Onde raios eu posso estar? Cai a ficha. Dirige o mais rápido que pode até o número 10 da Peder Skrams Grade, sobe voando as escadas e lá estou eu. Sou uma triste visão. Vomitei no capacho. Vejo Brian como se por trás de uma neblina. Ele me pega, me carrega pelas escadas, me coloca no banco de trás e seguimos para o hospital. Brian anda depressa até o quarto de Sis. Nada mais aconteceu desde que ele saiu, porque Sis se recusou. Quando ele entra, ela olha para ele com uma esperança prestes a explodir.

– Ele está lá fora, descansando debaixo de um cobertor. Estava sentado na sua porta.

Meia hora depois, tenho um sobrinho. Ele é chamado de Allan em homenagem a meu pai. Não tenho uma relação próxima com ele. Não pretendo ter. Não porque não quero, mas porque não posso.

Quando Allan chega, de repente eles se tornam uma família. Antes de formarem um casal, eu e Sis éramos a família. Agora eles são mãe, pai e filho. Tento engolir minha angústia em silêncio, mas Sis percebe. Ela me pergunta constantemente como estou, mas agora há um chorão que precisa do amor dela ainda mais do que eu.

– Ele não é uma gracinha? – diz ela, inclinando-se sobre o berço.

– Allan?

– Sim, Allan, seu sobrinho. Você não o acha adorável?

Ela o apanha no colo, embalando-o de um lado para o outro com orgulho, depois tenta passá-lo para mim, mas não quero pegá-lo.

– Segure-o, Nikolaj.

Balanço a cabeça. Ela tenta colocá-lo nos meus braços à força, mas eu me esquivo e ele começa a chorar. Sis o abraça forte e quando ele finalmente se acalma, ela se dirige a mim.

– Mas que merda há de errado com você?

Ela nunca me perguntou isso antes. Não consigo suportar.

Um dia pego o telefone e ligo para dizer adeus.

Adeus

EU: Ei. Sou eu.

SIS: Ei! Quando vem aqui?

EU: Acho que hoje vou ficar em casa.

SIS: Está doente?

EU: Não, está tudo bem.

SIS: Você pareceu meio indisposto esses dias.

EU: Não estou doente.

SIS: Você até emagreceu.

EU: E daí?

SIS: Mas você emagreceu. Quanto está pesando?

EU: Não sei.

SIS: Duvido que esteja com mais que 65 kg, e você mede mais que 1,80 m.

EU: Estou pesando mais que isso.

SIS: Quanto mais?

EU: Não sei. Há anos não subo numa balança.

SIS: Então você não sabe quanto pesa.

EU: (*Silêncio.*)

SIS: Você precisa mesmo se alimentar melhor. Nunca foi assim tão magro.

EU: (*Silêncio.*)

SIS: Alô? Nikolaj?

EU: Estou ouvindo.

SIS: Eu sei, mas está ouvindo mesmo o que estou falando?

EU: Estou, mas na verdade não importa, não é mesmo?

SIS: Você precisa cuidar de si mesmo. É por isso que adoece, sabia?

EU: Não estou doente.

SIS: Então por que não está vindo aqui?

EU: Porque não.

SIS: Isso não é resposta. Você não tem 5 anos de idade. Por que não está vindo?

EU: Porque não quero ir.

SIS: Bem, mas eu quero que venha. Na verdade quero mesmo que venha.

EU: Quer parar, Sis? Eu não vou. E isso não é da sua conta.

SIS: É claro que não é, não estou dizendo que é.

EU: (*Silêncio.*)

SIS: (*Silêncio.*)

EU: Como está Allan?

SIS: Está bem.

EU: Ótimo. E como está Brian?

SIS: Está bem também. Você sabe, encontrou com eles há dois dias. Não aconteceu nada de excepcional depois disso.

EU: Você está feliz?

SIS: Por que pergunta?

EU: Só quero saber. Está ou não?

SIS: Claro que estou.

EU: Está feliz mesmo?

SIS: Estou bem como há muito tempo não estava.

EU: Sim, mas você está feliz?

SIS: Agora sou mãe.

EU: Sis, me responde, por favor!

SIS: Querido, o que você quer que eu diga? Meu coração dói quando falo com você. Não, não estou feliz. Como posso estar feliz se você não está?

EU: Eu sei. É por isso que estou fazendo...

SIS: Fazendo o quê? O que está fazendo?

EU: Eu te amo muito, Sis.

SIS: O que está fazendo, querido?

EU: Eu fui tão estúpido com você. Você sempre foi tão boa pra mim, e eu fui o maior imbecil do mundo.

SIS: Você não é imbecil.

EU: Sim, eu sou. Sou mau.

SIS: Não diga isso. Não diga isso nunca.

EU: Sou sim. Estou feliz por você ter Brian e Allan.

SIS: Eu tenho você também.

EU: Não, não tem. Você não tem tempo nem espaço pra mim.

SIS: Nikolaj, você não está fazendo nenhuma estupidez, não é?

EU: Não sou estúpido.

SIS: Você ainda não fez nenhuma estupidez, não é?

EU: Você não pode ser feliz enquanto eu estiver por perto. Estou fazendo isso pelo seu bem.

SIS: O QUE VOCÊ FEZ?

EU: Adeus, Sis.

Tentativa de suicídio nº 2

Desligo o telefone e fico sentado, esperando morrer. Cinco minutos depois ainda estou sentado com os olhos arregalados. Paracetamol é um analgésico de merda. Sinto que devo ficar quieto, muito embora eu esteja entediado. Eu tento, mas é demais pra mim. Assisto *Barrados no baile* e sinto uma sonolência tomando conta de mim devagar. Talvez seja a morte. Presto atenção na sonolência, mas minha concentração é interrompida por alguém esmurrando a porta. É Sis, obviamente. Ela só devia aparecer aqui quando fosse tarde demais, mas enfim, aí está ela. E foi rápida. Caramba, quanta gritaria. Tento abafar o barulho, mas é impossível se concentrar na morte quando Sis tenta arrebentar a porta desse jeito. O vizinho sai de casa a essa altura. Sis lhe implora para fazer alguma coisa. Meu vizinho é um cara legal. Sempre nos cumprimentamos quando nos vemos. Ele tenta arrombar a porta, mas fracassa, pois depois que Brian a colocou abaixo, eu arrumei uma porta realmente forte. Ele machuca o ombro, nada mais. A dor o faz gritar, mas como Sis está berrando e chorando, ele não pode simplesmente desistir.

– A porta é muito dura, isso dói.

Ele é legal, mas meio cagão. Não é nada elegante morrer assistindo *Barrados no baile*, então me levanto para desligar a TV e é nesse momento que o remédio faz efeito. Caio no chão com uma terrível dor no estômago.

– O que foi isso?

– O quê?

– Ouvi um barulho.

– Lá dentro no apartamento? É algo bom, não é? Sinal de que ele não morreu.

– Preciso entrar aí agora! – grita minha gloriosa irmã.

Estou deitado no chão. Não consigo respirar e me borro inteiro. É muito mais desagradável do que planejei. Chega mais gente nas escadas. E de novo esmurram e socam a porta, mas agora com uma força muito maior. Minhas pálpebras se fecham num deslize, mas consigo abri-las com o que me resta de força de vontade quando ouço a porta se quebrar. Antes de perder a consciência, vejo o rosto de Sis se contorcendo de pavor. Apesar de tudo, terei uma boa morte.

Mas eu não morro. Ao contrário, recupero as esperanças, porque Sis toma uma decisão que me revela como sou importante para ela. Enquanto luta para me salvar, meu sobrinho pequeno fica sozinho em casa. Ela se esquece dele completamente, porque nesse exato momento eu sou tudo que importa. Ele chora durante quatro horas até que seu pai chega e encontra o apartamento aberto com um bebê abandonado que só chora e chora. Ele apanha o filho, coloca-o contra o peito e o embala até que pai e filho se acalmam.

Quando Sis volta para casa, encontra o namorado vermelho de raiva. Brian acaba de fazer Allan dormir e por isso não grita com Sis, mas é agressivo sem levantar a voz. Ela tenta explicar, mas ele não se importa. Ela simplesmente não pode deixar um bebê de seis meses sozinho em casa. Ela afunda o corpo na cadeira e deixa que Brian grite com ela suavemente. Ela não tenta se defender, o que o deixa ainda mais furioso. Por que ela não pede perdão? Por que não promete que jamais fará aquilo de novo? Porque não pode, só isso. Sis sente muito pelo que fez com o menino, mas seu querido estava prestes a tirar a própria vida.

Só nós dois

Sis e Brian passam por grandes problemas. Basta uma única palavra sobre mim para que Sis grite com Brian até as lágrimas jorrarem de seus olhos. Ela se senta em outro quarto, berra e espera que Brian lhe peça desculpas, mas ele se recusa porque eu não passo de um merdinha. Nenhum dos dois está disposto a ceder.

Estou proibido de ir ao apartamento deles. Brian não quer que eu o incomode, então eu e Sis saímos para comer, entramos no Museu Nacional para ver arte ou vamos ao cinema. Pouco a pouco, Sis começa a associar a vida em casa com disputa e provação. De repente, sou o refúgio dela. É um momento apaixonante e ficamos tão próximos quanto éramos quando papai e mamãe morreram. O nó no estômago ainda está lá, mas não sinto mais torções ou puxões, apenas uma pontada esporádica dizendo que não posso me sentir seguro demais. A preocupação de Sis se tornou cálida, calma e triste, o que me deixa feliz e cheio de energia. Ela quer que eu tenha uma vida de verdade, com namorada e amigos, mas estou bem enquanto tenho só ela.

Estamos sentados no Sticks'n'sushi de Strandvejen quando ela me conta que começou a compartilhar suas preocupações com Jesus.

– Você conversa com Jesus?

– Sim, faço uma oração toda noite.

– Por quê?

Tento apanhar um *niguiri* com aqueles pauzinhos, mas sou imprestável para lidar com eles, então uso os dedos mesmo e o mergulho no molho de soja. Sis mastiga devagar, assim não terá nada pra dizer. Está envergonhada. Quando ela finalmente termina de mastigar, diz:

– Mamãe fazia.

– Mamãe era da Jutlândia. Você nunca acreditou muito em Deus.

– Não, e continuo não acreditando. Eu só gosto das coisas que Jesus diz.

– Tipo o quê?

Ela leva outro peixe à boca e mastiga devagar. Espero ela terminar enquanto pensa cuidadosamente na pergunta.

– São coisas sobre amor, segurança e perdão, e ele escuta tudo que eu digo.

– Você também pode falar de tudo comigo.

Ela balança a cabeça.

– Não, meu querido, não posso. Não posso falar contigo sobre você, e eu só penso em você. E você sabe como Brian se sente a seu respeito. E aí, sobra quem pra conversar?

Não entendo. Sis não é do tipo que precisa acreditar em alguma coisa.

– É esquisito, só isso.

– É o que você diz. Ele só precisa ouvir, ser alguém com quem eu possa conversar. Não preciso de mais nada – diz ela, mas é claro que ela não precisa só disso.

Silje

É a primeira vez que me apaixono desde Miriam. Eu a conheço no meu reduto predileto, Sankt Peder. Costumo sair sozinho pra beber, sento-me no Sankt Peder e fico até fechar; depois vou me esgueirando até minha casa com a sensação de que sou igual a todo mundo. Ela está sentada numa mesa com uma morena andrógina e um rapaz franzino. Estão falando de mim, mas não é nada de mal. Só estão curiosos. De repente, o rapaz franzino se coloca na minha frente.

– Olá, meu nome é Jakob. Estou sentado ali com aquela loira linda que te acha uma graça. Não quer vir sentar com a gente?

Sou pego de surpresa e digo sem pensar:

– Sim, acho que será ótimo.

Sento-me perto da moça loira. O nome dela é Silje. Tímida, ela sorri para mim. Os outros dois se sentam do outro lado da mesa. Automaticamente, Jakob me pergunta o que faço da vida.

– Nada. Não faço nada.

– Está desempregado?

– Não.

– Estuda?

– Não, só não faço nada – repito.

– Então como faz para se manter? – pergunta ele, surpreso.

– Sou rico.

Agora quem me pergunta é a morena. O nome dela é Camilla.

– Rico como? Você conseguiu o próprio dinheiro?

– Não, meus pais conseguiram.

– Você vive com o dinheiro dos pais? Não é um pouco triste? Os meus não pagam nem a passagem do trem quando vou visitá-los.

Dou de ombros, indiferente. Não é ela que me acha uma graça, então não me interessa o que pensa de mim.

– Eles não se importam por você não fazer nada?

– Não sei.

– O que eles fazem?

– Morreram.

Com isso a mesa inteira faz silêncio. Não tenho a menor ideia se estou fazendo a coisa certa, mas continuo:

– Meus pais morreram num acidente de carro quando eu tinha 13 anos.

Eles continuam sem dizer nada.

– E minha mãe me deixou uma fortuna.

– Sua mãe? – diz Silje.

– Sim, minha mãe. Ela era cantora pop, meu pai era carteiro.

– Sua mãe era cantora pop e morreu num acidente de carro? – murmura Silje.

– Sim, meu pai dormiu ao volante.

– Grith Okholm? Você é filho de Grith Okholm?

Sinto uma expectativa emocionada na voz dela.

– Sim, era minha mãe.

Eles fazem silêncio mais uma vez. Olham empolgados um para o outro, até que Silje diz com cautela:

– Sou a vocalista, Jakob é o baixista e Camilla é a guitarrista da banda Grith Okholm Jam.

***

Silje passa o resto da noite falando da inadvertida profundidade das músicas de mamãe e sobre a beleza das melodias que nenhum dinamarquês jamais conseguiu superar. Ela ri bastante, até encosta em mim de vez em quando e sorri enquanto me olha afetuosamente. Não estou acostumado a receber esse tipo de atenção de garotas, então fico estranhamente desconcertado. Gaguejo, digo só coisas erradas seguidas de risadinhas nervosas; mas quanto mais eu fico desconcertado, mais ela me toca. Estou prestes a explodir. Depois de um tempo, os outros dois vão embora. Eles se despedem e sequer tentam levar Silje consigo, felizmente deixando-a comigo. A verdade é que a gagueira e o rosto corado me fazem parecer tudo, menos perigoso.

Às duas da manhã o Sankt Peder fecha e é hora de me despedir de Silje. Nós nos abraçamos e nos olhamos, desajeitados.

– Tive uma noite muito agradável. Foi maravilhoso conversar com você – diz Silje.

– Eu também. Foi divertido.

E não dizemos nada durante um tempo que parecia durar a eternidade. Ficamos nos olhando em silêncio, expectantes, até que Silje diz:

– Quer me encontrar de novo?

– Sim, seria ótimo! – consigo dizer.

Ela sorri.

– Ótimo, então. Você tem caneta?

Reviro os bolsos e pego uma caneta.

– Meu número é 22416936. Anotou? 22416936.

– Anotado – digo, mostrando o número escrito na mão.

– Me liga?

– Sim.

– Quando?

Um tanto perplexo, resmungo:

– Não sei. Tenho que dizer agora?

– Me liga amanhã?

– Não sei.

– Acho que devia me ligar amanhã.

– Tudo bem, te ligo amanhã.

– Ótimo, mal posso esperar – diz ela, e me dá um beijo apressado na boca.

***

No dia seguinte, eu quase adoeço de ansiedade. Convenço-me de que ela não quer que eu ligue. Tarde da noite digito os quatro primeiros números e desligo. Triste e decepcionado deito-me na cama e tento dormir. Um minuto depois da meia-noite, o telefone toca.

– Alô.

– Oi. Achei que você ia me ligar.

Demora alguns segundos para eu reconhecer a voz de Silje.

– Sim – resmungo, envergonhado.

– Que bom. Eu vou desligar agora, e daí você me liga.

– Como?

– Vou desligar e daí você me liga.

– Por quê?

– Porque foi assim que combinamos – e desliga.

Olho confuso para o telefone, mas finalmente consigo digitar o número.

– Alô, é Silje.

– Olá, é Nikolaj.

– Nossa, você está ligando tarde – diz ela, meio aborrecida.

– Sim, mas é porque...

– Não precisa se desculpar. Teve um bom dia?

– Sim, tive um dia excelente.

– E o que fez?

– Nada de mais.

– Então por que não me ligou mais cedo?

– Desculpe.

– Não peça desculpas. Estamos conversando agora, não estamos? Só quero saber.

– Eu estava muito nervoso. Até vomitei.

Silêncio.

– É sério? Que bonitinho.

E é assim que me torno namorado de Silje.

***

Durante todo meu namoro com Silje eu continuo caçando fantasmas debaixo da cama, mas nunca ouço nem um “buuu” sequer. Se o nó que tenho no estômago não existisse, eu poderia relaxar, confiar nela e em mim mesmo, mas o nó está lá! Ele me diz que tudo pode cair aos pedaços e que as coisas provavelmente darão errado de uma maneira muito dolorosa.

É difícil me acostumar a estar com ela. Preciso me interessar pelas coisas, inclusive pela banda que ela tem, mas não acho legal ela cantar na Grith Okholm Jam. É incestuoso demais, e isso digo a ela. Ela acha nojento que eu use essa palavra, mas aceita que não a verei cantar, mesmo que para ela seja muito importante. Ela gostaria de compartilhar a experiência comigo, mas eu não quero. Ela também insiste para que não fiquemos grudados no sofá e me obriga a passar mais tempo com os amigos dela. Como está estudando música, tenho de acompanhá-la toda vez que Camilla pega a guitarra. Camilla não confia em mim, acha que há algo de errado comigo, mas desde que eu faça Silje feliz, ela me tolera. A verdade é que me ameaça. Ela diz:

– Nikolaj, se algum dia você magoar a Silje, eu acabo com você. Você vai se arrepender, garanto.

É uma ameaça vazia, pois é claro que vou me arrepender, mas mesmo assim Camilla me assusta um pouco.

O que acho particularmente estranho é o contato. Meus músculos se contraem quando Silje me toca demais. Eu a afasto de mim e começo a massagear a panturrilha. Geralmente a câibra aparece na panturrilha esquerda – algo muito estranho, pois o papel das panturrilhas é praticamente nulo durante um abraço. Silje nunca acariciou minha panturrilha. O início da nossa relação não é tão físico assim. Um dia nos beijamos no sofá e eu coloco a mão entre as pernas dela. Ela prende a respiração, ansiosa. Minha mão está lá, parada; não sei muito bem o que fazer, então começo a deslizá-la para frente e para trás. Sinto-me um idiota, mas de repente sou um idiota sem calças. Quando me dou conta, ela já colocou meu pau pra fora, arrancou a própria calça e sentou em cima de mim. Meu pau está dentro dela e nesse momento não me ocorre voltar atrás, não me ocorre desempenhar nada, apenas me entrego. Gozo dentro dela e, na mesma hora, peço desculpas pelo meu desempenho.

– Gozei, desculpa – digo, encabulado.

– Sim, eu sei. Quer dizer, eu vi, ouvi e senti. Não peça desculpas.

Ainda estou dentro dela. Está em cima de mim, fazendo-me carícias. Ainda estou de camisa, e Silje a desabotoa e me despe. Joga a camisa longe e passa a mão nos pelos do meu peito. Beija todo meu rosto, desce até o pescoço e sussurra:

– Estamos indo com calma, Nikolaj, você vai ter todas as oportunidades de me fazer gritar feito uma maluca.

Ela fala com uma doçura que me acalma os nervos.

Agora beija meu nariz.

– Você é estranho, mas eu te amo.

É a primeira vez que um de nós diz isso. Ela balança o corpo para frente e para trás enquanto continua a falar:

– Significa muito pra mim que tenha corrido esse risco. É tão sensual, não é só uma questão de resistência.

Acontece que meu pau começa a crescer de novo. Estou quieto sem fazer nada enquanto ela mexe o corpo para frente e para trás, dizendo como é agradável estar comigo. Não digo nada; ouço, aproveitando a sensação de estar dentro dela. Capto boa parte do que diz, mas não tudo – ela fala sem parar –, porque a sensação de possuí-la é como um pulso forte na minha cabeça. Também não a faço gozar na segunda vez que transamos, mas pelo menos não preciso pedir desculpas de novo.

Eu te amo

Ela abaixa para procurar a panela boa e minha vontade é de transar com ela ali mesmo, em estilo cachorrinho, com a bunda empinada, mas me contenho. Ela está orgulhosa do chili que prepara e não devo interrompê-la. Diversas semanas se passaram desde que ela disse que me ama, e repetiu várias vezes desde então. Eu disse obrigado. Sei que ela espera que eu lhe diga o mesmo, e as palavras estão prontas para serem ditas. Vou para a cozinha. Ela se vira e sorri para mim, apenas um sorriso rápido dizendo que sou um sortudo e depois se concentra no chili. Eu avanço e a seguro por trás. Ficamos assim durante um ou dois minutos.

– Nikolaj, me solta, senão o chili vai queimar.

– Silje Kjær, te amo demais.

Apenas algumas palavras, mas é forte. Sinto pelo efeito que provocam, pois transamos na mesa da cozinha e ela não se importa que o chili queime ou que a panela boa seja destruída. Sinto-me bêbado de amor, mas na maior parte do tempo sinto medo, porque não pode durar. Que se foda a felicidade se não é forte o bastante para me dar paz de espírito.

Sis e Silje

Durante mais de seis meses, Sis não sabe nada sobre Silje. Ela sente que algo acontece, mas eu não digo o que é, nem como é intenso – e é realmente intenso. É muito fácil mantê-las distantes, porque eu e Sis planejamos toda semana nossos encontros, então eu sempre sei quando nos veremos e Silje sabe que preciso de um tempo só para mim. Contei a ela que me encontro com Sis, porém mais por me sentir obrigado do que por querer. Por que preciso mantê-las separadas? Porque elas pertencem a mim, não uma à outra. Não quero dividir.

Silje me arrasta para uma festa no apartamento compartilhado de Camilla na Prinsessegade e, como sempre, sento-me com discrição num canto tranquilo e espero educadamente a hora de irmos embora. Silje está por aí tentando provar para si mesma que é um ser humano sociável, mesmo que seu namorado seja antissocial. De vez e quando ela aparece, me dá um beijo, me abraça um pouco e depois se junta aos outros de novo. Certo momento surge dançando na minha frente com um sorriso enorme nos lábios.

– Mandaram oi pra você.

– Mandaram oi pra mim?

Ela me beija.

– Sim, Brian, um colega do primo da Camilla.

– Brian está aqui?

– Não, ele acabou de sair, mas pediu para te dar um oi.

Fico pálido.

– Você falou com ele?

– Sim.

– Sobre o quê?

Ela não entende meu medo. Como poderia? Não sabe o que acaba de arruinar.

– Sobre nós. Nikolaj, qual o problema?

– Nada.

Ela tenta me acariciar, mas eu afasto a mão dela.

– O que você disse a ele?

– Nada.

Ela tenta me fazer carinho de novo, mas eu seguro forte em seu pulso e não solto.

– Alguma coisa você tem que ter dito.

– Não exatamente. Só disse que estávamos saindo há sete meses. Estava só conversando, Nikolaj. Quem é ele?

O que devo dizer? Que ele é um cara bacana, mas infelizmente é namorado da minha irmã? Solto o braço dela e me levanto.

– Estou indo embora.

– Nikolaj, não... – diz, mas vai embora comigo. Camilla tenta convencê-la a ficar, mas Silje balança a cabeça em negativa e diz: – Não, não posso deixar Nikolaj ir embora sozinho se sentindo desse jeito.

Camilla fica irritadíssima.

Na manhã seguinte enquanto tomo uma ducha, ouço a campainha tocar e sei que meus dois mundos estão prestes a colidir. Seco lentamente o corpo, visto cueca e camiseta, respiro fundo e vou encontrá-la.

Silje está confusa e Sis delira de alegria. Hoje o dia é delas, não meu. Só têm olhos uma para a outra. Tenho uma namorada; deixei alguém entrar na minha vida, o que tira um peso enorme da minha irmã a ponto de quase flutuar. Ela fica na minha casa durante duas horas intermináveis, duas horas das quais não consigo me lembrar de uma única palavra dita. Só me lembro do clima. Ela toca Silje sem parar, como se para garantir que fosse real. Parece estranho, impróprio, quase sexual. Parece apaixonada, hipnotizada por Silje, naquele estado em que só é preciso tocar o objeto adorado. Ela ri, faz piadinhas, e uma hora beija Silje fervorosamente, não um beijo de amantes, mas do jeito que vejo devotos beijando a cruz, e para minha irmã, Silje é isto: um símbolo no qual pode depositar sua fé. Silje tenta agir normalmente, mas não entende de onde surge essa reação desproporcionada, e eu não a ajudo em nada, muito embora todo seu corpo me implore. Não digo nada, apenas fixo o olhar, resignado, em um ponto qualquer da atmosfera. Allan foi convidado para o aniversário de um amiguinho da creche. Do contrário, Sis jamais viria aqui. Antes de ir embora, me abraça por uns bons dez minutos, transbordando uma esperança enorme, inédita para mim.

– Vai ficar tudo bem agora.

Mas que droga, ela acredita mesmo nisso! Quando ouço Sis correndo feliz pelas escadas, volto-me para Silje. Ela franze a testa, parece perplexa.

– Ela não é nada do que eu imaginava.

– Não, provavelmente não.

– Não parece que vocês não se dão bem.

Distancio-me dela alguns passos, viro de costas e digo com toda a calma possível:

– É mesmo?

Ela me segue.

– Não, não parece, Nikolaj. Na verdade parece que ela te ama muito.

– Humm.

– Não faça humm pra mim, Nikolaj, não me vire as costas e olhe para mim enquanto falo com você.

Eu me viro e olho para ela, preocupado.

– Nós estamos juntos há sete meses e há sete meses você me diz que a única coisa em comum com sua irmã é o sobrenome, mas não é verdade, não é?

– Não.

– Porque vocês dois são bem próximos.

– Sim – admito.

– Por que mentiu pra mim?

– Não sei.

– Com que frequência vocês se encontram?

Eu hesito.

– Duas vezes por semana.

– Toda semana? Por que você a manteve em segredo?

– Eu não sei. Quer parar de me perguntar isso, por favor?

– Você é estranho.

– Eu sei.

– Você é!

– Mas isso eu já era antes.

– Sim, mas agora é mais.

Não tocamos mais no assunto. Torna-se insuportável conviver com ela nos próximos dias, mas agora minha irmã faz parte da vida de Silje e vice-versa.

***

Muitas coisas mudam a partir desse dia. Não preciso esconder mais nada de ninguém, o que supostamente seria bom, mas não é. Dentro de mim, o nó se contorce e me corrói. Apesar da dor infernal, tento aceitar que tudo mudou. Então

Silje começa a me irritar um pouco e esse pouco começa a crescer um pouco mais. Não é culpa dela. Ela é tão adorável quanto antes, mas seu amor está destruindo a vida que tive tanto cuidado para planejar.

As táticas de Sis são inteligentes. Ela sabe que não abro mão de Silje, então toma um atalho. Continuamos nos encontrando como de costume. É claro que ela fala de Silje, mas durante a maior parte do tempo se limita a fazer comentários entusiastas, até que um dia ela diz:

– Por que você não traz Silje da próxima vez? Seria ótimo se fizéssemos alguma coisa juntos.

– Ela não vai gostar. É muito reservada – resmungo.

– Acho que ela gostaria, sim. Tenho certeza. Ela não é tímida.

– Ela é tímida sim, de verdade.

– Não é, não – diz minha irmã, armando-se para a batalha.

– Ela é minha namorada. Você a viu uma única vez.

– Nikolaj, eu já me encontrei com ela várias vezes.

Ela andou saindo para comer com Silje; Silje esteve no apartamento dela, cumprimentou Allan e Brian; elas conversam regularmente pelo telefone sobre um monte de coisas, principalmente sobre mim. Elas conquistaram uma à outra. Estão se usando mutuamente, e se usam em relação a mim. Sis é quem pede para Silje não me contar nada porque se preocupa com minha reação, tem medo de que eu interfira de alguma maneira. Sinto-me traído e saio correndo sem dizer nada. Sis me chama aos gritos, mas não dou a mínima. Sei que me comporto como se tivesse 10 anos, mas às vezes é só isso que tenho. Volto para casa. Silje já está lá. Agora tem a própria chave. Talvez moremos juntos em breve.

– Ei, amor.

Não digo nada. Vou direto para o quarto e tranco a porta com raiva. Silje vem até a porta e tenta falar comigo. Tenho ouvidos surdos, mas não tão surdos a ponto de não ouvir o telefone tocar. É difícil entender a conversa, mas tenho certeza de que é Sis e apenas dez minutos depois a voz de Silje não é mais a única que tenta falar comigo. Admito a derrota. Abro a porta olhando para elas, na expectativa. Sis encosta a mão nas costas de Silje e dá um leve empurrãozinho; Silje se joga apaixonada nos meus braços. É um empurrão de merda, porque muita coisa teria sido diferente se Silje tivesse dado um passo para trás.

Finjo ser feliz porque as forças que me exigem isso são poderosas demais para serem enfrentadas. Agora faço parte de um casal, da mesma maneira que Sis faz parte de um casal, e casais se encontram. Eles não moram mais tão longe assim, embora Brian ainda me olhe com desconfiança. Ele ainda me olha com um ceticismo profundo, mas o sorriso de Silje o tranquiliza. Em determinado momento ele me puxa para um canto.

– Não sei o que você fez, mas conseguiu uma namorada adorável. Não ferre as coisas.

– Igualmente.

Uma resposta idiota, porque Brian não se parece em nada comigo.

***

As coisas estão tão bem que só podem dar errado. Sis e Brian acham o máximo ela homenagear minha mãe, e agora estou sendo forçado a me interessar. Pouco tempo depois estou assistindo a uma apresentação com minha irmã e meu cunhado, boquiabertos diante de minha namorada, que se parece com minha mãe, levando-me às náuseas. Recuso-me a tocá-la por mais de uma semana depois do show. Para mim a relação vai deixando cada vez mais a desejar e sinto que minha capacidade de amar vai desaparecendo pouco a pouco. Como eu gostaria de manter viva essa capacidade.

Não sou cego para a ironia que isso representa. Quanto pior me sinto, melhor se sente Sis, e a ironia é que ela se sente melhor porque pensa que estou melhor. O medo de que minha irmã deixe de me amar vai tomando um espaço maior. Um dia Sis nem se dirige a mim porque outras coisas são melhores e mais importantes. Consigo manter o nó em paz e sob controle, mas para isso preciso não ser pressionado. Preciso que Sis não me diga:

– Vamos passar um mês na Tailândia. Nunca passamos férias juntos, mas dessa vez nós vamos. E vocês? Por que você e Silje não viajam para algum lugar?

Minha vontade é gritar "Como pode pensar que está tudo bem, que está tudo normal? Será que não percebe minha agonia?", mas não. Tento aceitar, afinal eu progredi. Por acaso tenho uma namorada que me ama, mas também tenho uma dor horrorosa no estômago. Deixo eles viajarem e não digo nada. A primeira semana é difícil; rosno para Silje o tempo todo. A segunda semana é mais difícil e ela começa a perceber que sou perigoso. Ela nunca teve medo de mim porque nunca dei motivo. Agora dou, e ela, garota esperta, mantém distância. A terceira semana já é demais, e é quando faço. Meu corpo inteiro está tenso, o ar é tão denso que preciso mordê-lo e mastigar os pedaços. Começo a chorar e Silje me abraça instintivamente.

– Quer fazer o favor de me soltar?

– Nikolaj, calma.

– Me solta!

Ela não me solta; quer me proteger. Eu agarro os braços dela e dou um puxão para que me solte.

– Nikolaj, isso machuca!

Meu punho sai voando como por vontade própria. Eu a acerto com força no estômago e ela cai no mais profundo desespero. Não consegue respirar, por isso não consegue gritar por ajuda. Penso "Mas que merda você está fazendo? Pare, seu estúpido!", mas em vez de ajudá-la eu monto sobre ela e deixo cair uma chuva de golpes. Peço desculpas a cada golpe que acerto e minha voz interna grita "Você não vai parar? Por favor, pare! Você a está machucando e eu jamais vou lhe perdoar! Pare, por favor, pare!", mas de nada adianta.

Quando minha mão finalmente se detém, Silje está no chão da sala, ensanguentada e inconsciente. Deito-me ao lado dela e beijo-a delicadamente uma vez atrás da outra. Estamos deitados juntos pela última vez. Adormeço com uma estranha tranquilidade por saber que essas serão as últimas horas que eu a abraçarei na vida. Ela acorda gritando. Quase não consegue enxergar porque os olhos estão muito inchados, mas ela sabe que estou abraçando-a. Preciso soltá-la, então me distancio dela e entro no quarto, pois palavra nenhuma é capaz de curá-la. Ela sai tropeçando às cegas, procurando a porta da frente, encontra-a e desce tropicando pelas escadas até a rua.

Pela janela aberta, consigo escutá-la gritar:

– Socorro! Alguém me ajuda, por favor!

Estou coberto pelo sangue de Silje, com os dedos todos machucados. Lá fora, na rua, ouço gritos e berros, e sem demora ouço a polícia e uma ambulância chegando. Espero minha punição, mas ninguém sobe até mim. Lá se vai a polícia. Não entendo. Por que eles não sobem de cassetete na mão? Por que não aparecem para exercer sua violência brutal? Tem de haver cassetetes arrebentando minhas costas, coturnos pisoteando meu rosto.

Horas se passam até que o telefone toca. Arrasto-me sem a menor energia para atendê-lo. Ouço ruídos e zumbidos na ligação, mas a voz de Brian é claramente audível.

– Eu vou te matar, seu merda.

Eu deveria sentir medo, pois percebo que ele está furioso, mas em vez disso, abro um sorriso. Ele quer me matar, estou agradecido.

Silje não conta à polícia que fui eu. Uma violência aleatória na rua, sem testemunhas, ela não viu quem era, mas liga para minha irmã na Tailândia.

– Alô?

– Silje, é você? – diz Sis, confusa porque Silje está falando pelo nariz de um modo muito estranho.

Silje começa a chorar no telefone e Sis entra em pânico.

– É o Nikolaj, não é? Ele não fez nada, fez?

Eu fiz, mas não aquilo que Sis pensa que fiz. Silje lhe conta cada detalhe: nariz quebrado, dente quebrado, concussão, 24 pontos. Minha irmã desmorona na cama e fecha os olhos na esperança de que, ao abri-los, ficará tudo bem, mas não fica. Ela corre até o aeroporto e paga uma grana alta pela primeira passagem até Estocolmo, e de lá para Copenhague. Brian está na piscina com Allan, e quando ele chega no quarto do hotel, todo molhado junto de um garoto cheio de vida, há um bilhete e nada de Sis.

Sinto muito muito muito, mas fui para casa.
Nikolaj fez algo estúpido.
Sinto muito, Brian, mas tive de ir.
Ele bateu na Silje. Sinto muito.
Amo você!!!
Sanne.

Lá está Brian, na Tailândia, com os olhos úmidos, um bilhete amassado na mão e um garoto inconsolável que grita pela mãe. Mas ela está sozinha e atormentada, presa num avião cheio de estranhos que parecem cegos para a dor que sente.

Sou um ser humano repugnante.

Sis vem abaixo

Sis não aparece na minha casa. Abatida e esgotada, vai para a casa de Silje. Bate na porta esperando o pior, mas não está nem de longe preparada para o que está por vir. Não é Silje que abre a porta, mas Camilla, que fumega de ódio e pergunta:

– O que você quer?

– Quero ver Silje.

– Você tem ideia do que seu irmãozinho fez?

Ela diz:

– Sim, é por isso que estou aqui.

Ela tenta se desviar de Camilla e entrar no apartamento, mas Camilla impede. Sis faz força para entrar, mas Camilla lhe dá um empurrão violento. Sis não vai entrar. Ela tomba para trás, quase cai pelas escadas, mas não vai embora. Tem de ver Silje e Camilla não pode afugentá-la.

– Eu preciso vê-la!

Camilla não se mexe.

– Camilla, deixa ela entrar, está tudo bem.

Isso dá a Sis a esperança de que talvez as coisas não estejam tão mal quanto parecem, pois a voz que escuta é a de Silje, e não de alguém mutilado à beira da morte. Camilla olha furiosa para Sis e Silje precisa dizer mais uma vez "Camilla, deixa ela entrar". É claro que Camilla está irritada, mas se afasta para o lado e Sis entra cuidadosamente no apartamento. Lá está Silje, com o rosto destroçado e irreconhecível. Sis havia decidido ser corajosa e mostrar que Silje podia contar com ela, para que um dia me perdoasse e fôssemos todos felizes. Mas Sis olha boquiaberta para o rosto que costumava abrigar todas as suas esperanças e que agora representa um escárnio, como se perguntasse "haha, você não acreditava, não é?". Ela se vira em silêncio e sai correndo.

***

Brian volta para casa o mais rápido que pode, mas voltar da Tailândia requer tempo. Minha irmã passa mais de 24 horas sozinha no apartamento. Encontra um disco do Suede. Ela sempre escuta Suede quando está deprimida. Coloca no *repeat* e começa a dar pulos pela sala. Depois de quatro horas suas pernas não suportam mais o corpo, ela se deita no chão da sala e abraça uma bola. É nessa posição que Brian a encontra quando entra.

Ele a levanta com cuidado: tem medo de que se quebre inteira. Coloca-a na cama e desliga o Suede. Ele odeia Suede. Minha irmã está acordada há 48 horas, mesmo assim não consegue adormecer. Olha absorta para o teto. Brian acaricia-lhe o cabelo, fala com a voz reconfortante, mas ela parece distante e perdida.

Brian sempre pensa adiante: deixou Allan na casa dos pais. Agora está sentado na cama ao lado de Sis, onde fica o máximo que pode, mas como precisa se vingar, chama um amigo para cuidar de Sis. Pelo modo como toca a campainha, sei que é Brian. A campainha soa agressiva. Eu esperava por ele, e abri a porta com alegria. Espero que me atinja com um golpe só, mas o soco não vem e olhamos um para o outro, perplexos.

– Não vou me sujar encostando em você.

Ele não pode dizer isso.

– Você prometeu.

– Aparentemente, sou um mentiroso.

Vira-se e vai embora.

Ele deve ter percebido em meu rosto uma expressão de expectativa, e por isso abriu a mão que estava cerrada. Ele não vai me bater porque cada golpe arrancaria à força minha culpa, e minha culpa deve continuar lá, intacta.

Estou enlouquecendo comigo mesmo

Quanto mais tempo passa, mais difícil fica. Acho que ela é egoísta por não ligar e aquietar meu estômago. Fique furiosa comigo, enlouqueça, se decepcione, se revolte, mas faça alguma coisa. Eu não sei que Sis está passando por um inferno. Só sei que voltou e não entra em contato.

Convenço-me de que Sis precisa ver minha agonia para voltar para mim. Quando vir como estou sofrendo, nada poderá detê-la. Está escuro, pois são 3h30 da manhã em Hellerup. Quando o táxi chega para me buscar, discuto com o motorista. Estou fedendo porque não tomo banho há três semanas e ainda carrego no corpo alguns traços do sangue de Silje. É só quando tiro do bolso uma nota de mil coroas que ele concorda em me levar à Peder Skrams Gade. Eles acham que não sei, mas eu sei: a senha do alarme da porta de entrada, bem como o lugar onde escondem a chave do apartamento. Na ponta do corrimão há uma esfera de madeira, que está solta, e lá dentro está a chave. Tranco-me no apartamento, vou para a cozinha e pego a faca mais afiada que existe. Respiro fundo e corto primeiro o pulso esquerdo, depois o direito. Os cortes são profundos, mas não longitudinais. Não tenho desejo nenhum de morrer. Tenho apenas que sangrar na medida exata para assustar e colocar as coisas em seus devidos lugares. Abro a porta do quarto e acendo a luz. Eles olham para mim ainda sonolentos, parecem confusos.

– Sis, Sis, me ajude – digo eu, juntando as mãos ensanguentadas.

Sis olha desesperada para mim e resmunga:

– Oh, não.

É tudo que consigo tirar dela. Há algo muito errado. Brian olha confuso para mim durante uns dez segundos, amarra duas blusas nos meus pulsos e diz para Sis.

– Eu o levo para o hospital. Não demoro, não saia daqui.

Mesmo com o sangue pingando pelo chão, me pergunto porque suas palavras foram ladradas como uma ordem. Aonde ela iria no meio da noite? E lá estou no carro com Brian. Ele é um cara bacana, isso ele é. Não dizemos uma palavra sequer. De repente ele para o carro, desce, vem até o meu lado, abre a porta e me arranca para fora do carro. POW POW POW. Hesita um pouco, depois me joga para dentro do carro – agora meu rosto também sangra – e me leva até o hospital, onde me deposita sem a menor cerimônia. Volta correndo para casa, mas no caminho sente um frio terrível e sabe que Sis não está mais em casa. Chora tanto que quase bate com o carro.

Suicídio

Minha irmã comete suicídio. Atira-se no canal de Nyhavn, e nada mais direi sobre isso.

Como fico sabendo

Volto para o apartamento vazio com os pulsos doloridos e espero Sis, porque ela precisa reagir de um jeito ou de outro.

Espero e espero com a sensação de um nó que sobe e desce da garganta. Depois de três dias eu ligo para Sis, mas ninguém atende. É claro que ninguém atende. Minhas feridas são um grande desperdício e me sinto estúpido. Depois de uma semana penso em aparecer na casa deles, o que é impossível depois da última visita. Preciso ser convidado para entrar, e como não fui, melhor ficar longe. A regra é essa, e só devo quebrá-la se quiser correr o risco de ser banido para sempre.

Preciso sair, então ando a esmo pelas ruas. Paro numa banca para comprar um maço de King's Blue, e é ali que começo a ficar ofegante. No balcão está a última edição do *Ekstra Bladet* com o caixão da minha irmã na primeira página. O turco baixinho atrás do balcão olha para mim, preocupado. Ele pensa que engasguei com alguma coisa, pula até mim e começa a bater nas minhas costas. Depois de alguns golpes eu recupero o ar e:

– AAAAAAAAAAAAAAAAAAAAAAAAAAAAAAAAAAAAAAAA AAAAAAAAAAAAAAAAAAAAAAAAAAAAAAAAAAAAAAAAAAAAAAA AAAAAAAAAAAAAAAAAAAAAAAAAAAAAAAAAAAAAAAAAAAAAAA AAAAAAAAAAAAAAAAAAAAAAAAAAAAAAAAAAAAAAAAAAAAAAA AAAAAAAAAAAAAAAAAAAAAAAAAAAAAAAAAAAAAAAAAAAAAAA AAAAAAAAAAAAAAAAAAAAAAAAAAAAAAAAAAAAAAAAAAAAAAA AAAAAAAAAAAAAAAAAAAAAAAAAAAAAAAAAAAAAAAAAAAAAAA AAAAAAAAAAAAAAAAAAAAAAAAAAAAAAAAAAAAAAAAAAAAAAA AAAAAAAAAAAAAAAAAAAAAAAAAAAAAAAAAAAAAAAAAAAAAAA AAAAAAAAAAAAAAAAAAAAAAAAAAAAAAAAAAAAAAAAAAAAAAA AAAAAAAAAAAAAAAAAAAAAAAAAAAAAAAAAAAAAAAAAAAAAAA AAAAAAAAAAAAAAAAAAAAAAAAAAAAAAAAAAAAAAAAAAHHHH HHHHHHHHHHHHHHHHHHHHHHHHHHHHHHHHHHHHHHHH HHHHHHHHHHHHHHHHHHHHHHHHHHHHHHHHHHHHHHHH HHHHHHHHHHHHHHHHHHHHHHHHHHHHHHHHHHHHHHHH HHHHHHHHHHHHHHHHHHHHHHHHHHHHHHHHHHHHHHHH HHHHHHHHHHHHHHHHHHHHHHHHHHHHHHHHHHHHHHHH HHHHHHHHHHHHHHHHHHHHHHHHHHHHHHHHHHHHHHHH HHHHHHHHHHHHHHHHHHHHHHHHHHHHHHHHHHHHHHHH

HHHHHHHHHHHHHHHHHHHHHHHHHHHHHHHHHHHHHHHHHHHHH
HHHHHHHHHHHHHHHHHHHHHHHHHHHHHHHHHHHHHHHHHHHHH
HHHHHHHHHHHHHHHHHHHHHHHHHHHHHHHHHHHHHHHHHHHHH
HHHHHHHHHHHHHHHHHHHHHHHHHHHHHHHÉMINHAIRMÃMINH
AIRMÃMINHAIRMÃSISSISSISNÃONÃONÃONÃONÃONÃONÃONÃOMI-
NHAIRMÃVOCÊNÃOPODEFILHADAPUTAMINHAIRMÃOQUEVOUFAZE-
RAGORASISNÃOPODEFICAFICAEUTEAMOPORRAPORRAELANÃOPO-
DEFAZERISSONÃOPODEFILHADAPUTANÃOPODEÉMINHAIRMÃMI-
NHAIRMÃMERDAMERDAMERDAMERDAMERDAÉMINHAIRMÃMI-
NHAIRMÃMINHAIRMÃMINHAIRMÃMINHAIRMÃMINHAIRMÃMI-
NHAIRMÃMINHAIRMÃMINHAIRMÃMINHAIRMÃMINHAIRMÃ!

Quando paro de gritar, todos os jornais estão em pedaços.

O turco baixinho está me segurando e diz:

– Calma, meu jovem.

Ele passa a mão no meu cabelo e tira de mim o último exemplar do jornal.

Ela está morta. Derrama de mim um suor gelado e meu corpo inteiro treme.

– Há alguém que possa ajudar você?

Não, agora não mais.

Depois da morte de Sis

Agora o nó começa realmente a crescer. Atinge minha cabeça e o corpo todo. Durante semanas, nada mais sinto que uma dor insuportável. O nó vai destruindo tudo, abrindo espaço para si próprio. Paredes, teto, chão, tudo é dilacerado em pedaços do modo mais sonoro possível. De repente o barulho e a dor param, porque qual o propósito de ter uma dor de estômago quando eu não funciono mais? Tudo está silencioso, a demolição acabou, o nó tomou conta de tudo e eu não sou mais eu. Sou o nó. É o nó que sabe o que precisa ser feito. Faço compras, lavo-me de cima a baixo e passo o aspirador todos os dias. Vivo numa zona livre de emoção, onde tudo é uma rotina programada para me manter mais em marcha do que com vida, e como não me arrisco em nada, sigo à deriva. Eu teria mais ambições se fosse mais forte, mas nesse exato momento tudo que importa é continuar em marcha. Já faz mais de seis meses que não me lembro de nada, porque nada acontece. Não há nenhuma memória ligada a acontecimento algum.

Depois da morte de Sis, tornei-me o único proprietário das canções de minha mãe, além de 26 apartamentos em Copenhague; se eu fosse um homem são, poderia ter uma vida fantástica.

Tio John

Depois de seis meses fazendo nada, faço algo incomum. Visito o túmulo dos meus pais no Cemitério Assistens. Eu e Sis costumávamos ir até lá no aniversário deles. Sis falava de tudo e de todos, e sobre o modo como éramos tratados pelas outras pessoas. Era sempre Sis quem falava. Eu só olhava adiante, surpreso, enquanto ela tinha longas conversas com uma lápide; mas quando saíamos de lá, ela estava sempre feliz e aliviada. Também quero me sentir aliviado. Foi difícil encontrar o túmulo. O Assistens é um cemitério grande, e já faz um tempo que estive aqui. A verdade é que passei pelo túmulo algumas vezes. Há um homem de olhar triste, por volta dos 70 anos, parado diante da lápide, o que me leva a pensar que não é ali que meus pais estão. Dou uma volta e retorno ao túmulo. Só para garantir, passo perto dele e dou uma olhada para a pedra.

– Você conhecia meus pais? – pergunto, surpreso por vê-lo chorando.

Ele olha para mim, estica o braço e aperta minha bochecha.

– Nikolaj, meu garoto, há quanto tempo.

Dá dois tapinhas no meu rosto com força. Mas que inferno!

– Tio John?

– Sim. O quê?

– Nada.

Ele parece velho. Ele é apenas um pouco mais novo que meu pai, então não pode ter mais que 55, mas parece bem mais velho, pelo menos uns 10 anos. Permanecemos em silêncio, lado a lado. É embaraçoso, e não fica menos embaraçoso quando John começa a falar, porque ele segura minha mão de repente e diz:

– Allan, todos esses anos foram muito difíceis para mim.

Concluo que ele está falando com o túmulo e finjo que nada está acontecendo.

– Allan, você entrou em transe? – e me aperta de leve a mão.

– Meu nome é Nikolaj.

– Sim, ele é um bom menino. Você não se importa que eu digo que sou tio deles, não é?

– Tio John, sou o Nikolaj.

– Não, Allan. Não importa. Mas para mim é importante, pois considero sua família como minha.

– Allan é meu pai, eu sou filho dele.

Tento fazê-lo soltar minha mão, mas ele a segura com mais força.

– Não diga isso. As pessoas precisam dos outros. Preciso que você seja meu amigo.

Continuo em silêncio, mas os pelos do meu braço começam a ficar eriçados. A insistência dele torna a situação ainda mais desagradável. Quando ele faz silêncio e começa a me soltar, puxo minha mão.

Ele olha para mim e diz:

– Sinto falta do seu pai, mesmo achando que ele não sente falta de mim.

Demora um momento até que eu perceba que ele voltou.

– Acho que ele também não sente falta de mim, se lhe serve de consolo.

– Que bobagem. Ele amava vocês dois, principalmente você. Você acha que eles estão bem?

– Estão mortos.

– Mas estão bem?

– Não, estão mortos.

– Eu sei, mas será que estão bem?

– Olha só, não tenho a menor ideia do que você está falando.

Ele olha para mim desapontado, mas não me incomoda muito. Quero que ele vá embora e me deixe em paz. Vim até aqui para me aliviar, não para ser incomodado por um maluco. Ele não vai embora, no entanto: olha para mim, curioso.

– Como está sua irmã?

Tenho que respirar bem fundo nesse momento.

– Ela também morreu.

– Então você está sozinho?

Sinto a dor no estômago chegando, o que me surpreende porque não tenho dor de estômago há seis meses. Concordo com um gesto.

– Sabia, você é igualzinho a mim.

Isso me deixa um pouco em choque, porque ele parece completamente destruído – então olho para ele e digo:

– Do que você está falando? Não sou igualzinho a você. Eu estou ótimo – mas pela primeira vez, noto os olhos de tio John: vejo neles o mesmo olhar triste que me olha de volta no espelho toda manhã nos últimos seis meses. Viro-me nesse exato momento e vou embora.

Quando chego em casa, choro e não paro de chorar por uma semana, a não ser nos intervalos para gritar ou berrar. Não quero de fato dizer as coisas que grito sobre Sis. Só preciso expressá-las, sejam elas verdadeiras ou não. Meu estômago volta a doer. Sinto alguma coisa de novo, o que de nada serve para que eu me sinta melhor.

Todos os dias, quando olho no espelho, vejo tio John com uma clareza maior que no dia anterior, e não é porque me deixo cair aos pedaços. Ainda me lavo de cima a baixo, mesmo quando a dor é das mais agudas, mas o que me olha de volta são os olhos de John. Não entendo como ele passa sorrateiro para trás dos meus olhos e tento encontrar o trinco na minha testa. Um dia pergunto-lhe "Como conseguiu entrar em mim?" e é claro que não tenho resposta, mas mantenho a interrogação por mais de meia hora. Não falo muito há muito tempo, e conversar me faz bem. Preciso de alguém que saiba como me sinto, mas tem de ser alguém que me interesse. Estranhos não passam de estranhos. Tem de ser alguém que saiba quem sou eu. Penso em telefonar, mas não tenho coragem; quase escrevo um e-mail, mas não tenho energia para isso, então acabo pegando caneta e papel e escrevo uma carta para Silje.

A carta para Silje

Olá, Silje,

Não mereço que você leia isso, mas preciso dizer. Nunca entendi o que você viu em mim. Parecia ridículo que alguém como você se importasse com alguém como eu, mas você me fez feliz. Eu fiz de mim mesmo um infeliz, e isso muito antes de bater em você, porque sou um imbecil. Se você se arrepende por não ter prestado queixa contra mim, eis minha confissão: eu, Nikolaj Okholm Jensen, destruí o que me era mais importante. Bati em Silje Kjær sem parar até vê-la ensanguentada e inconsciente na minha sala. Ela era minha namorada. Eu a destruí, e destruí a mim mesmo. Não espero perdão; sequer estou pedindo perdão. Quero só que você saiba que apesar do que fiz, eu amo você e sempre amarei. Isso você não pode retribuir. E não deve, porque eu não mereço. Minha irmã morreu. Não sei se você soube, provavelmente sim. Ela cometeu suicídio, mas na verdade a culpa foi minha. Em menos de um mês, ataquei você e matei Sis. Eu adoraria dizer que sou melhor que isso, mas não sou. Fiz coisas muito ruins das quais você não tem conhecimento. Uma vez chutei a cabeça de um menino de 10 anos. Hoje me arrependo de tudo, mas não pareço capaz de fazer nada além de coisas das quais vou me arrepender amargamente depois. Sou uma má pessoa e isso me controla. Eu sei. Você me fez pensar que eu poderia ser uma pessoa melhor. Você sabe que tentei suicídio duas vezes. Na verdade foram duas vezes e meia, e isso serviu de impulso para minha irmã pular na água. Isso, e o que fiz com você. Agora estou sozinho e você pode até pensar que terminei o que comecei: tirar minha própria vida, dessa vez sem Sis para me salvar, colocando em tudo um ponto final. Mas não. Seria fácil demais e desrespeitoso demais com Sis. Em vez disso, vago dentro de mim mesmo. Estou a caminho de me perder, de irremediavelmente me perder, mas antes eu queria te dizer isso. Sinto muito.

Com amor,
Nikolaj

Não espero uma resposta, mas menos de uma semana depois, uma carta de Silje entra voando pela caixa de correspondência. Tudo o que diz é:

Nikolaj, nunca mais entre em contato comigo.

Silje

Por que ela simplesmente não me ignora?

O irmão pequeno de Sanne?

Começo a fazer longas caminhadas e volto para casa com duas sacolas cheias de porcarias. Metade delas eu jogo fora assim que entro: um monte inútil de lixo que comprei, apesar de caro, simplesmente para fazer alguma coisa. Posso comprar coisas caras com todo o dinheiro que tenho. Começo a olhar furioso para as pessoas durante as compras. Olho para todos vocês, pessoas que têm umas às outras. Você e sua namorada. Você e seus amigos. Você e seus pais. Não faço nada, mas mentalmente estou chutando a canela de todos vocês. Ninguém se aproxima para me perguntar se estou bem, porque eu assusto as pessoas.

Há aquela moça beijando o namorado. Ele entra um minuto na loja de discos FONA e concluo que a odeio mais do que qualquer coisa, porque ela se parece com minha irmã sem ser minha irmã. Ela percebe meu olhar do mal e não se importa com ele. Eu quase a espanto quando o namorado sai. Ela olha para ele, aninha-se em seus braços e sussurra alguma coisa enquanto olha para mim. Discutem o assunto um momento. Ele quer me enfrentar. Ela não deixa. Ele vence. Aproxima-se. Por alguma razão, gosto dele instintivamente. Parece uma pessoa legal. Enquanto ele cruza os dez metros que nos separam, minha raiva diminui. Quando chega diante de mim, sorrio de volta. Ele me pergunta:

– Com licença, algum problema?

Não sei o que responder, tenho caminhões de problemas, então apenas sorrio.

– Você está assustando minha namorada.

– Sim.

– É só isso que tem a dizer?

– E você gostaria que eu dissesse mais alguma coisa?

– Preste atenção... – ele para e olha para mim de um jeito estranho, como se me esperasse completar a frase, e entendi que ele queria saber meu nome. Ele só quer meu primeiro nome, mas perdi a prática dessa coisa de se apresentar, então digo:

– Nikolaj Okholm Jensen.

– Preste atenção, Nikolaj... – e para.

Olha para mim com uma perplexidade notável.

– Nikolaj?

Sim.

– O irmão pequeno de Sanne?

Pela primeira vez eu olho nos olhos dele. Até o momento, eu só havia mirado fixamente em um ponto além dele. A namorada, sentada numa pedra há uns dez metros de nós, observa, preocupada. Não bastava que ele demarcasse o território para demonstrar que a protegia?

– Quem é você?

– Tue. Saí com sua irmã há alguns anos.

As palavras trazem de volta minha raiva.

Continuo tranquilo, mas digo como prevenção:

– Vá embora.

– Você precisa de alguma coisa?

Fecho o punho.

– Vá embora, Tue.

Ou ele não entende a gravidade da situação, ou simplesmente a ignora. A namorada se aproxima, preocupada. Quanto mais ela se preocupa, mais me lembra Sis. Talvez porque agora eu saiba que é Tue, e porque vejo o que quero ver: uma Sis feliz e muito amada com um namorado apaixonado e gentil para protegê-la.

– Eu li sobre sua irmã. Sinto muito. Sei o quanto a amava.

Berrando, dou um salto adiante e acerto-o no estômago com a cabeça, tirando-lhe o ar e o chão. Deve ter doído bastante, mas a namorada se joga em cima dele. Surpreende-me que ela não queira me afastar em vez de proteger Tue, mas agora minha vontade é soltá-lo e sair correndo. Ela merece isso. Ele merece isso. Eles amam um ao outro a ponto de sangrar, e isso não deve ser só respeitado, mas também honrado. Saio rapidamente, e Tue teve sua honra ferida só um pouquinho.

Chispo para casa e ligo a televisão na esperança de que ela me ajude a acalmar, mas vejo uma foto de mamãe e, por puro choque, não mudo o canal a tempo.

"À primeira vista, Tarm e Grith Okholm poderiam parecer totalmente incompatíveis. Tarm é uma cidadezinha que representa a tranquilidade bucólica da Jutlândia; mas uma estrela viveu aqui, uma verdadeira supernova capaz de iluminar o céu, onde quer que estivesse. Muita gente acredita que Grith nasceu

e foi criada em Copenhague, mas nada tão distante da verdade quanto isso; nós, que amamos sua música, podemos agora saber dos fatos. A música de Grith tem uma calma e uma modéstia típicas da Jutlândia", diz o apresentador em um sotaque típico daquela região. "*Se estiver nas redondezas, não deixe de visitar Tarm, ainda que seja apenas pelo carinho que seu povo sente por Grith. Aqui estão seus maiores fãs.*"

O roubo

São 3h30 da manhã. Sei disso porque olho para o relógio quando escuto passos no apartamento. Levanto calmamente da cama e procuro algo que possa machucar. Escolho o cinzeiro que afanei do Sankt Peder. Cabe certinho na mão e é resistente e pesado. Quem entrou faz tanto barulho quanto se estivesse na própria casa. Saio da cama na ponta dos pés e o vejo de soslaio quando entra no banheiro. Parece robusto, de cabelo comprido, barbudo, grande, forte e transpira confiança. Preciso tomar cuidado; não posso travar uma briga justa, mas um sujeito que invade meu apartamento não pode esperar ter uma briga justa. Piso levemente até o banheiro e escondo-me ao lado da porta, esperando que ele saia. Ele lava as mãos e sai do banheiro despreocupado. Golpeio-lhe a cabeça com o cinzeiro, minha mira é perfeita: CATAPOU, bem na nuca. Ele continua de pé, mas leva as mãos à cabeça por causa da dor. Eu deveria acertá-lo de novo quando vejo que não cai, mas fico espantado pelo modo como se sustenta de pé depois de um golpe daqueles. O golpe perfeito com um cinzeiro pesado. Ele se vira para mim com os olhos em chamas e eu, desesperado, miro outro golpe com o cinzeiro. Não o acerto dessa vez: ele segura meu braço no meio do golpe e tenho certeza de que agora estou perdido. Há uma força no braço dele que nunca senti antes, nem mesmo em Brian.

– Você vai me bater?

Os olhos dele flamejam e a voz ressoa como trovão.

– Você está no meu apartamento – digo em tom patético.

– Solte o cinzeiro.

Ele aperta meu braço ainda mais; a dor é tão forte que não me atrevo a fazer nada além do que ele diz. Solto o cinzeiro, que se espatifa no chão.

– Sente-se.

Sento-me obediente no sofá. Ele está sangrando um pouco. Toca o ferimento com cuidado e olha para o sangue nos dedos.

– Você acerta todo mundo que tenta ajudá-lo?

– Você está no meu apartamento.

– Você ouviu o que eu disse?

Balanço a cabeça.

– Eu vim ajudar você, Nikolaj.

Não sei quem ele é. Nunca o vi antes, então por que fala comigo desse jeito?

– Eu te conheço? Quem é você?

Ele sorri, abre bem os braços e diz:

– Sou Jesus Cristo e vim ajudá-lo a se tornar um homem melhor.

Procuro discretamente outra arma, mas a única coisa que consigo alcançar de onde estou é uma almofada. Ele espera minha reação, mas quando continuo em silêncio, ele diz:

– Você não acredita, não é?

Continuo em silêncio.

– Acredita?

Não digo nada.

– Por que é tão difícil de acreditar?

Continuo sem dizer nada.

– É porque pensa que não merece minha ajuda?

Ainda estou em silêncio.

– Estou aqui para te fazer um homem melhor. Você entende?

Balanço a cabeça. Ele se frustra.

– O que você não entende? Eu, Jesus Cristo, vim para transformá-lo em um homem melhor.

Percebo que ele usa sandálias, o que só confirma minha suspeita de que ele deve ser louco.

– Por que eu?

– Você não precisa de ajuda?

– Eu e um tanto de gente. Pessoas que acreditam em Jesus, essas coisas.

Ele assente, sério.

– É verdade, mas elas têm uma irmã que costumava rezar por elas várias vezes ao dia?

– Você conhece minha irmã? – pergunto, tímido.

– Sim, Nikolaj, conheço. Ela costumava rezar por você várias vezes ao dia, todos os dias. Ela acreditava que você podia ser melhor do que é agora. Acreditava que você não precisa machucar os outros. Que não precisa ser violento e mau. Que pode melhorar e ter uma vida boa. Acredita nisso?

Balanço a cabeça e digo:

– Não sou muito bom nisso.

Não acredito que ele seja Jesus, mas ele conhece Sis e isso muda tudo. Significa que eu o escuto. Ele não se parece com Jesus, certamente não aquele camarada na cruz. É muito grande e robusto.

– Você acha que sua vida vai melhorar se você se tornar um homem melhor?

Hesito, mas não porque não sei a resposta. Hesito porque a resposta é óbvia demais.

– Sim, é claro que acredito.

– Então por que não se torna um homem melhor?

Não posso responder a isso.

– Preciso ir ao banheiro.

Levanto-me do sofá, passo por ele cautelosamente e entro no banheiro. Não estou com vontade de fazer xixi, mas preciso colocar a cabeça no lugar, então sento no vaso e tento relaxar. Passo dez minutos sentado, depois jogo água no rosto.

Quando retorno, encontro-o de pé segurando meu álbum de fotografias, puxando uma foto de Silje.

– É sua ex-namorada?

Concordo com um gesto.

– Silje, aquela que você espancou?

Quase perco a respiração.

– Como sabe disso?

– Sua irmã me contou. Ela é bonita. Você deve se martirizar até hoje por isso – diz ele, olhando para a foto.

Ele folheia o álbum.

– Você tem várias fotos da sua irmã. Deve sentir falta dela.

– Quer parar de olhar minhas fotos? – digo, tentando apanhar o álbum, mas ele não deixa. Senta-se na minha poltrona e continua examinando as fotos. Eu continuo de pé, agitado, andando de um lado para outro. Ele fecha o álbum e o coloca sobre a mesinha de centro. Corro para pegá-lo e o coloco de volta na estante, pois não quero mais que as fotos fiquem perto dele.

– Você acredita que sou Jesus Cristo?

– Não, é claro que não.

– Então quem você acha que eu sou?

Digo, ponderado:

– Algum maluco que conhecia minha irmã.

Ele sorri e diz:

– Algum maluco? Não sou maluco.

Silêncio.

– Está disposto a fazer o que eu disser?

Respiro profundamente e penso: “Merda, o que tenho a perder?”, e digo:

– Sim, pois preciso de ajuda.

Ele parece confuso.

– Mesmo achando que sou maluco?

– Sim.

– Está disposto a confiar num maluco?

– Estou disposto a confiar em você.

– Sente-se, Nikolaj, relaxe. Não há nada a temer.

Sento-me no sofá, mas o mais afastado possível. Ele aproxima a cadeira e inclina o corpo na minha direção.

– Medidas drásticas serão necessárias para ajudá-lo.

– Sim – digo eu, sem a menor ideia do que ele quer dizer com medidas drásticas.

– Você tem muitas lembranças ruins de Copenhague. Precisa sair daqui.

Concordo. É claro que preciso.

– Onde você acha que pode haver quem se importe com você, Nikolaj?

– Não conheço ninguém que more fora de Copenhague.

– Ninguém mesmo?

Balanço a cabeça negativamente, mas é claro que existe uma notável exceção. Murmuro:

– Meus avós moram na Jutlândia, em Tarm, mas eles não se importam comigo.

Ele sorri.

– Você conhece mais alguém de Tarm?

– Meus pais eram de Tarm, mas como os dois morreram, isso não ajuda em nada.

– Está enganado.

Nesse momento, entendo o que ele quis dizer. Está me mandando para Tarm. Mas é drástico demais. Olho para ele, em choque.

– Nem amarrado eu vou para Tarm. Está maluco?

Ele ri.

– Sim, você não para de dizer que sou maluco. Está disposto a fazer o que eu disser?

Eu prometi, então digo que sim, mesmo que me incomode.

– Ótimo. Quando terminar o mês, mude-se para Tarm.

Tenho dificuldade para entender como isso pode ser melhor para mim; penso que será o contrário.

– O que vou fazer em Tarm?

– Isso depende de você. Confie em mim. Lá você tem opções muito melhores que qualquer pessoa.

Maldita Tarm, mas tenho de ir: decreto de Jesus. Ele estende a mão e eu a tomo, cauteloso. Assim que minha pele encosta na dele, sinto o nó no meu estômago se afrouxar. Pela primeira vez não sinto dor e desconforto, então sorrio.

– Até breve – diz ele, e sai.

Estou sozinho de novo no apartamento. Mas que merda foi essa? Levanto-me do sofá, pego o cinzeiro quebrado e jogo na lixeira. Tenho uma crise de riso quando me lembro de ter acertado Jesus na cabeça, CATAPOU, mas estou feliz por não ter rido na frente dele. Ele é formidável – mas tem mesmo de ser, é filho de Deus. Thor provavelmente é tão formidável quanto. Vou para a cama, mas não consigo dormir porque tenho um turbilhão de pensamentos na cabeça. Mas são pensamentos bons. São Jesus dizendo que entrou na minha vida para que eu me torne um ser humano melhor.

Na manhã seguinte, me pergunto se aquilo foi um sonho ou se eu finalmente me tornei o tio John, mas o cinzeiro na lixeira e o pulso dolorido me mostram que foi real. Não parece um sonho. Estou me mudando para Tarm.

Segunda parte

OTAN

A viagem para Tarm

Estou sentado no trem para Tarm. Hoje é 1º de junho. Passaram-se três semanas desde a visita de Jesus. Andei ocupado. Poucos dias depois da visita, encontro meu corretor de imóveis. Ele não entende o que peço quando digo que quero uma casa em Tarm.

– Mas isso não é quase na Alemanha? Não sei absolutamente nada do mercado imobiliário da Jutlândia. Você quer começar a investir lá também?

– Não, estou me mudando para lá. É a cidade dos meus pais.

Ele mesmo nasceu na Jutlândia, mas vive aqui há vinte anos. Ele odeia aquele lugar com um fervor típico de migrantes jutlandeses.

– E por que está fazendo isso? A Jutlândia é um tédio.

– Tenho de fazer. Jesus mandou.

Isso o cala.

– E o apartamento?

– Coloque-o à venda.

Uma semana depois, recebo a notícia de que comprei uma casa de 179 m^2 em Tarm, com um jardim de 800 m^2. Vejo a casa apenas pelas fotografias que meu corretor bateu enquanto esteve em Tarm, mas parece excelente à primeira vista, por dentro e por fora. É uma casa bonita, de tijolos vermelhos, na Poppelvej, uma área familiar, e pago apenas 1,2 milhão de coroas por ela, enquanto meu apartamento em

Hellerup é anunciado com o preço inicial de 2,7 milhões de coroas. A princípio, me incomoda o fato de a casa valer apenas 1,2 milhão, pois quero um lugar decente para viver, mas ele me garante que não há nada de errado com o imóvel. Tudo é mais barato na Jutlândia.

***

Por mais estranho que pareça, estou me sentindo muito bem com a mudança para Tarm, agora que me acostumo à ideia; há muito tempo não acontece nada na minha vida. Pelo menos agora, alguma coisa acontece. Mais uma vez, o trem para junto a um rebanho de vacas. Não imaginava que havia tantas vacas na Jutlândia!

***

Quando faço a baldeação de trens em Esbjerg, vejo uma senhora fazendo palavras-cruzadas. Demoro alguns segundos para perceber quem ela é. É vovó, e meu estômago urra furioso. Sento-me um pouco distante dela. Ela não me vê, ou pelo menos não me reconhece. Não consigo evitar e a observo de cara fachada. Tenho todo direito de olhá-la assim, mas ela está concentrada nas palavras-cruzadas e não percebe meu olhar, ainda que eu esteja grudado a ela.

Tenho pensado muito em meus avós ultimamente, porque Tarm é sinônimo deles, nada mais. Tomo a decisão de tentar evitá-los. Eles estão lá e eu estou lá, simples assim. Talvez eu os encontre por acaso, mas não vou procurá-los. Cerca de 20 minutos depois, quando chegamos a Varde, começo a achar interessante que ela nunca olhe para os outros passageiros. Durante meia hora de viagem de Varde a Tarm, ela não levanta o olhar nem uma vez, nem mesmo quando as pessoas passam por ela. Então os autofalantes anunciam que chegaremos a Tarm em poucos minutos. Sinto cócegas no estômago e esqueço-me de vovó. Uau, como Tarm é pequena. Não que eu esteja decepcionado. Estou apenas fazendo uma observação.

Vovó sai do trem pela outra ponta do vagão. A princípio, quero sair sem dizer nada, mas não consigo evitar. Algo me força a colocar-me exatamente diante dela e fazê-la parar. Ela está imóvel, olhando para o chão, mas agora não há como se esconder atrás das palavras-cruzadas. Estamos cara a cara. Estou pensando no que dizer, mas não consigo imaginar nada além de "Olá, vovó". De repente ela me estende a mão. Merda, merda, merda! O que está fazendo? Assustado, dou um salto para trás, viro de costas e saio correndo.

Ela me estendeu a mão!

Da estação até minha nova casa

Como a estação fica na parte norte da cidade e Poppelvej fica na parte sul, resolvo dar uma boa olhada na rua principal, que corta Tarm praticamente de ponta a ponta. Estou faminto depois da longa viagem – demorei quatro horas e meia para chegar – e entro na Las Vegas, a maior lanchonete de Tarm. Nela há um cardápio maior e mais caça-níqueis que na outra lanchonete menor, a Westside. Peço meia-porção de frango e batatas fritas. As pessoas olham para mim. Como sem ser perturbado, mas há dois sujeitos em particular – um menor e outro mais largo, da minha idade – que olham persistentes. Quando termino de comer a última batata, continuo seguindo a rua principal. Sigo tranquilo, no meu tempo, parando sempre que há algo por que parar. Demoro um tempão para chegar a Poppelvej. Passo por um riacho, que logo depois percebo ser um ribeirão, e não me restam opções a não ser parar por 15 minutos e desfrutar a vista. Observo algumas estudantes que passam por mim em plena forma e sinto-me estranhamente vivo. Entro na lojinha da esquina para ver a seleção de filmes, que não é nada ruim. Permito-me prestar atenção em cada pedra e em cada placa de sinalização. Pouco a pouco, vou chegando perto do meu novo lar.

Meu novo lar

Hesito um pouco do lado de fora do número 22 da Poppelvej porque tenho medo de abrir a porta. A casa é exatamente como imaginei. A vizinha do lado – uma senhora baixinha e gordinha chamada Karen, o que descobri depois – olha para mim enquanto estou diante da porta, mexendo nas chaves. Consigo entrar e tudo está muito quieto, afinal a casa está praticamente vazia. Sinto uma coisa estranha no estômago e dessa vez não é dor, pois não estou com medo, mas tenso.

A casa tem cinco quartos, uma sala enorme, um corredor enorme, uma cozinha enorme, mais um depósito de ferramentas e uma garagem, onde alguém esqueceu uma velha bicicleta de corrida marrom. Não tenho a menor ideia do que vou fazer com todo esse espaço; não consegui nem mobiliar totalmente meu antigo apartamento de dois quartos. Dedico vários dias a simplesmente estar ali, andando descalço pelo jardim, deitando-me em todos os quartos para decidir qual é o melhor para dormir, mas não escolho um predileto. Ao contrário, sinto-me confortável em todos eles.

Livrei-me de todas as minhas coisas antes de vir para cá; queria começar tudo de novo, mas o mais perto do zero que eu conseguisse. A instituição beneficente Kirkens Korshær levou vários móveis caros, cerca de quinhentos filmes, alguns milhares de CDs e um monte de outras coisas, incluindo a maioria das roupas. Tudo que tenho comigo é uma mochila com o que me é mais indispensável, como meu álbum de fotos. Não preciso dizer que preciso comprar móveis para fazer da casa um novo lar.

***

O pessoal da Falke (única loja de móveis de Tarm) se surpreende com minhas compras.

– Mas você já comprou uma cama – diz o vendedor, educadamente.

Concordo com a cabeça e aponto para dois sofás-camas.

Mais tarde, ao fazer o pagamento, o vendedor abre um sorriso.

– Seu sobrenome é Okholm?

Fico nervoso, mas felizmente ele acha que é uma coincidência.

– Não sei se você sabe, mas Grith Okholm é de Tarm.

Inspiro aliviado e digo:

– Grith Okholm, a cantora? Eu podia jurar que ela era de Copenhague.

O vendedor balança a cabeça vigorosamente.

– Não, na entrada da cidade há uma placa: "TARM – Cidade-natal de Grith Okholm". Você não viu?

– Eu vim de trem. Então ela viveu aqui?

– Ela nasceu aqui.

– Então deve ter se apresentado bastante na cidade – digo, com plena certeza de que ela nunca cantou em Tarm.

– Não, na verdade ela nunca se apresentou em Tarm...

O vendedor de repente age como se estivesse resfriado.

– Que estranho.

– Sim, também achamos.

Agradeço-lhe pela ajuda e pela conversa. Um dos portões da cidade fica a mais ou menos meio quilômetro dali, um negócio branco horroroso, gigantesco. Me aproximo, curioso... e não é que é verdade?

Tinha de acontecer

Passo uma semana comprando roupas (pela primeira vez na vida tenho várias camisetas polo), móveis, utensílios de cozinha, uma televisão, e organizando e mudando as coisas de lugar. Quando termino, tenho um lar. Há camas nos quatro quartos (sofás-camas em dois deles) para quando eu quiser dormir em um cômodo diferente, e quase toda minha mobília é bege. Minha casa é bonita e organizada, do jeito que eu imaginava que fossem as casas em Tarm.

***

Jesus não me disse o que eu deveria fazer aqui, o que me dá medo de errar. Passo muito tempo diante da televisão, e quando saio de casa, ultrapasso os limites da cidade e caminho por campos e bosques, ou passeio pelas ruas sem entrar nas lojas. Eu compro comida, é claro, mas compro usando monossílabos e pago com dinheiro. Ninguém sabe que sou filho de minha mãe. Na minha caixa de correio está escrito Nikolaj Jensen.

***

Faz três semanas que estou em Tarm quando cruzo um trigal para chegar ao trecho de um bosque que ainda não conhecia. De repente, vejo vovô correndo na minha direção. Eu congelo. Ele chega até mim, me dá dois cascudos na cabeça:

– Ei, tem alguém aí? Você acabou de estragar um trigal.

Boquiaberto, olho para ele. Ele está a um palmo de distância falando sobre plantação, que esquisito! Não sei por que, mas me parece a reação mais natural: não digo nada, mas também lhe dou dois cascudos na cabeça e deixo que falem por si só. Ele se surpreende e recua dois passos.

– O que pensa que está fazendo?

– Se me bate, eu te bato. Se me deixa ser, eu te deixo.

Minha voz se quebra; não sou tão durão quanto gostaria de ser.

– Então respeite a propriedade dos outros!

Espero algo mais acontecer, mas nada acontece; percebo então que ele grita comigo porque estou esmagando a plantação de alguém, e não pela pessoa que sou. Digo:

– Você não está me reconhecendo? Vovó não disse que estou na cidade? Sou eu, Nikolaj.

Vovô empalidece e dá mais dois passos para trás. Está constrangido, busca as palavras, mas consegue dizer apenas:

– Deveria respeitar a propriedade dos outros.

– Sim, você já disse isso. Não quer dizer mais nada?

– Alguém se esforçou e perdeu tempo plantando e cuidando dessa plantação, e você aparece e pisoteia tudo? Isso é vandalismo!

– E esse campo é seu, por acaso?

Não tenho a menor vontade de brigar por uma plantação pisoteada, então viro as costas e continuo atravessando o trigal, mostrando claramente que pisoteio enquanto passo. Quando me distancio cerca de cem metros, ele grita para mim:

– Estou de olho em você! É melhor se comportar, Nikolaj!

Não consigo acreditar que alguma vez já senti medo desse velho.

***

Biscoitos, televisão, uma casa no campo e nada de ruim para me ameaçar. Meu estilo de vida não é assim tão diferente do que eu levava em Copenhague, que era triste e solitário. Aqui é gostoso assistir televisão e não fazer nada o dia todo. Meu estômago está tranquilo. O nó, adormecido.

Bike e Torto

Tenho o costume de jantar na Las Vegas – não toda noite, mas quase todas. Não sou o único que come muitas frituras. Os dois rapazes (Bike e Torto), que não pararam de me olhar no primeiro dia, também comem. São metalúrgicos da HS Kedler. Torto tem pinta de metalúrgico, é grande e corpulento. Bike, por outro lado, é um metalúrgico improvável, baixinho e esguio. Eles me deixam em paz durante as primeiras semanas, mesmo que morram de vontade de se aproximar; Bike, em especial, vem chegando cada vez mais perto, até que um dia se senta à minha mesa. Avalia minha reação. Estou incomodado? Não, mas estou muito curioso. Quero saber por que sou tão fascinante para eles.

– Você é o tal de Copenhague, não é?

Sorrio. Então é esse o motivo.

– Suponho que sim – digo, estendendo a mão. – Nikolaj.

Ele a aperta no mesmo instante, entusiasmado.

– Bike, ou Jonas, mas todos me chamam de Bike. Posso saber por que se mudou para cá? Eu entenderia se viesse de Herning, mas trocar Copenhague por Tarm?

– Procuro paz e tranquilidade – digo.

– Ah. E não consegue paz e tranquilidade em Copenhague?

– Não.

Torto espreita por cima da máquina caça-níqueis, enquanto Bike olha para minha mão esquerda. Meu indicador é um tanto inflexível, pois eu o quebrei uma vez numa briga e só fui dar atenção ao problema quando já era tarde demais. Ele levanta a mão direita, estica o indicador e o dobra completamente para trás.

– Uau, fomos feitos um para o outro – diz ele, rindo. – O seu é rígido, então deve ser o dedo macho.

Caio na gargalhada.

– Tem outras lesões assim?

– Algumas.

Torto se aproxima com a mão cheia de moedas que acabou de ganhar. Ele as coloca sobre a mesa e me cumprimenta.

– E aí? Torto, de pau torto. Deve ser legal, não é?

– Nikolaj. O que deve ser legal?

– Morar em Copenhague. É onde tudo acontece. Botam fogo nos carros e brigam nas ruas.

– Sim, mas não o tempo todo.

– Aqui não fazemos isso nunca, merda nenhuma acontece aqui – diz ele, irritado, sentando-se à mesa.

– O nome de vocês é engraçado.

Isso os deixa orgulhosos.

– Sim, somos engraçados – diz Bike com um sorriso aberto e radiante. Os olhos dele brilham de entusiasmo e ele me observa com os olhos ávidos.

– Mas você ia falar alguma coisa agora há pouco – diz Torto.

– Sim, sobre minhas lesões. Meus dentes da frente não são meus, rompi o lábio superior duas vezes, quebrei três dedos, tenho uma pequena cicatriz no queixo, uma cicatriz no ombro, fratura em dois dedos do pé, uma cicatriz na coxa direita e outra bem grande nas costas, quebrei duas costelas, rompi o tímpano uma vez e o supercílio esquerdo três vezes. Acho que é tudo.

Os dois sorriem perplexos.

– Como conseguiu isso tudo?

– Não vou dizer.

– E suas mãos? Você não falou delas – diz Torto, apontando para as cicatrizes nos pulsos.

Dou um suspiro profundo (é por isso que raramente uso camiseta).

– Parece até que tentou suicídio.

Tento bolar uma explicação plausível, mas tudo que consigo é sorrir acanhado e murmurar:

– Não, não foi isso. Não consigo me lembrar de onde vieram.

– Você estava bêbado? – pergunta Torto.

Concordo com a cabeça, Bike ri.

– Típico! Também não me lembro de como quebrei o indicador.

Eles tentam arrancar mais coisas de mim, mas eu tomo muito cuidado com o que digo. Sem muito sucesso, eles começam a falar das próprias histórias.

E contam uma história maluca envolvendo um tubo de Super Bonder, soldadinhos de plástico e o pau mole do Torto. Quando Torto apagou depois de uma bebedeira, Bike baixou as calças dele, pegou os soldadinhos de plástico, um pouco de cola e começou a representar cenas de luta com o pênis de Torto.

– O melhor foi quando ele teve uma ereção. De repente, um dos soldadinhos começou a lutar montanha acima.

– Deve ter doído demais pra triar os bonecos.

Torto levanta decidido da cadeira e coloca o pau para fora, ali mesmo, no meio da lanchonete. É o pau mais torto que já vi na vida, cheio de pequenas cicatrizes.

– Eu simplesmente puxei, mas eles estavam muito grudados. Sangrou demais. Os piores foram os que ele colou na cabeça – diz ele, entusiasmado.

Estou tão pasmo, para dizer o mínimo, que caio na gargalhada olhando o pau dele, e rio tanto que eles também começam a rir. Um casal de velhinhos passa do lado de fora e olha escandalizado para nós. Torto rapidamente coloca o pau para dentro.

Eles também contam histórias chatíssimas sobre as feiras populares e sobre o dia em que a equipe masculina de handebol, que na época era da segunda divisão, venceu o GOG Svendborg nas finais. Agora eles foram baixados de categoria porque o time de Skjern, município vizinho, roubou seus melhores jogadores. Percebo a raiva na voz deles, mas não entendo o motivo. Afinal, quem é que se interessa por handebol?

Depois vêm as histórias violentas. Fico surpreso, mas nem um pouco assustado, porque sinto alguma ternura nessas histórias.

– Ele continua atirando amendoins, até que dou uma cabeçada no Torto.

– Sim, mas aí eu acerto um de direita. Os dentes da frente ficam balançando e ele começa a gritar, falando de polícia e prisão – diz Torto, rindo.

– Eu o seguro pelos braços e digo que foi ele quem pediu, pois estava jogando amendoim nas garotas.

Penso em compartilhar algumas de minhas histórias, mas sei que eles ficariam assustados, então não digo nada. Meu tipo de violência é violento. Aqui eles não chutam meninos na cabeça.

***

Começamos a comer juntos na Las Vegas; não todos os dias, mas algumas vezes por semana. Gosto de estar com eles. Às vezes, eles falam demais; em outras vezes, só sentamos juntos e comemos em silêncio. Eles me chamam com frequência para beber com eles, mas eu sempre recuso. Eu quero, mas não tenho coragem suficiente.

Uma senhora baixinha e gordinha

Alguém toca a campainha insistentemente. Lá fora está a vizinha do lado, a senhora baixinha e gordinha.

– Olá, meu nome é Karen. Moro no número 19.

– Ah. Olá.

– Outro dia falamos que foi uma vergonha não termos lhe dado as boas-vindas aqui na Poppelvej, então fiz um bolo para você – diz ela, entregando-me uma assadeira.

Quando estico a mão para apanhar o bolo, ela passa por mim e entra na casa. Algo insolente, mas que me desarma, e penso: "Mas que droga, por que não?".

– Então, nós falamos sobre que tipo de pessoa você poderia ser.

– É mesmo?

– Você nos deixou confusos. Achamos que uma pequena família estava se mudando para cá, pois a região é perfeita para crianças, mas aí descobrimos um jovem sem filhos vindo de Copenhague.

Ela abre todas as portas, passa os olhos por todos os quartos. É o cúmulo da insolência, mas não me importo, pois quero que ela veja como minha casa é agradável.

– Você tem quatro quartos?

– Sim, caso eu receba visitas.

– Ah, uma casa hospitaleira, que bom. Quanto mais espaço, melhor. Sua casa é encantadora – diz ela, com um sorriso cordial.

– Obrigado.

– Os móveis são excelentes. Você os comprou na Falke?

– Sim, comprei.

– A qualidade é muito boa.

Ela se senta no sofá e olha para mim de modo inquisitivo, esperando alguma coisa. Eu continuo andando com o bolo na mão, sentindo-me um pouco deslocado, mas de um jeito bom.

– Quer um café?

– Sim, e acho que um pedaço de bolo para acompanhar – diz ela, com um sorriso agradável.

***

Aqui estou com Karen, tomando café e comendo bolo de chocolate. Ela é casada com Kaj e tem duas filhas. Uma é da minha idade, e a outra, alguns anos mais nova. Acabo de completar 25. As filhas dela se mudaram para Aarhus, por isso Karen fica sozinha o dia todo.

– Pode ser meio chato, mas a gente acaba encontrando alguma coisa pra fazer, não acha? Percebi que você também fica em casa sozinho durante o dia.

– Sim, a gente encontra o que fazer – concordo, embora eu não faça nada porque não tenho vontade.

Eles passaram a vida toda aqui, e todos os amigos que têm moram na Poppelvej – e eu?

– Eu?

– Não é o governo que paga sua casa, certo? – pergunta ela, suspeita.

– Não! Por que o governo me pagaria uma casa?

– O governo paga todo tipo de coisas para os desempregados.

– Não sou desempregado – respondo ofendido.

Karen olha confusa para mim.

– Mas você não tem emprego.

– Não preciso de emprego.

O rosto dela se ilumina.

– Uau, então você é rico?

– Não quero falar sobre isso.

– Mas isso é tão emocionante! Você não é mafioso ou alguma coisa do tipo, não é?

– Como assim?

Ela corta outra fatia de bolo e passa para mim. Essa é minha quarta fatia, pois ela não para de me servir.

– A gente ouve falar tanto de mafiosos e motoqueiros que entram nesses programas de proteção à testemunha... como o Dan Lynge, por exemplo. Você não está envolvido em nada disso, não é?

– Não, é claro que não.

Ela sorri aliviada.

– Nós ficamos pensando por que você saiu lá de Copenhague e veio para Tarm.

– Nós? – pergunto confuso.

– Todas as pessoas com quem converso. Qual é mesmo seu nome?

– Nikolaj.

– Mas é Nikolaj e mais alguma coisa...

Dou uma grande mordida no bolo e digo:

– Sim.

– Seu sobrenome é Okholm?

Eu hesito, mas acabo concordando e ela se contorce de alegria.

– Não! Meu Deus do céu! Então você é filho de Grith Okholm?

– Sim, minha mãe é a cantora Grith Okholm, nascida e criada em Tarm.

– É sério, você deve ser a pessoa mais interessante que já tivemos nessa rua, isso porque morou aqui um soldado de elite que conhecia B. S. Christiansen. Por que veio morar aqui? Por causa da sua mãe? – pergunta ela.

– Não. Eu me sinto bem aqui.

– Por Deus, que emocionante. É quase como se sua mãe se mudasse para cá.

– Não... Sou só eu.

No entanto, algo no olhar de Karen me diz que esse "sou só eu" não existe mais.

Não peço para Karen manter segredo porque sei que não faz sentido. Em 24 horas, toda a cidade de Tarm sabe que estou aqui, inclusive Nadja Jessen, jornalista do *Skjern-Tarm*. Ela me telefona e pergunta se eu gostaria que ela fizesse uma matéria comigo. Digo que sim, porque se é para espalhar a notícia, que se espalhe o máximo possível.

O retorno do filho pródigo

Por Nadja Jessen
nj@skjern-tarm-dagblad.dk

Nikolaj Okholm, filho de Grith Okholm, se atira em águas profundas. Ele acaba de se mudar de Copenhague para Tarm na tentativa de conhecer um pouco mais de si mesmo e da história de sua mãe.

O jovem Nikolaj Okholm já passou por muita coisa na vida, e isso podemos ver e sentir. A aura que o rodeia nos diz: "Passei por um momento terrível, vivi dias difíceis, mas não vou me deixar abater". Sua mãe, a famosa cantora Grith Okholm, morreu quando ele tinha apenas 13 anos, e há pouco mais de seis meses, sua irmã mais velha, Sanne Okholm, cometeu suicídio. "Foi muito difícil em diversas ocasiões", diz Nikolaj. Ele é um rapaz tranquilo e sereno, mas triste. Quando os pais morreram, a irmã cuidou dele. "Eu não estaria aqui hoje se não fosse por ela, que salvou minha vida e me carregou nos ombros a vida inteira. Mas eu acabei sendo um peso muito grande, e isso a matou." Nikolaj pensa na família todos os dias. É difícil viver sozinho. Tomado pelo pessimismo, Nikolaj achava que não conseguiria superar: trancou-se entre quatro paredes, sozinho, sentindo pena de si mesmo. Agora, no entanto, ele vira a página e entra em um novo capítulo.

Essa fase que acaba de começar trata da volta para casa e do encontro consigo mesmo. Um capítulo otimista, que se passa em Tarm, cidade natal de sua mãe.

Passado de crimes

"Minha irmã deu o melhor de si para me manter na linha, mas eu era um imbecil", diz Nikolaj, com uma sinceridade transbordante. Ele se envergonha de muitas coisas que fez. "Andei com péssimas companhias durante um tempo, é milagre eu não ter sido preso ou assassinado. Todo fim de semana eu me envolvia numa grande briga. Encrencávamos com os menores detalhes, coitado de quem estivesse por perto", diz Nikolaj. O arrependimento é nítido em sua voz, mas não tem como mudar o passado, portanto ele precisa conviver com os erros que cometeu. Tem sido difícil, pois seus erros magoaram muitas pessoas, principalmente sua irmã. Nikolaj se refere a ela carinhosamente pelo apelido de Sis, como a irmã mais velha da comédia *Far til fire*, ainda que não guarde semelhança nenhuma com o irmãozinho da ficção. Ele sente falta da irmã mais que de qualquer pessoa. Ele expressa essa falta com palavras, mas também pelos olhos, que se enchem de lágrimas toda vez que fala da irmã.

Ela acreditava nele

Quando os pais morreram de repente, Nikolaj se viu sozinho com a irmã que tinha acabado de completar 20 anos. Responsabilizar-se por um garoto de 13 anos foi um grande desafio para essa moça, mas ela nunca teve dúvidas de que cuidaria dele. "Ela se sentiu responsável por mim a vida inteira." Para ele, a irmã era o anjo da guarda, um conforto que ele buscava quando era intimidado na escola ou quando se sentia sozinho, e ela sempre esteve do lado dele. Por isso, não pensou duas vezes em assumir a responsabilidade pelo irmão quando os pais morreram. "É claro que ficamos abalados, mas acho que eu estava pior, porque nunca fui forte como Sis. Mas o fardo que ela carregava foi ficando mais pesado à medida que eu me envolvia em mais confusões. Passei um tempo sem encontrá-la porque era difícil para ela. Conversamos apenas pelo telefone durante mais de um ano, até que ela teve Allan. É meu sobrinho, ela deu o nome do papai para ele. O bebê renovou a energia de Sis e começamos a nos ver de novo. Tínhamos uma relação bem próxima quando ela morreu", diz Nikolaj, entristecido. Já faz algum tempo que ele parou de cometer delitos, principalmente por causa da fé que a irmã depositava nele. Enquanto todos desistiram dele, dizendo ser um caso sem salvação, a irmã acreditava que ele fosse um bom rapaz em busca de seu lugar no mundo. Foi essa fé que levou Nikolaj a se afastar da violência e do crime; tudo estava melhorando quando a irmã se matou por afogamento, e ele se convenceu de que foi ele quem provocou o suicídio. "É claro que a culpa é minha. Nunca a deixei em paz nem por um momento sequer, até que não conseguiu suportar mais." A morte da irmã é a cruz que Nikolaj carrega, e esse peso o deixou para baixo durante um longo período: passou seis meses completamente perdido, afundado em depressão e desânimo, incapaz de seguir adiante, até encontrar consolo em Jesus. Ele nunca se considerou um devoto, mas as palavras de Jesus lhe deram suporte e conforto. "Ele me ajudou e me obrigou a fazer algo da minha vida." A partir de então, as palavras de Jesus se tornaram uma diretriz na vida de Nikolaj. "Não vou fazer tudo o que ele diz, mas pelo

Depois de todas as dificuldades, Nikolaj Okholm recupera a energia e o sorriso.
Fotografia: Anders Lollike

menos o escuto: não ouso deixar de escutá-lo", diz Nikolaj com um sorriso.

A jornada a Tarm

Depois de passar a vida toda procurando um lugar onde se sentisse bem, Nikolaj se mudou para Tarm, a cidade onde nasceu sua mãe. Ele não sabe se o bem-estar que procura está na Jutlândia, mas sabe que uma base forte depende do conhecimento das próprias raízes. "Acho que estou me conhecendo melhor. Se você não conhece a história dos seus pais, como pode saber quem você é? Talvez por isso eu tenha me mudado para cá", diz Nikolaj, em um tom instigante. Ele mesmo assume que não sabe o que o levou para Tarm; o importante é que ele está aqui e espera ser algo valioso para a cidade nos próximos anos. Bem-vindo ao lar, Nikolaj Okholm.

A recepção da notícia

As pessoas se viram e olham para mim na rua, apontando-me para os outros. Ficava um pouco constrangido no início, porque não podia fazer nada sem que os outros notassem. As pessoas vêm até mim no supermercado, bisbilhotam meu carrinho de compras e dizem: "Olha, alguém vai comer aveia hoje". Como devo reagir a isso? Em certa ocasião, cutuco meu nariz e uma senhora idosa diz que minha mãe nunca cutucava o nariz. "Que mentira!", exclamo eu. Demoro um pouco para me acostumar a ser o centro das atenções, mas depois a coisa começa a me agradar numa velocidade surpreendente. Sou especial sem fazer o menor esforço para ser especial. Há diversas pessoas que conheceram minha mãe, brincaram ou frequentaram a escola com ela, e todas querem dividir comigo suas experiências. Ouço educadamente enquanto me acariciam do jeito quase devoto que Sis acariciava Silje. Karen me diz que a cidade inteira fala de mim. Todos acham que eu podia ter sido mesmo um brigão, mas isso quando eu morava em Copenhague. Hoje sou um cara legal. Não me comporto como se fosse famoso, mas como uma pessoa comum. Todos em Tarm gostam disso.

– Nik & Jay fizeram um show no festival do ano passado e agiram como se fossem grande coisa. Levaram umas bofetadas no final para aprenderem a se comportar, mas você não é assim – diz Karen.

Ela está certa. Não sou nem um pouco parecido com Nik & Jay.

Vovô me ligou apenas uma vez. Deixei-o falar, embora eu quase desligasse no começo. Ele passou vinte minutos explicando que não foi ele que me abandonou no passado, mas eu que o abandonei. Ele abriu a própria casa para mim, mas eu preferi ficar em Copenhague com minha irmã, que obviamente não teve a fibra moral para lidar comigo. Se passei por maus bocados, não foi culpa dele, mas minha.

Tudo o que eu disse foi:

– Hum-hum.

– Mas ainda não é tarde, Nikolaj.

– Tarde para quê?

– Ainda posso ajudá-lo, se você deixar.

É nesse momento que o interrompi.

– Por que não cala sua boca?

– Não fale comigo desse jeito – murmura ele. – Sou seu avô.

– Falo com você do jeito que eu bem quiser. Como você vai me ajudar? Você é um parasita. Sei exatamente o que estão dizendo de você. Se manca. É você que precisa de mim, não o contrário.

Silêncio.

– As pessoas acham que você é patético.

Ele desligou o telefone e eu me senti forte.

Segundo Karen, o povo de Tarm odeia o vovô porque ele nunca ajudou a trazer mamãe para se apresentar aqui. As pessoas imploravam-lhe para entrar em contato com ela, mas ele deixava mais que claro que não teria nenhuma ligação com ela. Por isso, ninguém conversa com ele, nem mesmo o pessoal da Congregação Missionária. E ainda há rumores de que mamãe se mantinha a distância por causa dele. Digo para Karen que os rumores são uma verdade.

– Sério? O que ele fez para ela? – pergunta Karen.

– Prefiro não dizer.

– Não tem a ver com pedofilia, não é?

– Prefiro não dizer.

***

Alguns dias depois da publicação da matéria, dou uma passada na Las Vegas. Bike se aproxima na mesma hora.

– Você precisa vir tomar uma cerveja com a gente.

– Quando?

– Na sexta.

– Parece ótimo – digo, feliz por sair para beber com os rapazes.

– Muito bom. Nikolaj, incrível saber quem era sua mãe!

***

Na sexta-feira à noite, vou ao 60'eren. Faz muito tempo que não vou a um bar. Torto e Bike já estão chapados. Marcamos de nos encontrar às 10 horas, acho que cheguei 10h20, mas eles estão sentados no mesmo lugar desde que saíram do trabalho, tomando cervejas e drinques sem parar. Quando passo pela porta, Torto grita de alegria, "Ahhhhhhhhhhhhh", apontando eufórico para mim o tempo inteiro. Bike se levanta em sobressalto e diz em alto e bom tom:

– Não falei que o conhecíamos?

Todos se viram e olham para mim e o bar inteiro explode num uivo de alegria. Sinto-me incomodado no início, mas pouco a pouco minha vaidade entra em ação e eu deixo que todos me cumprimentem. Jogo cartas e dardos, converso com a cabeleireira local, uma moça bonita, um pouco mais velha que eu e com pinta de interiorana. O nome dela é Anita, mas Torto e Bike a chamam de Aberta 24 Horas. Demoro um pouco para entender o motivo, mas acabo entendendo algum tempo depois, não sem a ajuda dela.

Estou fazendo xixi e de repente sinto alguém pegando meu pau. Felizmente é Anita, e não Bike. Não sei ao certo o que fazer, mas como ainda não terminei, decido não interrompê-la. Ela tenta dar vida ao meu pau, mas tudo que consegue é molhar as mãos. Quando termino de mijar, ela se vira e me agarra. Tira a calcinha enquanto meu pau ainda está para fora, sem vigor. Olha para o meu rosto. Sua bunda está quase encostada no mictório. A situação é absurda demais para me provocar uma ereção. Anita é bonita, esfrega meu pau no meio de suas pernas, mas estamos no banheiro masculino e ela acaba de me dizer "me come" com um hálito que exala cerveja. Ela está bêbada demais; perde o equilíbrio, solta meu pau e cai sentada no mictório. Acho que ela não percebe onde está sentada, porque continua lá, com as pernas abertas, olhando sugestivamente para mim. A porta se abre e Bike entra. Ele precisa fazer xixi. Olho para ele, totalmente embasbacado. Ele ri, se divertindo, e Anita diz "me come" de novo num tom de voz que antecipa o arrependimento do dia seguinte. Bike fica em pé ao meu lado, coloca o pau para fora e começa a mijar. O jato passa bem perto de Anita e respinga nela. Finalmente, ela percebe onde está sentada; aos gritos, ela dá um salto e tenta limpar a urina, depois sai correndo do banheiro masculino. Guardo meu pau e olho para a calça e para a calcinha jogadas no chão e percebo que Anita saiu correndo com a bunda de fora. Bike dá risada.

– Anita acaba de lhe dar as boas-vindas em Tarm – diz Bike, rindo. – Ela só pensa em pau, pau e pau.

Quando Bike diz o último "pau", a porta se abre e Anita entra, tímida, procurando a calcinha. O bar inteiro ri e faz gozação. Diversas pessoas a seguem com a câmera do celular ligada para tirar fotos de seu traseiro pelado. Ela não está excitada. Bike pega sua calcinha, mas em vez de devolvê-la, joga-a para mim. A ideia é que Anita se atire de um lado para o outro tentando pegar a roupa enquanto todos nós rimos e tiramos fotos humilhantes, mas, como eu não quero fazer parte disso, entrego-lhe a calcinha. Ela veste na mesma hora. As pessoas se decepcionam porque acabo com a diversão geral, mas Anita me agradece.

Depois disso, não fico no bar por muito tempo. Tomo mais uma cerveja e me despeço de Bike e Torto. Eles tentam me convencer a ir para Skjern e eu digo que não. A noite foi divertida, mas eu só precisava de um pouco daquilo, não mais do que consigo suportar.

Sinto-me bem. "Bem" é a palavra que engloba quase tudo na minha vida nesse momento. Converso com as pessoas na Poppelvej, principalmente Karen, porque ela me acalma. É reconfortante saber que, se eu sentir a intrusão de qualquer tipo de raiva, basta dar uma saidinha de casa e cumprimentá-la. Talvez eu devesse me sentir culpado por minha comodidade, mas eu sempre me senti péssimo, e agora, de repente, me sinto bem; estou tentando não me entregar a toda essa tolice de fazer ou não fazer isso ou aquilo. Não quero pensar nisso. Muita coisa aconteceu. Meus pais não deveriam ter morrido. Sis não deveria ter morrido. Silje deveria estar comigo. Eu não devia ter ferrado com ela de um modo tão terrível. É coisa demais, então tento não pensar em nada, porque as coisas estão melhores agora. Até meu pior dia em Tarm é melhor que meu melhor dia em Copenhague.

Marianne e Mathias

A campainha toca e abro a porta esperando receber mais um bolo – Karen é um talento para fazer bolos –, mas não. São duas testemunhas de Jeová, que leram no jornal minha declaração de que comecei a ouvir Jesus, mas que minha devoção ainda é indecisa. Perguntam se eu não gostaria de saber como Ele pode salvar minha alma. Um deles é um rapaz com o cabelo cheio de gel penteado para trás, e se tivesse vindo sozinho, eu teria fechado a porta; mas há também uma moça ruiva deslumbrante que lembra muito Miriam. Ele fica entusiasmado quando os deixo entrar. Sentam-se à mesa da cozinha e começam a tirar folhetos e livretos da bolsa. Eu me afasto alguns metros, cruzo os braços e encosto na bancada.

– Você sabe alguma coisa sobre Testemunhas de Jeová? – pergunta o rapaz.

– Não muito. Desculpem, mas qual é mesmo o nome de vocês?

– Desculpe, a gente se esqueceu de se apresentar. Sou Mathias e esta é Marianne.

Então não é Miriam. Não achei que seria, mas isso não muda o fato de que não consigo parar de olhar para os peitos dela. São peitos muito bonitos. É claro, ela percebe que estou olhando e curva os ombros, dificultando minha visão.

– Talvez seja melhor começarmos a falar um pouco sobre nós e sobre o que representam as Testemunhas de Jeová, que é o mesmo que Testemunhas de Deus. O nome quer dizer que damos testemunho sobre Deus e sobre o que ele representa. Jeová é o nome de Deus Todo-Poderoso, assim como seu nome é Nikolaj e os nossos são Mathias e Marianne.

Ele continua falando sobre Deus e explica por que as Testemunhas de Jeová são maravilhosas, mas eu não escuto: olho para os peitos de Marianne. Não consigo evitar. Nunca vi um par de seios mais formoso. Em determinado momento, meu olhar alcança o dela; ela não desvia os olhos, é mais forte do que eu pensava. Mathias não percebe nada: está preocupado com as palavras grandiosas de sua fala. Tento escutar mais um pouco.

– Jeová tem um plano para nós, humanos. É claro que você conhece a história de Adão e Eva, sabe o que aconteceu.

Eles pecaram porque desobedeceram a lei de Deus, por isso a humanidade perdeu o Paraíso, mas não para sempre. É preciso se livrar do mal antes de voltar ao Paraíso; o Armagedom dará conta disso.

Ele olha para cima com uma devoção tão grande que o teto da cozinha parece ser o próprio caminho.

– Somente aqueles que servem a Deus sobreviverão ao Armagedom. Quem serve a Deus passará mil anos tentando fazer da Terra o Paraíso, tendo Jesus como seu rei, e quem sobreviver viverá para sempre. Você não gostaria de ter uma vida feliz sem sofrimento, violência e morte? Isso se tornará realidade se você aceitar a palavra de Jeová.

Com o rosto avermelhado, ele faz uma pequena pausa retórica enquanto me olha nos olhos.

– Você quer ser um homem que se esforça em todas as suas ações para seguir a vontade e a palavra de Deus? Você quer ser um homem que ajuda os outros a fazer a vontade de Deus?

Ele espera uma resposta.

– Eu realmente não acredito em Deus – murmuro tímido.

Minha resposta pega os dois de surpresa. Eles olham confusos para mim e Mathias diz esperançoso:

– Mas no jornal você diz que escuta Jesus.

– Sim, Jesus me ajuda.

– Como pode ouvir Jesus se não acredita nele? – pergunta Marianne, confusa.

– Acredito naquele Jesus que apareceu no meu apartamento, mas ele não é o filho de Deus.

– Mas Jesus é o filho de Deus.

– O seu talvez seja, o meu não.

– Você não pode acreditar em Jesus sem acreditar em Deus – diz ele, colocando o dedo na minha cara, na cozinha da minha casa.

– Isso quem decide sou eu, não é?

– Não, não é assim que as coisas funcionam.

– É assim que funcionam na minha casa.

Mathias leva as mãos ao rosto e o esfrega. Está cansado e frustrado. Marianne olha para mim boquiaberta, um tanto curiosa. Mathias se recupera e diz:

– Mas se você seguir a vontade de Deus... – e eu o interrompo:

– Cansei de falar sobre Deus.

– Deus diz que...

– Você não ouviu o que eu disse? Esta é minha casa. Vocês são meus convidados. No início foi interessante, mas agora já está desagradável e eu não quero mais ser incomodado com essa história de Deus.

– Então sobre o que quer falar? – pergunta Marianne, gentilmente.

Olho no fundo dos olhos dela.

– Sobre você.

Ela enrubesce, mas também sorri lisonjeada.

O rosto de Mathias empalidece bastante. Ele se levanta furioso, bate na mesa da cozinha com a mão e diz ríspido:

– Vamos embora, já que você não é capaz de se comportar.

– Tudo bem, eu os acompanho até a porta.

Mathias enrijece o corpo em estado de choque e Marianne dá um sorrisinho discreto.

Antes de fechar a porta, pergunto se Marianne é parenta de uma testemunha de Jeová chamada Miriam.

– Tenho uma prima chamada Miriam – diz ela, surpresa.

– De Copenhague?

– Sim.

– Acho que estudamos juntos.

Ela se lembra de que a prima lhe contara havia muitos anos a história de um menino pervertido e da mãe famosa.

– Deus, então era verdade! – exclama ela, com uma mistura de riso e choque.

Ele voltou

Penso se devo dormir ou assistir à TV, mas como estou desperto demais depois das histórias sobre o Juízo Final e o Grande Plano de Deus, a TV acaba vencendo. Nunca passo menos de cinco ou seis horas diante da televisão. Que outra coisa eu poderia fazer? Minha missão é me tornar um homem melhor e sem dor de estômago. Consegui até agora. Eu costumava assistir demais à televisão quando era um maldito idiota e violento, que odiava a si próprio, mas agora há uma diferença distinta: hoje eu gosto. Hoje sou inofensivo e não tenho dores de estômago. Jesus não poderia exigir mais de mim.

Pego uma cerveja, um pacote de biscoitos, sento-me confortavelmente na poltrona e ligo a TV. Passa uma sequência de seriados norte-americanos. De repente, sinto um ronco no estômago. É um ronco discreto, tanto que não me importo muito. Talvez eu tenha comido biscoitos demais. Coloco o pacote de lado e presto atenção em *Frasier.* Sinto outro ronco, mas o ignoro: estou bem. Até que o nó explode com toda sua ira. Ele está de volta, descansado e violento, e não suportará ser ignorado. Caio da poltrona em gritos. Como dói! Ofegante, solto grunhidos. Tento me levantar e me livrar dele, mas não consigo. Fico de joelhos e vomito em jatos. Começo a chorar quando vejo meu próprio vômito. Saio rolando para me distanciar alguns metros da sujeira e me deparo com um par de sandálias.

– Me ajuda...

Jesus abaixa e tira o cabelo da minha testa.

– Nikolaj, você acha mesmo que seria assim tão fácil?

Não tenho a menor ideia do que ele está falando, mas minha dor diminui e consigo respirar de novo. Continuo no chão, sem fôlego, enquanto Jesus passa por cima do vômito e desliga a TV.

***

O sol brilha forte. Estamos em meados de agosto. Saímos para caminhar pelos bosques e campos, onde eu posso respirar um pouco de ar fresco. Estou alerta porque ele parece decepcionado comigo, mas não entendo o motivo. Nesse momento, estou em choque, mas convencido de que tenho levado uma vida boa. Jesus agacha e apanha alguns dentes-de-leão. Se eu não estivesse tão preocupado, acharia engraçado esse sujeito troncudo apanhando flores. Sentado de costas para mim, ele pergunta:

– O que está achando de Tarm?

– Uma cidade boa e agradável.

– Está gostando de viver aqui?

Ele se levanta segurando um punhado de dentes-de-leão.

– Sim, estou achando ótimo.

– Você engordou – diz ele, e começa a andar.

Eu o sigo, olho para meu estômago e digo:

– Acho que sim. Um pouco.

Ganhei quase dez quilos depois que cheguei a Tarm, tudo concentrado na barriga. Mas como eu era muito magro, não dou a mínima para a pança.

– Então você está contente morando em Tarm? Tudo decorre como deveria ser?

Há alguma coisa errada, pois ele pergunta sem transparecer sentimento algum na voz.

– Não se deixe enganar pelo que viu, aconteceu uma única vez – digo eu, precipitando minha defesa.

– Por que aconteceu?

Espero que esse seja o último suspiro, um ataque brutal antes que o nó desapareça de uma vez por todas. Mas como não sei ao certo, digo:

– Não faço a menor ideia.

– Certo. Nikolaj, você veio para cá só com o intuito de ter uma vida boa?

– Não só isso, mas mudei muito. Agora sou inofensivo, e para mim isso é melhor do que eu era antes.

– Não basta – diz ele, com tranquilidade.

Segue-se um silêncio constrangedor durante vários minutos: ninguém abre a boca. Nem sequer ouvimos o barulho dos carros, apenas o vento e, de vez em quando, uma vaca mugindo. É uma tortura, porque sei que vai acontecer mais alguma coisa e começo a ficar de saco cheio. Por fim, ele quebra o silêncio.

– Você é o que é e fez o que fez. Não dá para ignorar isso.

– Oh! Quem disse?

– Eu disse!

Meu corpo enrijece e olho para ele surpreso. Quem ele pensa que é? Estou fazendo tudo certo, como nunca fiz antes. Posso não estar feliz, mas fazer tudo correto é suficiente para mim. Não sinto mais dor o tempo todo. Se sinto dor a cada três meses, já me dou por satisfeito.

– Tenho minha casa. Tenho vizinhos com quem conversar. Sou admirado. Isso para mim não é pouca coisa... É muita! – digo, em tom decisivo.

– Você ainda não pode se dar por satisfeito.

– Estou onde deveria estar.

Sou tomado pela raiva e me afasto, caminho até um cavalo e o acaricio, enquanto Jesus espera pacientemente. Por fim, ele se aproxima do cavalo e lhe oferece os dentes-de-leão. O cavalo me abandona, aproxima-se dele e começa a mastigar as folhas. Só me resta virar e encará-lo.

– Sou um homem melhor agora. Estou feliz.

– Não está não, mas ainda não sabe disso.

– Estou satisfeito com o que tenho. Isso é felicidade para mim.

Meu estômago começa a resmungar, agressivo. É um alerta de que a dor vai chegar se eu não fizer nada a respeito. O cavalo põe-se a trotar e se afasta de nós.

– Preciso que você vá além da alegria desse contentamento. Isso não basta – diz-me Jesus, com firmeza.

– Para mim basta.

– Não, agora não mais. Se você se esconder, vai se afogar.

Meu rosto se contrai por uma forte dor de estômago. Não é justo. Ele deveria me proteger, e não me atormentar. Sinto tanto ódio que o cutuco no peito com força enquanto grito a plenos pulmões:

– VAI SE FODER! VOCÊ É MALUCO, CALA ESSA BOCA! VOCÊ NÃO SABE DE MERDA NENHUMA!

Ele segura meu dedo e balança a cabeça de um jeito provocador. Solto minha mão da dele com um puxão e volto andando para Poppelvej. São quatro quilômetros de caminhada até minha casa, mas não ouso mexer os lábios durante todo o trajeto. Não falamos nada um com o outro. Pouco antes de chegarmos, ele me pergunta, de repente:

– Você tem pensado muito na sua irmã?

Eu havia retirado Sis da minha cabeça de propósito, então quase não pensava mais nela.

– Tem pensado muito na Silje?

Menos ainda, embora tivesse muitos pesadelos com ela.

– E Brian e Allan? Já pensou no fato de que arruinou a vida deles?

– Cale a boca!

– Tem chorado muito pela sua irmã?

– Vou te dar uma porrada se não parar! – vociferei.

– Você não conseguiria, mesmo se quisesse.

Ele está certo. É forte demais. Chegamos em casa; aperto o passo.

– O que vai fazer?

– Vou mijar! Quer vir junto ou o Messias acha que dou conta de mijar sozinho?

***

Escondo-me no banheiro mais uma vez para me acalmar um pouco. Ele está certo, eu sei. Não mereço me sentir bem tão cedo. Olhando no espelho, raspo a garganta e dou uma cusparada na minha imagem refletida, bem no meio dos olhos. Alguém bate na porta.

– Nikolaj, está tudo bem? Você está trancado há meia hora.

– Tudo bem, já saio em um segundo.

Levanto a camisa e examino meus pneuzinhos. Dez quilos fofos em dois meses. Para que dar tanta importância à dor se basta esquecê-la, entupir-me de biscoitos e engordar? Abaixo a camisa e destranco o banheiro. Jesus está diante da porta, com cara de preocupado.

– Tem certeza de que está tudo bem?

– É claro que não está! Estou me sentindo uma merda.

De repente, sem dizer palavra, Jesus me abraça. Sinto seus músculos rígidos enquanto me segura entre os braços. É estranho estar assim tão perto de outro homem, sentindo seu corpo duro contra minha barriga gorda. Encosto a cabeça no peito dele. É o primeiro abraço que ganho de um homem. Já tinha dado aqueles tapinhas nas costas, mas nunca me agarrado a outro homem dessa maneira.

O plano

Eis o que Jesus me diz para fazer:

1. Devo cuidar de Jeppe quando ele chegar. É um velho amigo e precisa de mim. Eu não entendo, é claro. Por que ele viria me procurar? Mas Jesus está certo de que ele virá, e quando chegar, será minha responsabilidade.
2. Não devo deixar que vovó morra com o peso da culpa. Segundo Jesus, ela se sente culpada em demasia, porque quis nos ajudar naqueles tempos, mas não teve forças suficientes. E continua não tendo. Para que ela me ajude, preciso ajudá-la primeiro, dando-lhe forças.
3. Devo ajudar Brian a seguir em frente. Neste momento, ele está triste e com raiva. Precisa amar de novo.
4. Dei uma surra em Silje e agora ela tem medo não só de mim, mas de praticamente tudo. Ela não pode ficar mais

assustada. Ela me pediu para não entrar em contato e eu não quero, porque eu também tenho medo, mas Jesus diz que é necessário.

5. Devo lutar para me transformar em um ser humano que ame a si próprio e seja amado pelos outros.

– E como farei tudo isso? – pergunto a Jesus.

– Você não fará nada sozinho. Terá ajuda dos amigos.

– Que amigos? – pergunto, mas ele não responde.

Alguém está no meu jardim

Acabei de me levantar. Faz um dia que Jesus me visitou e olho lá fora, ainda com sono, pela janela da cozinha. Alguém está no meu jardim, mas não tenho a menor ideia de quem seja, pois não enxergo bulhufas sem minhas lentes de contato. Saio de casa e me aproximo um pouco. A pessoa não diz nada, apenas me olha atentamente. Quando ficamos a uma distância de três metros, todos os poros e pelos do meu corpo se arrepiam. Ina-porra-creditável, é o Jeppe! Jesus me alertou que ele viria, mas não acredito que ele já está aqui, no meu jardim, com o rosto cadavérico.

– Ei, Nikolaj! Não sei se você se lembra de mim – diz ele, tímido.

– É claro que me lembro, Jeppe.

Ele prende os lábios, leva as mãos à cabeça, encosta o queixo no peito e começa a choramingar, mas não há lágrimas, só espasmos. Como não sei o que fazer, demoro algum tempo para me aproximar dele. Quando coloco o braço em volta dele e o puxo para perto de mim, ele começa a tremer como uma secadora velha. Mal consigo segurá-lo. Ficamos abraçados até que ele me dá um empurrão e vira de costas, envergonhado. Recupera o controle; quer dizer, mais ou menos. Vira-se para mim com um ar de durão que, de todo modo, não disfarça a insegurança.

– O que veio fazer aqui? – pergunto.

– Vim te visitar.

– Imagino que sim, mas por quê?

– Quer que eu vá embora?

Vejo estampado no rosto dele o medo da minha resposta.

– É bom ter você aqui, só quero saber por que veio.

É óbvio que ele se sente torturado, mas minha intenção não é essa. De repente, ele começa a dar pequenos saltos sem sair do lugar. Ele está tão magro que é quase transparente.

– Eu queria te ver.

– Você me localiza e vem atrás de mim depois de dez anos porque quer me ver?

– Sim. Quer dizer, eu não te localizei. Você que entrou em contato comigo.

O entusiasmo dele me diz que está falando sério.

– Como foi isso?

– Você me mandou a matéria do jornal, que dizia da sua mudança para Tarm.

Subitamente, tudo faz sentido. É claro que ele não veio do nada. Ele acha que a matéria era um convite. Jesus é esperto. Manda Jeppe até aqui e agora sou responsável por ele.

– Que bom que você veio, mas eu não mandei a matéria para você.

– Não?

Ele olha para mim surpreso, pergunta se não estou mentindo e aumenta a velocidade dos pulinhos.

– Não mandei, mas isso não importa. Quanto tempo vai ficar?

– Não sei.

– Fique o tempo que quiser.

Ele parece não me ouvir. Olha para mim sem expressão, mas percebo que morde o lábio de novo e que os ombros esqueléticos começam a tremer. Isso acontece várias vezes no primeiro dia.

– Este é seu quarto – digo-lhe depois de acompanhá-lo até o quarto com o sofá-cama roxo, e ele começa a tremer. Não trouxe quase nada, apenas uma bolsa de ombro. Não sei quais são as expectativas dele, mas a mala foi feita como quem espera uma derrota. – Tudo que é meu é seu, inclusive as roupas –, digo-lhe, e ele tem outro acesso de tremedeira. Preciso esperar pacientemente cada vez que ele suspira em busca de ar, tentando em vão esconder seu alívio.

Porque precisamos um do outro

Acordo gritando na primeira noite, pois ele se esgueirou até minha cama. Não consegue dormir, e meu ronco o acalma. Mas eu quero que se dane: não vou dividir minha cama com ele.

Minha dor de estômago volta e agora penso sem parar no que fiz com Sis, Silje, Brian e todo mundo. Isso me perturba. Quando os pensamentos atingem sua pior forma, vou para o banheiro. Não é sempre que me sinto enjoado, só algumas vezes. Quando saio do banheiro, Jeppe olha para mim, curioso e sem dizer nada. É estranho porque ele costumava falar continuamente, e agora está quieto, pálido e quase se escondendo. Vejo que me olha durante um longo tempo sem dizer nada, e quando pergunto alguma coisa, ele responde apenas "sim" ou "não". Dividir a casa com ele nessas condições é algo estranho, mas também muito fácil. Por outro lado, ele não é nada ordeiro. Cada vez que passa por um cômodo, todas as coisas vão parar no chão. Não sou um cara exatamente metódico, mas não suporto a bagunça dos outros, ainda mais a bagunça dos outros na minha casa. Peço repetidas vezes para ele arrumar as coisas. Ele assente educadamente e acaba tentando, mas duas horas depois já se esqueceu do que eu dissera.

Incomodado com a situação, entro no quarto dele depois de alguns dias. Jogo tudo que é dele no chão até esvaziar a bolsa, chuto seus pertences e os espalho para criar uma verdadeira bagunça. Ajo com um pouco de brutalidade, mas agora ele vai aprender. Aguardo ansiosamente a reação dele. Quando ele percebe o que fiz, fecha a porta tranquilamente. Espero durante uns cinco minutos do lado de fora, pronto para a batalha, mas ele não sai furioso. Abro a porta com cuidado. Sentado em silêncio na cama, ele se vira para mim com uma expressão triste no rosto. Fiz alguma estupidez, pois a proporção de sua tristeza vai muito além da bagunça no quarto. Ele não diz nada, apenas olha com pesar para as coisas. Não sei o que fazer. Estou com vergonha de mim mesmo.

– Só fiz isso porque você é muito bagunceiro. Precisa ser mais organizado, Jeppe.

Ele assente, sério.

– Por favor, Nikolaj, não fique com raiva de mim – e interrompe a fala.

– Você está triste?

Ele nega com a cabeça, mas vejo que está mentindo.

– Mas que merda, Jeppe, somos dois idiotas. Precisamos realmente conversar se eu tiver de cuidar de você.

– Não se preocupe comigo – diz ele, enquanto começa a recolher as coisas e colocá-las na bolsa.

– Eu tenho de me preocupar; do contrário, ele ficará com raiva de mim.

Ele para a arrumação.

– Quem ficará com raiva?

Sento-me perto dele e digo:

– Jesus.

Permaneço ali durante uma hora contando para ele todos os antecedentes da história de Jesus. Quanto mais sinistra a história se desdobra, mais animado ele fica. Devora, entusiasmado, cada palavra e não consegue ficar parado. Enquanto falo, ele se levanta e dá pequenos saltos. Quando eu finalmente termino a história, ele me diz, empolgado e sem parar de pular:

– Eu vou te ajudar.
– Me ajudar a fazer o quê?
– A se tornar um homem melhor.

***

Bastam poucos dias para que o corpo de Jeppe deixe de ser transparente. Começo a entender por que Jesus o mandou aqui. Somos muito fracos sozinhos. Jeppe precisa de mim se não quiser desaparecer por completo, e eu preciso dele, pois não há como me sentir motivado sem outras pessoas.

Debatemos intensamente sobre a melhor maneira de agir, ou seja, por onde e como atacar. Passamos dias a fio trancafiados em casa, bebendo toneladas de cerveja e falando dos velhos tempos. É estupendo poder falar dos velhos tempos, mas não nos leva a lugar algum. O plano parece assustador, pois nenhum de nós está acostumado a assumir responsabilidades com coisa nenhuma. Mudamos de assunto toda vez que a conversa parece perigosa. Precisamos de ajuda, pois do contrário continuaremos tomando cerveja e discutindo o que faríamos se tivéssemos coragem. Não pode ser só nós dois. Precisamos de uma OTAN (é assim que chamamos nosso grupo) para nos proteger da dúvida e da hesitação.

É difícil formar um grupo quando não se conhece ninguém, mas temos de usar o que dispomos. Afinal, Jesus não conhecia seus discípulos antes de se tornarem discípulos: eram pescadores e coletores de impostos, gente que ele conheceu ao cruzar um lago. Eu, pelo menos, já tinha falado com os meus.

OTAN

– Olá, Karen.

Ela está de quatro no jardim, removendo ervas daninhas que brotaram no meio de flores muito bonitas. Alegra-se quando me vê: sorri com a boca e com os olhos.

– Olá, Nikolaj. Quase não o vi essa semana.

– É que estou um pouco ocupado.

– Sim, notamos que você recebeu a visita de um amigo. Ele já foi embora?

– Não, ele vai ficar aqui.

– Acho maravilhosa, Nikolaj.

Ela se levanta, tira as luvas de jardinagem e a expressão de seu rosto muda completamente. Está mais séria agora.

– O que é maravilhosa?

– Sua coragem! Por você ser quem você é, as pessoas não tiram o olho de você; e isso não o impede de nada.

– Não me impede de quê?

Não tenho a menor ideia do que ela está falando.

– De ser abertamente gay. Conversei ontem com Bitten, a irmã de Kaj. Ela ficou um pouco chocada quando contei a ela, mas depois eu disse que você vem de uma família de artistas, afinal de contas. Nunca tivemos um verdadeiro homossexual em Poppelvej, embora houvesse boatos sobre Erling, do número 37. O que seu amigo faz? Ele é artista? Ele parece perigoso com aquele jeito misterioso.

– Ele não é artista e não é gay. Eu também não sou.

– Você não é gay? E nem ele? Ele é tão magrinho... Meu Deus, que vergonha. Eu não devia ter dito nada a Bitten – diz ela, e atira em mim as luvas de jardinagem, rindo timidamente.

– Não se preocupe. Na verdade, quero saber se aceita meu convite para fazermos alguma coisa amanhã à noite.

Ela bate palmas, entusiasmada.

– Mas é claro que nós aceitamos, mal podemos esperar!

– Nós?

– Eu e Kaj. Tínhamos marcado de jogar *badminton*, mas podemos cancelar.

– Mas era pra ser só você.

– Só eu? Estaremos só você e eu?

Ela fica um pouco nervosa. Afinal, por que estou convidando uma mulher casada para minha casa?

– Você não está me chamando para uma daquelas orgias sexuais, não é? Porque eu e Kaj tentamos uma vez e jamais faremos de novo. Que vergonha, todos aqueles pintos de fora. Teve um cara que pegou no pinto de Kaj e ele quis vir embora na mesma hora, mas não tinha como, porque eu estava ocupada com outra coisa. Discutimos o assunto durante semanas. Portanto, nada de orgias. Kaj não gostaria que eu participasse de uma.

Pego as luvas e entrego a ela, dizendo:

– Não tem nada a ver com sexo.

– Então você não está tentando me seduzir?

– Deus, claro que não – digo sentindo-me um tanto em choque, embora imagine a cena na mesma hora: eu e Karen transando.

– É porque ouvimos falar o tempo todo que os rapazes de Copenhague gostam de mulheres mais maduras.

Agora não sei mesmo o que responder. Trocamos um olhar encabulado, até que olhamos ao mesmo tempo para o chão. A última parte da conversa acontece sem nenhum contato visual.

– Então, que horas devo ir?

– Às 19 horas.

– Então está marcado, vejo você amanhã.

Ela se senta no chão e continua catando as ervas daninhas entre as flores.

***

É muito mais fácil convidar os outros dois, mesmo que não tenhamos nos encontrado desde que Jeppe chegara. Entro na Las Vegas e paro diante deles, desajeitado.

– Amanhã às 19 horas na minha casa, tudo bem?

– Ótimo.

– Poppelvej, 22.

– A gente sabe, caramba!

***

O próximo convite é um pouco mais complicado. Marquei um horário para cortar o cabelo. Como minhas entradas são profundas, raspo a cabeça a cada três semanas. Em outras palavras, não há o que cortar; mesmo assim, entro no Trendy Look e lá está Anita, olhando desnorteada para minha cabeça. Não há mais ninguém no salão. O Trendy Look não vai muito bem, pois há dois outros salões bem populares em Tarm – New Look e Salon Chris – e poucos cabelos para serem cortados. Anita já dispensou suas duas funcionárias. Agora é só ela e um salão quase sempre vazio.

– Acho que não posso fazer muita coisa – diz ela, passando a mão nos fios de quatro milímetros que tenho na cabeça.

– Eu sei. Eu vim porque quero conversar com você. Quero saber se você aceita o convite para ir lá em casa amanhã às 19 horas.

Ela continua passando a mão na minha cabeça, mas agora com movimentos mais carinhosos.

– Você marcou um horário comigo só para me convidar para sair? Mas a gente não se conhece.

– Conheço você um pouco, e gostaria realmente que viesse à minha casa.

– Que graça! Eu adoraria.

Ela não parece desconfortável por conta do episódio no banheiro masculino. Na verdade, é mais fácil do que eu pensava. Suponho que eu tenha de lhe explicar que não se trata de um encontro, mas não tenho coragem. Ela virá amanhã, trataremos disso na hora certa.

***

Toco a campainha da casa de Marianne. Ela é da minha idade, mas não é casada, e mora sozinha numa casinha na Vardevej. Eu imaginava que eles se casavam jovens para poder transar... É claro, ela não espera minha visita, mas se eles podem bater na minha porta, eu posso bater na deles.

– Olá!

– Ei!

– Queria convidar você e Mathias para uma pequena reunião na minha casa amanhã à noite.

Ela olha para mim com uma expressão extremamente confusa e eu, inevitavelmente, cravo o olhar nos peitos dela, boquiaberto. Ela, muito educada, dá um sorriso forçado enquanto cruza os braços para proteger os seios.

– Acho que posso responder por Mathias e dizer não, obrigada. Não queremos.

– Não? Por que não?

– Somos muito diferentes.

– Isso não é motivo para não vir.

– Mas nós não queremos. Mathias ficou furioso quando estivemos na sua casa.

– Eu gostaria muito que vocês fossem.

– Mas nós não vamos. Tchau, Nikolaj – e fecha a porta.

Toco a campainha de novo na mesma hora. Ela não responde de imediato, então continuo tocando. Por fim, ela cede e reabre a porta.

– Quer parar, por favor? Nós não vamos. Mathias não gosta de você, acha que não devemos nos aproximar.

– Ah. E o que você acha?

– Nós não vamos – ela mantém resoluta.

– Na minha casa amanhã às 19 horas.

– Nós não vamos – repete ela.

– Mas é para que eu me transforme numa pessoa melhor.

Percebo um lampejo de interesse nos olhos dela.

– Mesmo assim, não vamos.

– Eu preciso de vocês.

– Como assim, você precisa de nós?

– Só preciso. Amanhã às 19. Preciso que estejam lá.

Viro-me e vou embora. Ela me segue com os olhos até me perder de vista. "Preciso de vocês!" Quem não gosta de se sentir indispensável? E eu nem planejei nada, foi algo que simplesmente me ocorreu.

O primeiro encontro da OTAN

Karen chega meia hora antes de todos os outros. Como passou o dia todo empolgada, simplesmente não consegue mais ficar em casa. Jeppe senta-se em silêncio e tenta decifrá-la. Deveria se sentir ameaçado? Esse é um dos motivos pelos quais ele não se dá bem com as pessoas: sempre se resguarda. Ela se dirige até ele com um sorriso largo e radiante.

– Olá – diz ela, segurando a mão dele.

– Olá.

Nem mesmo um sorriso largo e radiante e uma mão esticada o fazem baixar a guarda.

– Nikolaj me disse que você não é gay e que não é artista. Por que então parece tão sério o tempo todo?

Eu já o havia alertado de que Karen precisa sempre ter a confirmação das coisas, vivendo-as na própria pele, mas ele não acreditou. Ela se senta perto dele. Jeppe está nervoso.

– Não sei. Talvez eu seja sério por natureza.

– Sérios todos nós somos, mas isso não é motivo para andarmos por aí de cara amarrada, não é?

Jeppe balança o corpo para a frente e para trás na cadeira. Ele quer ficar em pé dando pequenos saltos sem sair do lugar, mas sabe que parece estranho para quem não o conhece, então continua sentado na cadeira.

– E então, o que você faz?

– Como assim?

Ele tenta ficar quieto, pois acha que ela se refere à sua agitação. Olha para mim como quem pede ajuda, mas estou me divertindo e não quero interrompê-la.

– Você também é rico?

– Não, não sou rico. Sou tudo menos rico.

– Então o que você faz?

Quando Jeppe perde completamente a expressão, é o momento de interferir para ajudá-lo.

– Sabe, Karen, conheço Jeppe há mais ou menos dez anos. Ele é meu amigo mais antigo.

– É mesmo? – pergunta ela, eufórica.

Karen olha para Jeppe com admiração. Ele não é artista, mas ser meu amigo mais antigo é tão interessante quanto. Jeppe continua com medo dela.

– Ele veio para cá me ajudar na atitude mais difícil que tenho de tomar em toda minha vida.

Jeppe apruma o corpo em busca de uma postura mais estável que o impeça de balançar para a frente e para trás na cadeira. Karen vai ficando cada vez mais curiosa e se vira para mim. Jeppe está visivelmente aliviado.

– E qual é essa atitude mais difícil de toda sua vida?

– Algo que estamos prestes a colocar em andamento.

– E o que é?

– Vou lhe contar quando os outros chegarem. Até lá, não digo nada.

Durante os próximos 15 minutos, Karen anda ansiosa de um lado para outro. Quando a campainha toca, ela sai às pressas para abrir a porta. Eu gosto desse descaramento, que pareceria antipático e totalmente insuportável em qualquer outra pessoa. Ela age dessa maneira, com uma sinceridade arrebatadora.

Os dois lados se surpreendem. Decepcionada, Karen olha para sua cabeleireira, que por sua vez devolve o mesmo olhar de decepção. Anita usa um vestidinho preto; ela é bonita, agora que a vejo longe daquele mictório. Jeppe se levanta e a cumprimenta, o que não a ajuda a relaxar. Ele é apenas mais uma pessoa na sala que não deveria estar lá. Ela está confusa e olha de Jeppe para Karen, de Karen para mim. Eu a pego pelo braço com delicadeza e sussurro:

– Estou muito feliz por você ter vindo.

– O que eles estão fazendo aqui?

– Eu não marquei um encontro com você, me desculpe se a fiz pensar o contrário.

– É que eu estou sem calcinha.

O rosto dela enrubesce, pois ela falou sem querer.

– Tudo bem, isso fica entre nós.

Bike e Torto estão quinze minutos atrasados. Fazem questão de não cumprimentar Jeppe quando o apresento como meu amigo mais antigo. Quando Torto está prestes a apertar a mão de Jeppe, Bike demonstra que não há a menor necessidade. Por alguma razão, Bike não simpatiza com Jeppe, e a noite toda eles trocam olhares pouco amistosos. Quem começa é Bike; Jeppe apenas retribui.

São 7h45 e parece que Mathias e Marianne não vêm. Aborreço-me, mas não se pode ter tudo.

***

Começamos. É uma noite quente de agosto, então abro a janela lateral. Como tomei a decisão de ser honesto, conto-lhes a história da minha vida. É a terceira vez que a conto em um período curto. Dessa vez, incluo cada detalhe sórdido, pois quero que conheçam aquilo com que estão se envolvendo. Escuto uma exclamação depois da outra, como "Caramba!", "Meu Deus!" e "Coitado!". Quando começo a falar da surra que dei em Silje, eles ficam especialmente pálidos. Torto se levanta, aponta o dedo para mim com raiva e diz:

– Você é quem devia tomar uma surra. Não se bate em mulher, porra!

Torto é grandalhão, mas felizmente Bike o segura. Os dois vão para o corredor e Bike tenta acalmá-lo, enquanto nós, pouco à vontade, permanecemos na sala.

– Ele deu uma surra nela, porra!

– Eu estava ali, escutei o que ele disse. Venha, vamos voltar.

Silêncio.

– É o Nikolaj. Ontem mesmo você disse que ele era o máximo!

– Sim, mas eu não sabia que ele batia em garotas.

– Uma garota, não garotas. Há um motivo para todas aquelas cicatrizes – diz Bike.

– Não quero voltar para lá. Além disso, seria estranho fazer isso agora.

Ouvimos passos. A porta da frente é aberta e fechada enquanto Bike diz:

– Torto, mas que merda!

Olho para o corredor. Eles foram embora. Não tenho certeza se devo continuar apenas com Anita e Karen, mas depois de 30 segundos, a campainha toca. Abro a porta para Bike e Torto. Ele faz que sim com a cabeça e diz:

– Sinto muito, Nikolaj. Fiquei com muita raiva.

– Eu entendo, não precisa se desculpar – digo eu, sem jeito, parado diante de Torto.

Continuamos.

Por mais estranho que pareça, Karen só me interrompe quando digo que não fui ao enterro de Sis.

– Você não apareceu no funeral da sua irmã?

– Não. Como eu disse, não soube da morte dela.

– Mas você esteve no cemitério depois disso?

Nego com a cabeça.

– Nikolaj, ela é sua irmã. Você precisa se despedir. Você sabe onde ela está enterrada, não sabe?

– Sim, é claro. Ela está perto do laguinho no Cemitério Vestre.

– Você realmente precisa se despedir. Ela merece isso – diz Karen, e para de falar, pois começo a ficar entristecido.

***

Ainda que eles sejam tomados por choque consecutivas vezes, ninguém sente medo de mim, porque todo o perigo está no passado, e o que interessa no presente é me tornar um ser humano melhor. Termino dizendo da minha vontade de que todos formem a minha OTAN, ajudando-me a me tornar um homem melhor.

– Alguma pergunta?

Quatro mãos são suspensas no ar.

– O que quer exatamente de nós? – pergunta Anita, confusa.

Entendo sua confusão.

– Quero que vocês me ajudem, pois não consigo fazer isso sozinho.

– Você está pedindo que sejamos seus amigos?

Preciso pensar antes de responder. "Amigo" é uma palavra de grande magnitude, o que me faz hesitar. Por fim, respondo:

– Sim, acho que sim.

Espero que Jesus esteja certo.

– Eu serei sua amiga – diz Anita, sem pestanejar.

– Obrigado. Mas quero deixar claro que amigos como eu exigem demais – interponho apressado.

– Nikolaj, as pessoas exigem demais dos amigos. É para isso que eles servem – diz Karen, olhando-me carinhosamente.

– Sério?

Como eu poderia saber?

– Sim, é sério. Jeppe, por que Nikolaj é seu amigo?

Ele não havia dito uma palavra até então, não havia emitido nenhum som, não havia movido nem um músculo sequer, e de repente ele se desconcerta por conta de toda a atenção que lhe é voltada. Ansiosos, todos esperam uma resposta. Eu também.

– Porque sim.

Ele sente imediatamente que a resposta não é boa. Gaguejando, mas com uma firmeza surpreendente, ele prossegue:

– Porque ele me salvou. Isso para mim é fabuloso, então farei tudo por ele.

Agora é minha vez de ficar desconcertado. Não se fala de mim desse jeito. Sou um filho da puta. Karen sorri para Jeppe.

– Foi uma ótima resposta. Entendeu agora, Nikolaj? Quando você pede para sermos seus amigos, na verdade está pedindo para estarmos ao seu lado do mesmo modo que esteve ao lado de Jeppe.

As perguntas e respostas prosseguem durante a noite. Jesus, obviamente, é o tema de muitas.

– Você acha que ele é real?

– Que ele é Jesus? Não, tenho certeza de que ele não é Jesus.

– Não, não foi isso que eu perguntei. Quero saber se ele é real. Será que ele existe mesmo? – diz Bike, fazendo a pergunta que todos pensam em fazer. Olho para ele com um sorriso condescendente.

– Você está perguntando se eu estou maluco?

– Não, mas o estresse faz a gente imaginar coisas.

– Eu o senti fisicamente. Ele me deu um abraço tão forte que esmagou a gordura da minha barriga e ela foi parar nas costas.

Eles ainda não se convencem, mas mesmo assim Karen diz:

– Se você diz que ele é real, então ele é. Certo?

Todos assentem entusiasmados. Aceitam o fato de que converso com Jesus. Se eu quiser falar no assunto, eles estarão prontos para me ouvir, mas a conversa tem de partir de mim.

***

Eles vão embora às 3 horas da manhã. Falamos muito sobre meus avós, Sis, Silje, Brian, minha vida em geral, e não consigo pensar em mais nada para dizer a eles. Chegamos a um acordo de que está na hora de irem para suas casas, pensar no que eu disse e que nos encontraremos de novo dali a alguns dias, mas estou convencido de que a OTAN já é uma realidade, pois todos vão embora com uma sensação de entusiasmo. Até Torto muda de ideia.

A noite foi longa, mas excelente. Jeppe foi para a cama, mas eu preciso de um pouco de ar puro, de sentir o vento no rosto e a grama nos pés. Saio para o jardim. Tudo está silencioso, até que ouço um ronco. Mas que inferno, Jeppe! Então percebo que o ronco é suave, feminino, não aquele estrondo que Jeppe produz. Vejo que há uma figura encolhida embaixo da janela aberta. Curioso, caminho até ela e me agacho. Até no escuro ela tem peitos maravilhosos. Levanto-a com cuidado e ela acorda assustada, de sobressalto. Olha para mim temerosa, mas depois se dá conta de que está sentada sob a janela, no meu jardim. É ela quem deve explicar alguma coisa, não eu, mas não diz absolutamente nada.

– Você passou a noite toda sentada aqui?

Ela está com medo. Não de mim, mas da situação. Sua respiração vai ficando cada vez mais ofegante. Levanto-me e estendo a mão para ela. Como a noite foi um sucesso, estou cheio de confiança.

– Venha, levante-se.

Ela hesita, mas deixo minha mão pairando bem diante de seu nariz. Finalmente ela agarra minha mão e eu a levanto. Exagero um pouco na força que uso para puxá-la. Trombamos nossos corpos e ficamos bem próximos um do outro por um breve instante. Algo mais íntimo que o esperado. Agora ela tem medo da situação e de mim, então me apresso em dar um passo para trás.

– Vamos nos sentar naquele banco ali.

Ela hesita mais uma vez.

– Eu não vou fazer nada. Prometo.

– Acho melhor eu ir embora.

– Você não pode bisbilhotar e depois ir embora.

Ela não tenta negar, e, mesmo no escuro, vejo que está envergonhada.

– Você estava aqui a noite toda?

– Desde as 8 horas da noite.

– E ouviu tudo?

– Sim, ouvi tudo o que aconteceu a partir das 8 horas.

– E por que não entrou? Você sabia que era convidada.

– Não sei.

– Vamos nos sentar ali no banco, o que acha?

Ela ainda hesita.

– Quero conversar com você.

– Não acho uma boa ideia.

– Que a gente converse?

– Que eu fique.

Eu suspiro.

– Qual é o problema? Não estou pedindo para me beijar, estou?

Como sou imbecil! Ela repete:

– Não, é melhor eu ir embora.

Dessa vez ela vai. Sem se despedir. Simplesmente se vira e vai. Minha vida é realmente estranha. Às 3 horas da manhã, encontro a Testemunha de Jeová mais bonita de Tarm sentada no meu jardim.

OTAN adquire força total

Jeppe está de mau-humor porque eu o acordo muito cedo. Estamos procurando Marianne. Jeppe não entende o motivo. Ele pensa que nosso grupo já tem gente o bastante, principalmente porque Karen não o deixará sozinho e Bike olha para ele de uma maneira abertamente hostil.

Fomos até a casa de Marianne, mas ela não está. Por sorte, encontramos a vizinha que nos contou que Marianne trabalha no escritório de contabilidade de Mathias, ao lado do supermercado. Corremos até lá, entramos e nos deparamos com três pessoas entediadas – Mathias, Marianne e uma senhora mais velha – atrás de três mesas entediantes. Mathias se levanta e vem até nós.

– Em que posso ajudar?

– Viemos falar com Marianne.

– Se tiver alguma coisa a ver com aquela pequena conversa que tivemos, pode falar comigo mesmo – diz Mathias.

– Não, não tem nada a ver com aquilo. Continuo não sendo devoto, sinto muito – e me dirijo a Marianne. Mathias se interpõe e coloca a mão no meu peito.

– Posso saber do que se trata?

Marianne balança levemente a cabeça, dando um sinal para que eu não fale nada.

– É particular.

– Eu entendo, mas este é um local de trabalho. Do que se trata? – pergunta Mathias, desconfiado.

– É particular – digo, de maneira enfática.

– Então devo pedir que saiam.

– Não vamos demorar.

Tento dar um passo na direção de Marianne, mas Mathias não deixa. Ele me empurra e diz, em tom de ameaça:

– Não, aqui é um lugar de trabalho.

Tento dar mais um passo e Mathias me empurra de novo. Jeppe perde a paciência, dá um salto e se coloca ao meu lado.

– Porra, a gente só quer falar com ela!

Mathias parece não entender que deveria estar com medo e se limita a responder:

– Sim, mas não podem – diz, tentando empurrar Jeppe também.

Jeppe consegue agarrá-lo, derruba-o no chão e, com a boca espumando de raiva, grita:

– O que ela estava fazendo no nosso jardim ontem à noite?

Eu devia tê-lo deixado dormindo. Saio correndo para tirá-lo de cima de Mathias, que está assustado e continua no chão. Abaixo para ajudá-lo, mas como ele está intimidado, se afasta de mim. Marianne e a senhora, ambas alertas, se levantam e continuam atrás de suas respectivas mesas, sem fazer nada. Jeppe as assustou. Com uma expressão de perplexidade, Mathias olha para Marianne.

– Você esteve no jardim deles ontem à noite?

– Não, é claro que não – diz ela.

Jeppe não admite ouvir isso.

– Mentira que não, você passou a noite inteira espiando a gente.

– Jeppe!

– Mas ela está mentindo!

– Cale a boca, Jeppe!

Mathias deveria agradecer que estou aqui. Por que raios ele não se levanta? Parece ridículo, deitado no chão.

– Do que eles estão falando, Marianne? Mais uma decepção para nós?

– Não faço a menor ideia do que eles estão falando.

– Não acredito em você.

A senhora caminha até Mathias e o ajuda a se levantar. Eles se afastam e criam uma parede entre nós e Marianne.

– O que você fez? – pergunta ele para Marianne, que tenta evitar seu olhar acusador.

– Eu não fiz nada.

– Marianne! Diga a verdade, se quiser ser perdoada.

O clima pesa. Começo a me arrepender de ter aparecido de repente e de tê-la colocado numa situação desagradável.

– Espero que não tenha me decepcionado de novo.

– Claro que não – mente ela, e Mathias sabe.

Resignada, ela se senta. Está prestes a cair no choro. Mathias se vira para nós com um sorriso forçado.

– Marianne não tem tempo para falar com vocês. Estamos muito ocupados agora.

Bufando, Jeppe sai furioso na direção deles, que se afastam para o lado, assustados. Embora sua altura bata no ombro de Mathias, eles percebem o perigo quando olham para ele. Jeppe pega Marianne pelo pulso, arrancando-a da cadeira, e a leva para fora do escritório. Eu permaneço lá dentro, confuso, depois aceno para eles com a cabeça e saio. Do lado de fora, Jeppe segura Marianne. Ela chora, tenta voltar para o escritório, mas ele não a deixa passar.

– Vamos embora.

Jeppe assente com a cabeça, e carrega Marianne, relutante, até Poppelvej. Se entrou na dança, vai ter que dançar.

***

Quando chegamos, ela anda desorientada de um lado a outro da casa. Não tenta fugir, mas também não diz nada. Decido ser paciente. Depois de dez minutos feito barata tonta, ela se obriga a se acalmar. Respira fundo, passa os olhos em mim, depois em Jeppe, e nos dá um tapa ressonante – primeiro nele, e depois em mim.

SLAPT SLAPT.

Viro-me para impedir que Jeppe a ataque, mas ele não tem intenção alguma de fazê-lo. Está absolutamente quieto, e aceita o golpe.

– Vocês enlouqueceram, é isso? – grita ela.

Nenhum de nós diz nada.

– Não podem simplesmente invadir meu local de trabalho e me arrancar de lá!

Continuamos sem dizer nada. Olhamos para ela um tanto envergonhados, pois sabemos que passamos do limite.

– Vocês têm ideia de quanto tempo eu demorei para recuperar a confiança deles?

– São uns babacas, todos eles – diz Jeppe, em voz baixa.

Concordo com ele.

– Não, vocês é que são babacas.

Quando ela termina de pronunciar as palavras, se acalma.

Ela pode ir embora se quiser, mas não, ela se senta e lá estamos nós, todos sentados, até que ela decida falar. Demora bastante tempo para ela dizer alguma coisa, o que só acontece depois que a polícia chega.

A campainha toca e eu abro a porta. Do lado de fora há um carro de polícia, estacionado de modo que todos os vizinhos a vejam.

– Nikolaj Okholm?

– Sim.

– Podemos entrar?

– É claro.

Um dos policiais é magro e jovem; o outro é um pouco mais velho e barrigudinho. Mathias nos denunciou por sequestro e agressão. Tanto Marianne quanto Jeppe ficam perplexos quando os policiais entram na sala.

– Você é Marianne Pedersen? – pergunta o policial mais velho.

– Sim – responde ela, nervosa.

– Você está bem?

– Sim, por que não estaria?

– Fomos informados de que você está aqui contra sua vontade.

É nesse momento que ela decide tomar nosso partido.

– Quem disse isso?

– Seu colega de trabalho, Mathias Brandt. Ele disse que Nikolaj Okholm e um amigo a arrastaram do escritório contra sua vontade.

– Pedi demissão hoje. Ele só está irritado por causa disso.

– Quer dizer que ele está mentindo? Você tem consciência de que está afirmando que ele prestou uma queixa falsa e que isso é ilegal? Você tem certeza que ele está mentindo?

Ela assente com tanta naturalidade que chega quase a ser brutal.

– Ele só está irritado. Vocês não vão puni-lo, não é?

– Você está aqui por livre e espontânea vontade, e não por que tem medo de algo?

Ela balança a cabeça de um lado para o outro, mas eles não se convencem. Ele se vira para Jeppe.

– Mathias também nos disse que foi agredido por um amigo de Nikolaj Okholm, chamado Jeppe. É você?

– Eu não fiz nada – contesta Jeppe, apressadamente. As palavras irrompem de sua boca.

Eles continuam olhando para ele, o que obriga Jeppe a desviar o olhar.

– Tive uma discussão com Mathias. Nós gritamos um com o outro, mas Jeppe não interferiu – diz Marianne.

Parece preocupada que algo possa nos acontecer. Olhamos para ela, confusos. Há apenas dez minutos, ela estava nos batendo.

– É estranho, porque as duas pessoas que trabalham com você dizem que você foi arrastada para fora do escritório por Jeppe, e que ele jogou Mathias no chão.

De repente, Karen aparece na sala. Ela não bateu ou tocou a campainha. Simplesmente está lá.

– Olá, Jens. O que está fazendo aqui?

O policial mais velho se vira para ela.

– Olá, Karen, acho que posso lhe fazer a mesma pergunta.

– Sim, é claro que pode. Vi a viatura lá fora e achei que podia dizer "oi" e saber o que está acontecendo. Nikolaj se esqueceu de usar os faróis da bicicleta?

Ela sorri para o policial, mas ele não sorri de volta.

– Não, é muito mais sério. Os dois jovens aqui são acusados de agressão e sequestro – diz ele.

– Jeppe e Nikolaj? Eles são os rapazes mais pacíficos do planeta, são incapazes de ferir uma mosca.

– Cabe a mim decidir se isso é verdade ou não, não a você.

– Está dizendo que não confia em mim?

– É claro que confio em você, não estou dizendo isso.

– Muito bem, porque eu e Kaj ficaríamos muito ofendidos.

– Karen, não é isso que estou dizendo.

– Está sugerindo que meus amigos são criminosos? Nesse caso, ou você é delinquente, ou não é meu amigo. Você é meu amigo?

– É claro que sou. Você sabe como eu gosto de você e Kaj.

– Ótimo, então você deve ser delinquente, pois o contrário não faz sentido. Não é, Jens?

– Faz sentido sim.

– Não, não faz. Se digo que são totalmente inofensivos, é porque o são.

– Mas eu li numa matéria que Nikolaj era violento.

Os olhos de Karen adquirem um brilho selvagem.

– Pare com isso agora mesmo. Você está ultrapassando os limites, devia ter vergonha! A cidade inteira sabe do belo rapaz que ele é hoje; e você também não foi nenhum santinho quando jovem. Lembro que Kaj teve de salvar você de várias brigas.

Estamos todos completamente atônitos, inclusive o policial mais jovem. Ele solta uma risada abafada, ao que Jens responde com um olhar fulminante.

– Se não fosse por mim e Kaj, você sequer seria policial hoje. Teria sido condenado por agressão. Estou errada?

Ele não diz nada.

– Agora os dois peçam desculpas pelo inconveniente e se mandem daqui.

– Não podemos.

– Jens!

Karen está cada vez mais irritada.

– Simplesmente não podemos.

– É você que foi sequestrada? – pergunta ele para Marianne.

– É o que dizem.

– E você foi sequestrada?

– Não.

– Então isso encerra o assunto. Por que não perguntaram para ela antes?

– Nós perguntamos – diz Jens, irritado.

– E por que ainda não foram embora em vez de continuar incomodando? Ela já disse que não foi sequestrada.

***

Karen se despede, os policiais vão embora e ela volta para a sala.

– Você não está aqui contra sua vontade, não é?

Marianne balança a cabeça e eu murmuro alguma coisa, dando a entender que houve uma grande confusão.

– Jens e Kaj são amigos desde criança. Kaj é dois anos mais velho que Jens, e Jens praticamente foi o irmão mais novo de Kaj. Não se preocupe; se digo que vocês são boas pessoas, é porque são boas pessoas. Se ele fizer qualquer gracinha, pode me contar que Kaj cuidará dele.

Percebo pela primeira vez que Karen é capaz de agir com consideração. Ela olha para Marianne e pergunta gentilmente:

– Quer ficar a sós com Nikolaj?

– Sim, por favor.

– Venha, Jeppe. Vamos deixá-los sozinhos.

– Como assim?

– Venha comigo.

– Por quê? – pergunta ele, angustiado.

– Porque eles precisam de privacidade, e eu preciso de ajuda no jardim. Você pode cortar a grama para mim enquanto eles conversam.

Ele olha para mim, esperando ajuda; para ele, "sozinhos" significa ele e eu, mas faço um sinal para que ele saia com ela. Ele nos troca por um cortador de gramas e por Karen, que já começa dizendo que ele está um palito e que precisa comer mais.

Aqui estamos. Há um silêncio opressor, até que Marianne murmura:

– Eu só queria saber por que você disse que precisava de nós.

– Por que você não entrou? Eu convidei você.

– Porque primeiro eu queria saber do que se tratava.

Parece justo. Eu também desconfiaria se alguém como eu me pedisse ajuda.

– Agora você já sabe. Vai me ajudar?

Para mim a noite foi um sucesso tão grande que nem me passa pela cabeça que ela possa ter reservas; mas ela as tem.

– Não confio em você.

– Por que não? Os outros confiam.

– Como assim, por que não? Você chutou a cabeça de um menino, espancou sua namorada e levou sua irmã ao suicídio. Os outros acham que você é adorável porque é filho de Grith Okholm. É um motivo péssimo para confiar em você.

Entendo o que ela diz, mas não necessariamente concordo com ela.

– Eu mudei.

– Você me sequestrou.

– Não, quem fez isso foi Jeppe – digo de modo ofensivo.

– Você e Jeppe.

– Se não vai me ajudar, então por que está aqui? Por que não disse a verdade à polícia?

– Eu não disse que não vou ajudar. Só estou dizendo que não me sinto confortável nessa situação.

– Então você vai me ajudar? – pergunto.

– Eu também não disse isso.

– Então o que está dizendo?

– Não sei – diz ela, olhando para mim esperançosamente.

O que ela quer de mim? Sorrio alegre para ela, pois sei que acabará cedendo. Pode reclamar o quanto quiser, mas ela já tomou a decisão há muito tempo. Não faria sentido se fosse de outro jeito: se eu lhe desperto sentimentos ruins, por que mentiu para a polícia? Por que não foi embora? Está esperando um convite.

– Quero muito que você faça parte disso. Como posso convencê-la?

Ela escolhe cada palavra cuidadosamente.

– Você precisa me escutar. Quando eu disser não, é não. Do contrário, estou fora.

– Não podemos obrigar ninguém a se converter em Testemunha de Jeová, então não tente converter alguém ou alguma coisa do tipo.

Ela olha para mim de um jeito que me faz parecer um idiota. Posso muito bem me acostumar a esse olhar, porque toda vez que eu digo algo estúpido, Marianne não tenta esconder seu desprezo. Ela não precisa dizer que sou idiota, mas ainda assim ela diz.

– Não seja estúpido. Não estou do lado deles.

– Desde quando?

– Desde que vocês pisaram no escritório.

– Só por causa disso?

Outra vez, o mesmo olhar.

– Não, é claro que não. Há muitas razões, mas são tantas que não vou dizer. Não se trata de quem eu sou, mas sim de não magoar mais ninguém.

Faço que sim com a cabeça, seriamente. Concordo com ela. Ninguém mais pode se machucar; não mais.

As primeiras semanas da OTAN

Marcamos um encontro para socializar – precisamos nos conhecer melhor e estreitar nossos laços. Eu e Jeppe cozinhamos, e me surpreende descobrir que ele não é tão ruim na cozinha. Nosso chili não é tão bom quanto a de Silje, mas chega perto. Pedi que cada um fizesse uma apresentação de dez minutos, assim podemos nos conhecer um pouco mais.

Karen fala de Kaj e das meninas. A filha mais velha deles acaba de entrar no curso de letras da Universidade de Aarhus.

– Ela lê romances o dia todo, e Kaj acha uma bobagem – diz Karen. – Ler romances não é carreira.

Torto nos conta que já foi campeão de pesos pesados da Jutlândia.

– O sujeito que eu derrotei na final se tornou profissional no ano seguinte. Eu podia ter seguido o mesmo caminho, mas eu teria de treinar todos os dias e não sairia muito de casa. Seria entediante demais.

Bike nos fala da época em que filmou Torto transando com uma garota bêbada qualquer com quem ficou em Skjern.

– Querem ver? – Ele pega o telefone celular e nos mostra a bunda de Torto se mexendo para cima e para baixo.

– Não vejo nenhuma garota aí.

– Ela está embaixo da bunda.

Anita nos conta sobre o ex-namorado. Eles quase se casaram, mas infelizmente o filho de 4 anos do ex não gostava dela, e ele acabou terminando.

– Ele disse que eu era adorável, mas não conseguia me ver como mãe.

Karen está fumegando.

– Que cara idiota! Pois eu com certeza a vejo como mãe, Anita.

Anita parece não ter certeza se isso é um elogio ou não.

Jeppe acha que não tem nada a dizer, e Marianne não quer nos contar nada, pelo menos não quando todos podem ouvir. Mais tarde, Karen e Marianne conversam em segredo. Consigo escutar de longe alguns pedaços da conversa.

– Eles entraram em contato?

– Mathias sim. Ele disse que estou arruinando a minha vida mais uma vez, e que agora é para sempre. Eu disse que me sentia sozinha e hipócrita. Ele não entende por quê. Eu preciso disso. É tão absurdo que é impossível eu não ter reação nenhuma.

Quando percebem que estou de orelha em pé, elas se afastam. Nenhuma das duas quer me dizer do que se trata.

***

Nós nos encontramos todas as noites durante as duas primeiras semanas, mas não chegamos a lugar algum. Temos momentos excelentes, mas particularmente improdutivos. É claro que digo a eles tudo que posso sobre Brian e Silje, mas há uma grande lacuna nas minhas informações: não tenho a menor ideia de como eles estão agora.

Karen tem uma sugestão: que dois de nós façam uma viagem até Copenhague para uma pesquisa de campo. Torto se oferece imediatamente, mas Bike lhe explica que não conseguirá tirar folga do trabalho, pois estão muito ocupados na HS Kedler. Karen acha que eu devo ser uma das pessoas, porque eu conheço Brian e Silje e porque sou de Copenhague. Balanço a cabeça negativamente.

– Não quero ir. Não quero voltar a Copenhague.

– Entendo, meu caro Nikolaj, mas é só por uma semana.

Quase choro só de pensar. Então Jeppe se oferece. Resolvemos que Karen e Jeppe viajarão. Karen mal pode esperar por uma semana em Copenhague, e Jeppe está apavorado com a ideia de passar uma semana com Karen.

A viagem de Jeppe e Karen

Eles seguem Brian o dia todo. Karen tira fotografias de Brian levando o choroso Allan para o jardim de infância; lamentando diante do túmulo de Sis; visitando um puteiro logo depois de sair do cemitério. Eles o esperam sair por mais de duas horas. Quando ele aparece, Jeppe quer segui-lo imediatamente, mas Karen o detém. Ela vai até o puteiro e bate na porta. Uma mulher com aparência de Leste Europeu nos atende.

– *Yes, what do you want*?

Confusa, Karen olha para ela. Jeppe está um pouco mais atrás, envergonhado.

– Danês? – pergunta Karen.

A mulher aponta para Jeppe e repete:

– Danês?

Jeppe balança a cabeça enfaticamente e diz:

– *No, no, not* danês. Karen, que merda, num lugar desses, danês quer dizer sexo comum.

– Nossa, que coisa estranha. Você fala inglês?

Jeppe assente.

– Um pouco.

– Pergunte se ela conhece Brian – diz ela, entregando a máquina fotográfica para Jeppe.

Jeppe mostra uma foto de Brian para a mulher.

– *Do you know this man?*

A mulher olha para Jeppe, incrédula. Ela não diz nada, então Karen lhe entrega uma nota de 500 coroas.

– *Yes, I know him. He comes here many times.*

– O que ela disse?

– Que ele vem muito aqui.

– O que eles fazem?

Jeppe enrubesce.

– Não posso fazer essa pergunta.

– É claro que pode.

Jeppe se controla.

– *What do you do?*

Ela olha para ele, surpresa.

– *I am a, you know...* prostituta.

– *No, no, I mean what do you do with Brian?* – pergunta Jeppe, um tanto agitado.

– *We sleep. No sex. Never sex, only sleep.*

Jeppe olha para Karen.

– Eles dormem. Nada de sexo.

***

Mais tarde eles aparecem na porta do jardim de infância Mariehønen, quando Brian vai buscar Allan. Ele também chora quando Brian o leva. Mais uma vez, Jeppe quer segui-los, e mais uma vez Karen o impede. Quando duas professoras saem do jardim, Karen as aborda sem demora: estende a mão e diz:

– Olá, meu nome é Karen.

Elas olham para a mão dela, obviamente confusas, mas a cumprimentam mesmo assim.

– Hanne.

– Gitte.

– Vocês trabalham aqui?

– Sim, sou a diretora, e Gitte é professora.

Karen assente com interesse.

– Então vocês conhecem Brian Birkemose Andersen, o pai de Allan?

Elas olham desconfiadas para Karen, mas é difícil suspeitar de alguma coisa quando se trata de Karen. Elas assentem.

– E como ele é?

– Um ranzinza – diz Gitte.

Hanne manda ela se calar.

– Não podemos falar sobre o Brian.

– Por que não? Eu o conheço. Estou preocupada com ele.

Hanna e Gitte olham uma para a outra. Hanna diz cautelosa:

– Nós também estamos. Ele parece muito triste.

– E ranzinza. Nunca está feliz – diz Gitte.

***

Karen e Jeppe também tentam seguir Silje, o que é bem difícil porque ela praticamente não sai do apartamento. Ela só sai quando Camilla vem buscá-la. Discutem diversas vezes; Camilla parece não saber mais o que fazer. Em determinada ocasião, elas estão sentadas no Café Bang & Jensen. Karen e Jeppe se sentam à mesa ao lado e fingem que leem o jornal enquanto tentam escutar a conversa de Silje e Camilla.

– Isso é nojento – diz Camilla.

– Mas eu não tenho culpa, acontece.

– Mas isso não torna menos nojento ter sonhos eróticos com alguém que a espancou.

– Nunca mais vou lhe contar nada se você continuar reagindo dessa maneira.

Karen e Jeppe mal conseguem esconder a curiosidade.

– Você realmente acha que quero saber de mais algum sonho seu com Nikolaj? Por que você não sonha que cortou fora as bolas dele, por exemplo?

– Eu adoraria muito mais ter um sonho assim – sussurra Silje.

Karen não consegue se segurar e olha para ela.

Camilla se vira imediatamente.

– Está olhando o quê?

Por um momento, eles temem que Camilla tenha descoberto que estavam ali para espiar. Nesse mesmo dia, Camilla vê os dois na porta de onde acontecem os ensaios da banda. Jeppe pretende fugir, mas Karen o obriga a ficar e diz, em alto e bom tom, com sotaque jutlandês:

– Não entendo essa câmera! Ela bateu a foto ou não? – e pisca para Jeppe, que assente entusiasmado.

Camilla se acalma e vai embora. Não passam de dois jutlandeses idiotas.

Os ensaios da Grith Okholm Jam acontecem às terças e quintas-feiras (para mim é um choque saber que ainda tocam as músicas da minha mãe). Jeppe espia pela janela da sala de ensaios e vê Silje dando bronca nos outros membros por não se concentrarem. Quando Silje se vira para o outro lado, Camilla tenta rapidamente acalmar os integrantes, que não escondem a irritação. Jeppe e Karen leram no site da Grith Okholm Jam que eles não se apresentam há um ano. Quando a banda termina o ensaio, Karen decide que eles seguirão o baixista, Jakob. Ele está parado num ponto de ônibus com o baixo nas costas quando Karen finge reconhecê-lo.

– Com licença, você não é da Grith Okholm Jam?

Ele é pego totalmente de surpresa. Não está acostumado a ser reconhecido.

– Sim, eu toco baixo.

Karen sorri.

– Eu sabia. Vocês são ótimos. Por que não estão tocando mais? Vocês faziam shows o tempo inteiro. Devo ter visto vocês tocando pelo menos umas vinte vezes.

Jakob murmura:
– Nossa vocalista não quer tocar ao vivo. Está passando por alguns problemas.

***

Enquanto Karen e Jeppe estão em Copenhague, eu me encontro com os outros. Eles passam na minha casa quase toda noite. Jogamos e vemos filmes. Anita tem a tendência de se aninhar bem colada comigo quando vemos filmes, o que é um pouco desconcertante.

Bike me pergunta diversas vezes se Jeppe é mesmo meu melhor amigo.

Assinto.

– Ele não é meio esquisito?

– Como assim?

– Só acho que ele é um pouco esquisito – murmura Bike.

– Não é mais esquisito do que eu.

– Você não é esquisito. Só é estranho.

Quando Karen e Jeppe voltam de viagem

Agora que temos informação, a pergunta é: o que fazemos com ela? Decidi que vou gastar meu dinheiro. É uma idiotice ter dinheiro e não se beneficiar dele. Consequentemente, digo aos membros da OTAN que lhes pagarei um salário enquanto me ajudarem, pois assim teriam um pouco mais de liberdade, caso não queiram se preocupar tanto com o trabalho.

– Não, Nikolaj, não é preciso – diz Karen, enquanto os outros olham para mim, curiosos.

– Mas eu quero. Se me derem o número da conta, transfiro 35 mil coroas por mês para cada um.

Torto e Bike olham um para o outro, encantados, e Torto diz:

– Acho que devemos todos ir para Copenhague.

Todos o apoiam imediatamente. Como Brian e Silje estão lá, seríamos muito mais eficazes se não estivéssemos na Jutlândia. Sou o único que discorda, e sei que é só porque estou com medo. Não tenho argumentos, fico apenas repetindo:

– Sim, mas eu não quero.

Eles me perguntam por que, eu resmungo:

– Não quero, só isso.

Perguntam se estou com medo, eu digo:

– É claro que estou.

– Mas nós vamos também. Você não está mais sozinho – diz Marianne.

Não tenho como negar.

***

E assim vamos todos a Copenhague, menos Karen, que fica em casa com Kaj porque não pode sair sem previsão para voltar. Ela tem compromissos em Tarm, nós não. Bike e Torto se demitem, mas suas vagas estão garantidas para quando voltarem: há pouquíssimos metalúrgicos em Tarm. Marianne é demitida por Mathias e Anita declara falência do Trendy Look. Afinal de contas, ninguém mais o frequenta. Aparentemente, todos preferem cortar o cabelo no New Look ou no Salon Chris. Anita não vê a hora de viajar e ter experiências diferentes que a animem. Ninguém, além de Karen, é casado, namora ou tem filhos.

A viagem a Copenhague

Estou sentado no trem e olho pela janela, tentando ignorar a dor no estômago. Torto e Bike dormem. Para terem uma despedida decente de Tarm, os dois beberam demais ontem e agora disputam quem tem o ronco mais alto. Quase perdem o trem. Sentada, Marianne lê um livro. Ela é boa quando o assunto é se manter ocupada. Inexpressivo, Jeppe olha por outra janela. Já Anita olha para mim. Dou-lhe um rápido sorriso. Ela se levanta e se senta ao meu lado.

– Posso fazer você de travesseiro?

Antes que eu consiga contestar, ela encosta a cabeça em mim. Falta-me energia para resistir, então passo o braço por cima do ombro dela – não para encorajá-la a alguma coisa, mas por ser mais confortável. Karen prometeu cuidar da correspondência, atender aos chamados e cuidar da minha querida Poppelvej, 22, enquanto estamos fora.

Terceira parte

DOIS QUE SE AMAM

Em Copenhague

Estou em pé no meio de toda comoção na estação central, inclinado para a frente com as mãos nos joelhos, tentando desesperadamente respirar. Marianne passa a mão nas minhas costas; os outros olham para mim, visivelmente preocupados. Recupero o controle da respiração e aprumo o corpo, sentindo-me um palerma.

– Você está bem? – pergunta Bike.

Balanço a cabeça, mas não digo nenhuma palavra, apenas vou correndo para a saída. Entramos em dois táxis e seguimos até a Rantzausgade. Tenho nessa rua um apartamento de três quartos que está vazio, pois estou vendendo todos os meus imóveis. Torto desce deslumbrado do carro. Está apaixonado pelo lugar, por Copenhague, pelo bairro de Nørrebro. Ele olha para nós, perplexo.

– Há negros e árabes por todo canto!

– Fale baixo!

– E tem muita sujeira também, olhe isso!

Ele apanha uma caixa vazia de pizza e a entrega a Bike, orgulhoso. Bike pega a caixa e a joga fora imediatamente.

– Está tudo cheio de porcaria. Isso não existe em Tarm.

Transbordando empolgação, Torto desce correndo uns cem metros pela Rantzausgade, passa pela Eagle Steak House e pelo Tjili Pop, chutando o lixo pelo caminho. Ele para, olha ao redor e grita:

– Um a cada dois é árabe.

Felizmente, Bike tem a sensatez de chamá-lo de volta e enfiá-lo no apartamento antes de acontecer algum inconveniente.

Bike divide quarto com Torto, Anita com Marianne, e Jeppe comigo; em comum, temos a sala. O apartamento tem pouquíssimos móveis, mas não precisamos de muita coisa, pois a base é temporária.

Todos esperam que eu diga alguma coisa, mas sou tomado por uma dor de estômago terrível e tenebrosa, que me permite apenas murmurar:

– Só preciso pensar um pouco.

E dedico-me a pensar pelos próximos três dias. Tranco-me no quarto, durmo o dia todo e tento, em vão, concatenar apenas duas ou três ideias seguidas.

Minha conversa com Sis

– Não, ele só sabe dormir. Humm. Não. Só sai da cama para ir ao banheiro. Acho que está adoecendo. Humm. Sim. Três dias. Humm. Humm. Não, ele também não falou nenhuma palavra com Jeppe. Humm. Humm. Sim, eu sei disso, Karen. Hummm. Hummm. É chato para todos nós. Estamos esperando por ele. Humm. Humm. Sim, ele está com medo, mas... Humm. Sim? Você acha? Humm. Humm. Humm. Humm. Tudo bem, vou tentar. Humm. Humm. Muito obrigada, Karen. Nos falamos mais tarde. Humm. Tudo bem, tchau.

Marianne desliga o telefone e chama Jeppe, e os dois desaparecem por algumas horas. Quando voltam, vão direto até meu quarto e puxam o edredom.

– Levante-se! Vamos dar uma volta.

Balanço a cabeça, mas Jeppe me expulsa da cama com um empurrão. Não tenho a menor vontade de sair, mas eles não me dão escolha. Estou apático demais para resistir.

***

Vamos na direção do bairro de Vesterbro. Marianne vai me puxando. Tento desesperado acompanhar o passo, porque assim quase parecemos um casal. Até me aventuro a acariciar a mão dela com o polegar, o que a detém por um instante: ela olha para mim com a testa franzida e depois seguimos. Jeppe nos acompanha. Marianne olha para ele diversas vezes, até que fazem um gesto discreto de "tudo pronto". Bike e Torto nos seguem a uns 50 metros de distância, atentos para não nos perder de vista enquanto conversam e passeiam. Anita não quis vir. Ela odeia caminhar.

– Para onde vamos?

Marianne não diz, mesmo que eu pergunte dez vezes. Passamos pela fábrica da Carlsberg, atravessamos um semáforo e então percebo aonde ela quer me levar. Tento puxar minha mão, mas ela a segura com firmeza. Então, aperto a mão dela com tanta força que ela é obrigada a me soltar. Tento correr para o outro lado, mas Jeppe me agarra. Brigamos por um momento. Ele é mais forte do que parece e me empurra para a frente enquanto eu me esforço para seguir na direção contrária. Torto e Bike chegam correndo. Marianne faz um gesto e os dois também me seguram. Não tenho mais escolha. Quando me soltam, estamos no Cemitério Vestre. Marianne tenta me acalmar.

– Você tem de fazer isso, você sabe.

– Não consigo.

Ela pega de novo minha mão; sinto-me tranquilo. Ela começa a andar e vou seguindo, túmulo após túmulo. Ela caminha como se soubesse aonde vai. De repente estamos diante de Sis, e Marianne sussurra:

– Vamos nos afastar um pouco... Assim você fica em paz.

Eu me agacho diante da lápide. O túmulo é bonito e bem-cuidado. Há flores frescas, muitas. Passo os dedos sobre a lápide, sinto a pedra áspera e fria; inclino o corpo para a frente e a abraço.

– Meu querido, que bom que você veio! Eu estava tão preocupada!

É maravilhoso ouvir a voz dela de novo. Dou-lhe um abraço ainda mais forte e ela percebe que meu corpo treme.

– Nikolaj, calma...

Continuo abraçando-a.

– Me desculpe por não ter vindo antes.

– Meu querido, fique calmo.

A pedra marca meus braços; Sis tenta me acalmar.

– Você está aqui agora, fique calmo. Respire. Estou feliz em vê-lo – e me abraça mais forte.

Não digo nada durante algum tempo. Fico apenas sentado enquanto eu e Sis nos abraçamos. Quando me acalmo, ela pergunta:

– Como você está?

Penso por um instante e respondo:

– Estou bem – quer dizer, bem o bastante, pelo menos.

– Você parece mais forte. Mais gordo, porém mais forte. Isso é bom – diz ela, gentilmente.

– Eu sei que estou gordo. Como você está?

– Estou bem, exceto pelo fato de meu irmão não vir me visitar. E eu não disse que você estava gordo.

Solto a lápide um pouco.

– Allan e Brian vêm muito aqui, suponho.

– Sim, estão aqui o tempo todo, mas eles não são você. Brian me deixa deprimida. Tem procurado prostitutas. Você sabia?

Assinto.

– Você sabia? Conversou com ele? – pergunta ela, surpresa.

– Não, mas alguns amigos meus o seguiram.

– Isso sim é uma coisa estranha de se fazer. Então você sabe que ele não transa com elas?

– Sim.

– Acho que seria melhor se transasse. Por que estavam seguindo Brian? – pergunta Sis.

– Jesus me pediu.

– Jesus? Ele pediu para você seguir o Brian? Está tudo bem mesmo?

– Sim, não pareço bem?

– Sim, exceto pelas besteiras que está dizendo. Agora que você está calmo, parece quase feliz – diz ela, um tanto aliviada.

– Feliz é uma palavra forte demais, mas me sinto bem como há muito tempo não me sentia. E me mudei para a Jutlândia.

– Por causa da moça de seios fartos? Vocês estão saindo?

Eu me viro e olho para Marianne, que abre para mim um sorriso reconfortante.

– Não, não está acontecendo nada entre nós.

– Ela é bonita.

– Sim. Muito bonita.

Nesse ponto, a conversa acaba. Abruptamente. Não consigo dizer por que estou ali, porque de repente começo a levantar voo. Deixo de abraçar a lápide e me vejo a um metro do chão. Os outros percebem que ele vem na minha direção, mas o reconhecem tarde demais. Sou arremessado e caio em cima da trilha. Peso mais de 90 quilos, e mesmo assim ele me joga longe com uma facilidade brutal. Meu corpo voa três ou quatro metros antes de bater no asfalto com um estrondo. Sinto uma dor imensa e machuco as mãos e as pernas. Tento me levantar e sair, mas não dá tempo, pois a mão de Brian já está arrebentando meu rosto. Desmaio, como num nocaute. Felizmente, o grupo está por perto e consegue impedir que Brian faça algo pior. Torto acerta com força o peito de Brian, mas se afasta em seguida, pois não quer machucá-lo. Brian nem nota o golpe e joga Torto no chão. Bike e Jeppe ficam assustados e tentam contê-lo. Ele se livra violentamente dos dois. Serei rasgado em pedaços. Entre nós agora só resta Marianne.

– Brian, deixe-o em paz! Ele não merece isso, não mais – diz ela, com a voz trêmula de medo.

– Quem você pensa que é e como sabe meu nome? – grita Brian.

– Sou amiga de Nikolaj.

– Ele não tem amigos – diz Brian, sem a menor hesitação.

– Sim, ele tem. Ele é nosso amigo – vocifera Jeppe, agressivo, atrás dele.

Machucados, Bike e Torto voltam e se colocam ao lado de Marianne – assustados, mas na defensiva. Brian olha surpreso para eles e, debochado, começa a bufar. Depois se vira e vai embora, pisando firme.

Visito o túmulo de Sis todos os dias enquanto estamos em Copenhague, mas sempre levo Jeppe comigo. Ele fica alerta para ver se Brian se aproxima enquanto converso com minha irmã. Conversamos sobre todas as coisas que não ousávamos falar quando ela estava viva. Agora percebo o mal que fiz a ela quando eu torturava a mim mesmo. Eu me odiaria se eu fosse ela, mas ela não me odeia. Ainda sou seu querido, e isso a morte não pode mudar.

Hoje, a noite é de festa

Chocada ao ver o rosto de Torto machucado, Anita dá um salto da cadeira e sai correndo, aturdida, passando por cada um de nós.

– O que aconteceu? Por que o olho de Torto está roxo?

Ela olha para mim e vê que meu lábio superior está inchado, o que só aumenta sua perplexidade. Ficamos tão assustados com o ódio de Brian por mim que não temos forças para tranquilizá-la – ela fica em pé, confusa, no meio da sala, enquanto remexemos o freezer em busca de pacotes de ervilha congelada para fazer compressas nos ferimentos.

Passamos um bom tempo sentados à mesa da cozinha, destroçados e em silêncio, até que Torto – ainda com um saco de ervilhas sobre o olho roxo –, diz:

– Que se foda! Quero tomar uma cerveja hoje à noite.

Rapidamente concordamos que precisamos encher a cara.

***

Começamos a noite no Tjili Pop, e de lá percorremos todo o bairro de Nørrebro. Às 4 horas da manhã, estamos completamente bêbados, mas como o Funke ainda está aberto, continuamos pedindo cerveja. Jeppe acabou se mijando um pouco: há uma mancha molhada bem no meio da calça. Bike faz questão de mostrar para nós, mas Jeppe está tão bêbado que nem se importa. Apontando para a praça Sankt Hans Torv, ele encosta o corpo em mim e cochicha, afetuoso:

– Foi ali que a gente se conheceu.

Anita cochila num canto. A cada vez que ela tenta manter os olhos abertos, eles se fecham por mais tempo. Bike e Torto estão numa discussão acalorada com dois torcedores do FCK, dizendo que o Esbjerg é um time de futebol muito melhor que esses putos do time de Copenhague. Eles tentam forçar uma briga, mas os outros se limitam aos ataques verbais. Marianne está sentada no degrau da porta, ao lado de fora, com a cabeça entre os joelhos. Saio do Funke aos tropeços e me junto a ela.

– Está se sentindo mal?

– Um pouco.

– Vomitou?

– Um pouco.

Sento-me ao lado dela e coloco o braço sobre seu ombro, puxando-a para perto de mim.

– Você aguentou mais do que eu imaginava. Porra, você bebeu pra caralho.

– Boca suja!

– Desculpe.

– Você fala palavrão demais.

– Já pedi desculpas.

Ela encosta a cabeça no meu ombro. É gostoso.

– Meu ex-namorado bebia tudo o que podia e nunca deixava transparecer que estava bêbado. Durante muito tempo, eu sentia náuseas só com o cheiro de cerveja.

– Não sabia que Testemunhas de Jeová podiam beber.

– Ele não era Testemunha de Jeová.

– Não?

– Não. Ele era albanês.

– Entendi. E eles deixavam você sair com um albanês?

– Na verdade, não, mas eu saía mesmo assim, e ele bebia muito.

Ela se vira um pouco e fica de costas para o batente, o que quer dizer que está de frente para mim. Abre um sorriso curto e meus olhos cruzam com os dela.

– Obrigado por me forçar a ver minha irmã – digo. – Nós falamos de você. Ela achou você muito bonita.

Meu coração bate agitado.

– Que graça.

Ela passa a mão carinhosamente no meu rosto. Inclino-me para beijá-la, mas minha barriga se interpõe, então levanto um pouco a cabeça dela. Ela me deixa beijá-la, mas não me beija de volta. Sinto um gosto amargo nos lábios dela por causa do vômito, e meus lábios estão um pouco doloridos. No entanto, o beijo é longo, porque se eu continuar pressionando minha boca contra a dela, ela será obrigada a retribuir o beijo. Em vez disso, sinto duas mãos no peito e uma leve pressão que me detém. Inclino o corpo para trás e ela acaricia meu rosto de novo.

– Não podemos ficar juntos.

– Por que não?

– Porque causaríamos um grande estrago, e não devemos estragar ainda mais as coisas.

– Você é maravilhosa. Sis achou que estávamos namorando.

Ela pega minha mão e aperta carinhosamente.

– Mas não estamos, Nikolaj; acho melhor não falarmos mais nisso.

Ela se levanta e abre um sorriso afetuoso.

– Vamos voltar para o Funke?

– Não, vou ficar mais um pouco aqui – digo, tentando retribuir o sorriso, embora eu esteja chateado.

Observo-a cambaleando para dentro do Funke e percebo que Anita está me olhando pela janela. Sua expressão é de tristeza e os olhos parecem lacrimejar.

Anita quer voltar para casa

Tomamos café da manhã – quer dizer, nós, os rapazes. Marianne toma banho. Todos estamos de ressaca, mas eu e Torto sofremos também de outros males. Minha mandíbula ainda faz um barulho estranho. Estamos sentados comendo em silêncio, e de repente Anita aparece diante de nós com as malas arrumadas, vestida e de sapatos nos pés. Olhamos para ela, confusos.

– Está indo para algum lugar? – pergunto.

– Para casa.

– Vai voltar para Tarm? Por quê?

– Porque não tenho nada para fazer aqui.

Bike começa a fumegar.

– Que inferno, Anita, você não pode simplesmente ir embora porque Nikolaj não quer transar com você.

Torto se levanta decidido, arranca a mala da mão de Anita e a abre; depois começa a sacudi-la pela sala, espalhando todas as roupas pelo chão. Duas calcinhas vão parar na tigela de cereal de Jeppe. Anita tenta fazê-lo parar, mas ele a empurra e só para quando a mala está totalmente vazia.

– Por que você fez isso? – grita ela.

– Estamos juntos nessa história e vamos ficar juntos.

Anita não diz nada. Ela se vira furiosa, vai para o quarto e bate a porta. O apartamento inteiro treme. Dois segundos depois, a porta se abre. Ela coloca a cabeça para fora, grita "filhos da puta!" e bate a porta de novo com um estrondo – o apartamento inteiro treme. Marianne sai do chuveiro e se enrola na toalha.

– O que está acontecendo?

– É Anita. Ela está com ódio porque Nikolaj não quer comê-la – diz Bike.

– Por que você não quer? – pergunta Torto.

Anita é linda, eu estou gordo. Eu devia era agradecer.

– Ele é obrigado a querer? Por que você não a come, por exemplo? – diz Marianne.

– Porque é o Nikolaj que ela quer – diz Bike.

– Mas isso não vai acontecer.

– É você quem decide isso? Ele está reservado para você, por acaso? – provoca Bike.

Ela enrubesce.

– Não, é claro que não.

Marianne bate na porta, pois precisa entrar para se vestir. A porta, além de fechada, está trancada. Anita faz questão de dizer como somos todos estúpidos, inclusive Marianne.

– Eu estava no chuveiro! Por que eu sou estúpida?

– Porque sim! – grita Anita do outro lado da porta.

– Anita, abra a porta, eu preciso me vestir.

Marianne começa a se irritar, pois o quarto também é dela, mas terá de vestir as calças e a blusa que lhe dei. Minhas roupas caem muito melhor nela do que em mim.

***

É uma manhã caótica, pois percebemos que não temos um plano. Fomos para Copenhague na esperança de termos uma revelação, e agora não temos nem mesmo o elemento surpresa, porque Brian já sabe como são meus amigos, e da próxima vez que se deparar com eles, não vai poupá-los. Levamos a mesa até a porta do quarto de Anita e fazemos de conta que ela participa da conversa – agora eis que aqui estamos, olhando um para o outro sem expressão nenhuma no rosto. Não se escuta o menor suspiro de dentro do quarto, e aqui fora também não se escuta nada.

– Alguém tem alguma ideia do que vamos fazer?

Ninguém diz nada.

– Então era melhor termos ficado em Tarm.

– Será que podemos começar com a Silje? – questiona Bike.

Balanço a cabeça.

– Não, temos que começar com o Brian.

– Por quê?

– Porque sim.

– Eu não o conheço – diz Anita, alegre, por detrás da porta.

Isso quer dizer que ela nos escuta. Devagar, a porta se abre e Anita aparece. Ela não consegue sair do quarto, porque a mesa bloqueia a porta.

– Ele não sabe quem eu sou.

Olhamos empolgados para ela, que prossegue dizendo, orgulhosa:

– Posso ganhar a confiança dele e depois convencê-lo a encontrar você. Posso fazê-lo confiar em mim, e depois defender você.

– Como?

– Não sei, mas ele não me viu ainda.

– Isso quer dizer que você vai ficar? – pergunto.

– Sim – e se cala.

Torto arrasta a mesa para longe – que se dane o que há sobre ela, todas as xícaras se espatifam no chão – e nos abraçamos. Anita é uma moça bacana; só não é a moça ideal para mim.

Jardim de infância

Bike, Torto e eu queremos ir direto ao ponto. Para resumir, queremos que Anita fique nua e que Brian a veja nua. Em momentos de crise, devemos usar as melhores armas que temos. As garotas contestam com um não definitivo; nós as pressionamos. Apesar de Anita ser evasiva, sua defensiva começa a enfraquecer. Lenta e certamente, estamos conseguindo convencê-la da ideia da nudez.

– QUEREM CALAR A BOCA, POR FAVOR? – grita Marianne.

Imediatamente todos nós fazemos silêncio, pois o grito de Marianne é alto e penetrante.

– O que vocês pensam que estão fazendo? Quem vocês pensam que são?

– Só estamos conversando – digo eu, cauteloso.

– Eu falei pra vocês calarem a boca!

Ela me atira um garfo, que passa zunindo ao meu lado.

– Nós não fizemos um trato?

Ela olha para mim furiosa. Limito-me a me manter em silêncio. Os outros olham para nós, sem entender o que está havendo.

– Eu prometi a Marianne que ela podia vetar as coisas.

– Mas isso é sacanagem! – diz Bike, ressentido.

– Pode até ser, mas é assim que tem de ser – e Anita olha para Marianne, agradecida.

***

Durante horas realizamos um grande *brainstorm*, ainda que de maneira leve. De vez em quando, surgem algumas ideias, que são sempre derrubadas por Marianne. O desânimo começa a se apossar de nós, mas Anita nos salva. A experiência lhe ensinou que o caminho mais curto para chegar ao coração de um pai é pelos filhos; decidimos, portanto, que Anita vai trabalhar no jardim de infância Mariehønen.

Karen vem para Copenhague para nos ajudar, e ela, Anita e eu vamos atrás de Gitte e Hanne. Estamos sentados em uma das poucas mesas ocupadas do Café Bopa, em Østerbro, e Hanne nos pergunta mais uma vez:

– Poderia nos explicar de novo?

– Queremos ajudar Brian. Sou cunhado dele, Anita é uma grande amiga minha. Brian está se sentindo um lixo.

Hanne e Gitte assentem.

– Eu posso ajudá-lo, mas ele não deixaria, porque é muito agressivo. Anita vai tentar acalmá-lo para que eu possa agir. Entendem?

Elas concordam ao mesmo tempo com a cabeça.

– Não queremos machucá-lo – digo, e mostro o conteúdo da minha bolsa: 300 mil coroas. Parece impressionante, tanto que Hanne e Gitte empalidecem.

– Gitte, nós sabemos que você está lutando contra o estresse – diz Karen.

– Como?

– Se você pedir licença por estresse, Anita pode substituí-la. Pensamos em... talvez três meses de afastamento, e nós lhe pagamos 200 mil coroas por isso.

Gitte olha de novo para minha bolsa.

– E Hanne, se você garantir que Anita será escolhida para a vaga, nós lhe damos 100 mil coroas pelo incômodo.

Elas sentem vergonha de si próprias, mas aceitam o dinheiro. Anita começa a trabalhar no jardim de infância na semana seguinte.

***

No primeiro dia, esperamos ansiosos por Anita. São quase 6 horas da tarde. Ela já deveria estar de volta há uma hora, mas ainda esperaremos mais quinze minutos. Ao chegar, ela mal passa pela porta e nós a bombardeamos de perguntas. Ela apenas sorri, tira o casaco e se deita no sofá. Parece cansada. Passamos a tarde vendo filmes e, diferentemente dela, temos energia para gastar. Ela suspira.

– Querem saber como foi?

– Mas é claro, caramba!

– Foi o melhor dia de todos! Arrumei o penteado de uma menina, e logo todo mundo quis ter o cabelo arrumado por mim, inclusive as outras professoras – diz ela, feliz.

– E você falou com Brian?

– Não.

– Então por que disse que foi o melhor dia de todos, se você nem falou com ele? – pergunto.

– Estou adorando trabalhar no jardim de infância.

Isso nos surpreende. Ela estava extremamente nervosa quando saiu, mas agora sente uma paz que tomou conta de si.

– Mas você não falou com Brian?

– Não. Ele é muito introvertido. Mas eu vou falar, só preciso de um tempinho. Falei com Allan. Ele é adorável – diz ela, com um sorriso comedido.

Karen desmente os rumores

Minha saída repentina de Tarm gera uma série de boatos. Karen decide acabar com todos eles chamando Nadja Tessen, do jornal *Skjern-Tarm*, para conversar.

Adeus à velha vida

Por Nadja Jessen
nj@skjern-tarm-dagblad.dk

Até seus piores dias em Tarm são melhores que seus melhores dias em Copenhague, diz Karen Juhl, amiga íntima de Nikolaj Okholm.

Quando Nikolaj se mudou para Tarm, tivemos uma entrevista muito franca, na qual ele me revelou muitas coisas do passado das quais ele não se orgulhava: decisões estúpidas, atos violentos, imprudências. Ele acreditava que sua vinda para Tarm seria um ponto de virada, mas ele é um rapaz refletido e jamais conseguiria deixar de pensar sobre a dor que causou aos outros no decorrer de sua vida. Ele não é do tipo que segue adiante a todo vapor, e por isso todos nós nos apaixonamos por ele. Nikolaj é um bom rapaz que sofre as consequências de atitudes do passado.

Ele resolveu passar uma temporada em Copenhague e levou consigo alguns novos amigos de Tarm. Tenho certeza de que não sou a única a achar que a cidade ficou estranhamente vazia agora que Nikolaj viajou tão pouco tempo depois de se mudar para cá, levando consigo um grupo seleto de nossos habitantes. Não demorou para que os rumores se espalhassem pela região: ele é líder de uma seita religiosa; formou uma banda de rock e está fazendo turnê pela Alemanha; está fugindo da polícia... Tendo em vista esses boatos absurdos e sem sentido, Karen Juhl, vizinha de porta de Nikolaj Okholm, telefonou-me simplesmente para me contar uma história que fará de Nikolaj uma pessoa ainda mais querida em Tarm.

"Kaj (marido de Karen Juhl) e eu caímos na gargalhada por causa desses boatos. Eles são tão bizarros que não conseguimos imaginar que alguém possa acreditar neles. Mas um dia estava conversando com Bitten (irmã de Kaj) e ela estava bastante irritada porque Nikolaj demonstrou ser um lobo em pele de cordeiro, e disse que ele era chefe do narcotráfico da Christiania. Foi quando eu decidi colocar um ponto final em todo esse disparate."

Karen Juhl me disse que se trata apenas de um grupo de amigos que se ajudam mutuamente. Nikolaj não é chefe de narcotráfico, não é líder de nenhuma seita, muito menos roqueiro.

Detecto uma ternura especial na voz de Karen Juhl quando ela fala de Nikolaj. Eles mantêm contato diário desde que ele se mudou para Tarm, e, como consequência, pôde perceber em primeira mão como Nikolaj é um jovem esplêndido.

"Ele foi criado em Copenhague, é um pouco mais animado e agitado do que nós, tímidos jutlandeses, costumamos ser. É impossível sentir tédio quando se é amigo de Nikolaj."

Eles formam um grupo pequeno e coeso de amigos que se encontram regularmente para se divertir. Nikolaj os recebe e cozinha. Eles sempre comem chili com carne, porque é a única coisa que Nikolaj sabe fazer. Deram ao grupo o nome de OTAN. A verdadeira OTAN consiste de países que se protegem e se ajudam em momentos de conflito. Entre esses amigos, também existe um pacto. Nikolaj, que conheceu um a um, é a força que mantém a união do grupo.

"Ele convidou todos nós até sua casa e disse: 'Todos são meus amigos; preciso da ajuda de vocês'. Foi de uma honestidade brutal. Ele nos contou toda sua história, trágica e sinistra. Foi perturbador, mas também enriquecedor, porque ele nos contou para que pudéssemos ajudá-lo a seguir em frente. Hoje em dia ele é um rapaz doce e engraçado, mas há algumas coisas em Copenhague que ele precisa resolver."

Basicamente, trata-se de seguir adiante sem ser assombrado pelas memórias do que ele fez no passado. Depois de resolver essas coisas, Nikolaj voltará para Tarm.

"Morar aqui significa muito para ele. Se você perguntar, vai ouvi-lo dizer que está perto de atingir a felicidade perfeita. Até seus piores dias em Tarm são melhores que seus melhores dias em Copenhague", diz Karen, tranquilizando aqueles que acreditavam ser temporária a moradia de Nikolaj em Tarm. Ele pretende envelhecer, casar-se e ter filhos aqui, além de contribuir para fazer de Tarm um lugar ainda mais agradável do que já é.

Eu não deveria ter vindo

Todos os dias nós passamos horas falando do trabalho de Anita. Cada detalhezinho é potencialmente importante, talvez até crucial. Discutimos boatos, o que Brian e Allan vestem, o que Alan comeu no café da manhã. Estamos convencidos de que reunimos munição para o dia em que Brian baixar a guarda (mas quando eu finalmente me vejo diante dele, estou tão bêbado que não me lembro de ter usado minhas supostas armas). Nesse momento, estamos otimistas e acreditamos numa solução pacífica.

Anita ainda não teve uma conversa demorada com Brian, mas ele fala mais com ela que com qualquer outra pessoa. Principalmente porque ela força. Ele fica desconcertado por ela não se intimidar com seus grunhidos de mau humor, mas também não a deixa se aproximar demais, e nós nos contentamos em esperar uma reviravolta.

A espera, obviamente, indica que meus pensamentos terão tempo para crescer e se tornar monstruosos e brutais. Escondo minha dor de estômago da melhor maneira possível. Somente Jeppe sabe que me sinto mal o tempo inteiro. Todos os dias, eu e ele saímos para dar um passeio, geralmente depois de eu ter ido ao cemitério falar com minha irmã. Encontramos algum lugar deserto onde eu grito e berro para dar vazão à minha dor enquanto Jeppe fica vigiando. É claro, alguém sempre escuta, mas somos muito bons em encontrar lugares isolados onde eu possa gritar sem ser incomodado. Quando preciso vomitar, ligo o rádio dentro do banheiro. Hoje consigo esconder muito bem porque o faço desde os 13 anos. Não quero que os outros se preocupem com minha debilidade.

Concentramos toda nossa atenção em Brian. É uma questão de segurança. Isso não quer dizer que não falamos de Silje, porque é claro que falamos. Trabalhamos todos os dias, planejando e buscando diversas alternativas, e a mais ambiciosa envolve toda a cidade de Tarm: um festival completo em homenagem à minha mãe. É claro, a Grith Okholm Jam seria a principal apresentação de uma série de shows para cobrir toda a carreira de mamãe. É o plano que mais me empolga, e não só porque assim Silje voltará aos palcos, mas também pelo que estaríamos fazendo por Tarm. Ainda me lembro da decepção do prefeito ao visitar minha mãe. Não posso dar minha mãe para eles, mas posso tentar amenizar a decepção.

Em outras palavras, estamos nos preparando para a batalha que se aproxima, mas isso é tudo que fazemos. Não queremos perder a oportunidade que temos. Se Anita meter os pés pelas mãos, precisamos estar prontos para ampará-la. Temos um pacto bem claro: podemos falar sobre Silje, mas nenhum de nós entrará em contato com ela.

***

Infelizmente eu quebro o pacto, pois preciso ver o belo rosto de Silje. Da última vez que o vi, eu o havia espancado até se tornar uma massa sangrenta. O nó no estômago me diz que é uma ideia estúpida, mas sigo adiante do mesmo jeito, porque sou um idiota que não dá atenção aos conselhos dos outros.

Parado diante da sala de ensaio, mal consigo acreditar que não contei nada para os outros. Ela está feliz, é muito bom vê-la desse jeito. Mantenho distância para evitar que ela me veja. Não tenho intenção nenhuma de falar com ela, quero só vê-la. Se não fosse por uma mínima cicatriz no queixo, seria impossível dizer que um dia ela teve o rosto destroçado e banhado de sangue.

Merda, estão vindo em minha direção. Não consigo sair sem que me vejam. Merda, merda, merda, como sou idiota, idiota, idiota! Ela vai passar bem ao meu lado. Viro-me de costas na esperança de que seja suficiente. Ela está falando sobre uma música que compôs, cujo nome aparentemente é "Kæreste" ["Namorado"]. Está orgulhosa, tem a impressão de que a música é realmente importante, e de repente para no meio da frase. A próxima coisa que eu escuto é a voz de Camilla:

– Leve Silje embora daqui. Agora!

Tudo acontece pelas minhas costas. Levo um bom tempo para me virar, esperando que todos já tenham saído – em vez disso, o que vejo é Camilla enfurecida.

– Sinto muito. Eu não deveria ter vindo.

Ela não diz nada, apenas olha com raiva para mim. Quanto mais ela me fita desse jeito, mais meu estômago clama por ajuda. De repente, sinto uma contração violenta no estômago e me agacho, com uma dor intensa. Surpresa, Camilla dá alguns passos para trás enquanto eu tento me levantar, mas – que merda – é uma dor terrível. Preciso me livrar do olhar acusador que ela me lança, então saio correndo. Ela me deixa passar. Consigo correr uns cem metros antes de tropeçar e despencar na porta de um Fakta, urrando de dor. Não consigo respirar e perco os sentidos. Quando me dou conta, já estou na ambulância.

INHOO-INHOO-INHOO-INHOO.

Em vão, tento convencer os paramédicos a parar a ambulância e me deixar descer. Tentam me fazer entrar no hospital, mas eu não quero porque não há nenhum problema físico comigo. Eles me puxam para um lado e eu forço para o outro. Falam comigo como se eu fosse retardado, e eu mando todos se ferrarem. Sinto uma agressividade familiar prestes a me invadir, então saio dali o mais rápido que posso. Eles não podem me deter, seria ilegal. Tenho certeza disso.

Chego em casa uma hora depois de Anita e sou recebido com a reprovação de todos. Nós combinamos que sempre estaremos em casa quando Anita voltar do trabalho. Peço desculpas, mas não digo nada sobre Silje. Digo que desmaiei, que fui levado ao hospital, mas logo desejo ter arrumado uma boa desculpa, porque agora todos estão preocupados e andam de um lado para outro, agitados.

– Querem se acalmar, por favor? Não há nada de errado comigo.

– Mas você desmaiou – diz Jeppe, irritado.

– O médico disse que eu estava bem.

– Não deve ser um bom médico, então. Qual o nome dele? – pergunta Marianne.

Penso em um nome qualquer, mas eles percebem que nada me vem à mente.

– Você nem foi examinado, não é?

– Claro que fui.

Minha transparência chega a ser patética.

– Se você diz que sim, tudo bem, mas nós vamos levar você a um médico melhor, porque ninguém desmaia sem motivo.

Marianne às vezes consegue ser um pé no saco.

E foi mesmo ruim chegar tarde justo naquele dia: Anita provocou uma grande reviravolta.

Brian lê *Homem-Aranha*

Anita fica com Allan do momento em que ele chega até o momento em que vai embora, e ela faz tudo que o menino loirinho quer: brinca, passa três horas inteiras atrás de uma bola enquanto ela corre atrás dele, cai e é pisoteada, suja toda a roupa de tanto rolar na grama, mas ri de tudo. As moças do jardim de infância chamam a atenção dela, mas de nada adianta; o dia hoje é de Allan e Anita. Às 5 horas da tarde, só restam os dois no jardim.

Brian só chega para buscá-lo às 5h30. Olha em volta; o jardim de infância parece deserto, mas encontra Anita e Allan sentados em um canto, rodeados de almofadas. Anita está lendo *Homem-Aranha* para Allan. Brian atrasa o passo e contempla a expressão feliz do filho. Anita levanta a cabeça e vê Brian. Ela sorri; acaba de descobrir que Brian tem uma beleza única. Há algo de belo nos homens que sofrem com tanta intensidade pelas mulheres que amam. Se Brian amou uma vez de forma tão apaixonada, quer dizer que pode amar de novo; então, que interessa se ele tem cara de gnomo atarracado? Ele é atraente. É a primeira vez que Brian olha para Anita. Quer dizer, que a olha de verdade. Ele vê o filho nos braços dela e sabe que é uma coisa boa. Permanece um tempo em silêncio: o momento é precioso demais para ser interrompido. Quando o Homem-Aranha derrota o Abutre, Anita diz:

– Seu pai chegou.

Instintivamente, o sorriso desaparece do rosto de Allan.

– Olá! Vamos para casa, Allan?

Allan não diz nada. Simplesmente pega outra revistinha e a entrega para Anita.

– Não pode, Allan. Precisamos ir embora, a escola vai fechar.

Anita pega a revista e diz gentilmente:

– Não tenha pressa. Venha, sente-se aqui.

Allan e Brian se surpreendem. Depois de hesitar um pouco, Brian se senta.

– Vamos ler mais uma revistinha?

– Sim – diz Allan, feliz.

– Então acho que seu pai podia ler!

Anita entrega a revista para Brian. Dessa vez, a surpresa é ainda maior. Brian e Allan olham um para o outro de modo cético, mas Brian faz a coisa certa: começa a ler, e o faz com tanto entusiasmo que Allan se esquece do medo que sente pelo pai e se deixa absorver totalmente pela história. Quando Brian termina, Anita lhe entrega mais uma revistinha, depois outra, e depois mais outra. Brian se esquece de tudo, tão imerso que está nas histórias que lê para o filho.

Está escuro, e Brian lê treze ou quatorze quadrinhos do Homem-Aranha. A garganta está seca, os olhos ardem, mas está tudo bem. Anita não lhe passa mais nenhuma revista, e por um momento Brian fica sem saber o que fazer. Ela olha para ele com ternura; Allan não é visto em lugar algum. Onde raios Allan se meteu? Seu coração começa a bater mais forte de ansiedade quando ele sente alguma coisa tocar sua perna. Olha para baixo e lá está Allan, dormindo com a cabeça sobre a perna do pai. O coração de Allan bate ainda mais forte. Anita se levanta e pega Allan no colo. Ela o coloca cuidadosamente sobre as almofadas, aproxima-se de Brian, inclina o corpo na direção dele e lhe dirige um olhar cálido e reconfortante.

– Queria que você não fosse tão triste.

Brian se dá conta de que deseja a mesma coisa. Ele não cessa de ser triste e acaba de decidir que não quer mais sê-lo. Gostaria de ter mais dias como esse. Nada mais acontece naquele dia. Eles se despedem, mas é um gesto que guarda em si muito mais que uma mera despedida.

Uma base fortíssima foi construída e estamos muito orgulhosos de Anita, mas ninguém pensa que, para ela, pode haver o envolvimento de algo a mais que nossa simples missão, que na verdade ela está se apaixonando para valer. Interpretamos sua alegria como orgulho de um trabalho bem feito.

No médico

Minha porcentagem de gordura corporal é 30,7, o que significa que preciso perder uns 15 quilos, mas isso não explica o desmaio. Para um sujeito gordo e fora de forma, até que minha saúde está muito boa, pelo menos boa o suficiente para não provocar desmaios. Fico muito agradecido quando o médico para de cutucar, mas o pior ainda está por vir. Ele começa a fazer perguntas sobre minha dor de estômago – não sobre a sensação física, mas sobre o que se passa na minha cabeça quando o estômago grita. Eu hesito, mas não há outra saída. Preciso ser honesto, pois Marianne perceberá qualquer mentira, e ela insiste em ouvir cada palavrinha que o médico diz. Está sentada em silêncio atrás de mim, ouvindo atentamente.

– Tenho medo.

– Medo de quê?

– De tudo. De nada. Só medo.

– Com que frequência isso acontece?

– Como assim?

– Qual a frequência das suas dores de estômago?

– Ah. Todos os dias, desde os meus 13 anos.

Ouço Marianne suspirar. Viro-me para trás e olho para ela, que está pálida e com o semblante de preocupação.

– O que há com você?

Ela parece que vai chorar a qualquer momento, suspira e solta um gemido agudo. Olha do médico para mim, e depois para o médico de novo e sai correndo do consultório. Demora um tempo para voltar.

Depois de esperar por ela alguns minutos, o médico diz:

– Continuamos esperando, ou podemos prosseguir?

– Ela vai se irritar se não a esperarmos.

Continuamos sentados esperando alguns minutos, até que o médico se levanta para procurá-la. Eles voltam e ela olha para mim com uma mistura de medo e raiva.

– Você sente medo o tempo inteiro?

Dou de ombros e suspiro:

– Acho que sim.

– O tempo inteiro?

– Eu não tive medo durante os primeiros meses em Tarm, mas não foi nada bom.

– Mas aqui você sente medo todos os dias?

– Sim, aqui é muito pior. Eu disse que tinha medo de Copenhague.

– Eu sei, mas não disse que tinha tanto medo a ponto de desmaiar. Você precisa dizer o que há de errado para que eu possa ajudar você – diz ela, com a voz trêmula.

– O que você quer que eu diga? Dessa vez, eu não consegui respirar. Não há motivos para se preocupar.

Ela olha para mim espantada, olha para o médico e diz:

– Pode continuar. Eu não o entendo. Ele me assusta e me chateia – diz, com a aparência de quem vai chorar mais uma vez.

Ela se senta e pressiona os lábios fortemente. Não entendo por que isso significa tanto para ela.

– Quando você desmaiou, estava fazendo alguma coisa incomum? Seu medo era maior que o normal?

Tento inventar uma explicação plausível, mas a verdade acaba saindo.

– Sim, eu fui procurar minha ex-namorada.

Outra vez escuto o suspiro de Marianne, mas dessa vez não é só medo: está furiosa.

– Silje? Seu idiota!

Temos uma briga que dura dez minutos: ela me ataca, eu tento me defender. Explico que eu precisava vê-la para apagar da minha mente aquele rosto ensanguentado, e Marianne me diz que devo me ater ao plano. Precisamos confiar uns nos outros. Ela está certa, eu sei, mas custo a ceder porque eu também estou certo. O médico por fim nos interrompe e nos manda fazer silêncio, pois é de extrema má educação brigar na frente dos outros. Guardamos o assunto para mais tarde.

Depois de me fazer um monte de perguntas, o médico diz que eu provavelmente sofro de ataques de ansiedade. Fico surpreso por saber que há um nome para isso. Para mim, era só medo, mas pelo visto é uma condição que se trata com pílulas e terapia. O médico recomenda as duas coisas, sugerindo que fui muito estúpido por demorar tanto a pedir ajuda. Diz que eu deveria me envergonhar por não ter procurado um médico antes, mas não estou envergonhado – não por causa disso, pelo menos.

– Não quero.

– Não quer o quê?

– Fazer terapia e tomar remédios.

Eles olham para mim, obviamente sem entender. Eu não posso estar falando sério!

– Se eu tomar remédios para fazer a dor passar, nunca saberei quando estou feliz.

– Do que está falando?

– Meu nó vai desaparecer quando eu puder ser feliz. Preciso deixar as coisas acontecerem.

Marianne lança-me um olhar do tipo "você é um completo idiota".

– Isso não faz sentido, Nikolaj. É uma doença, nada mais.

É óbvio que tentam me convencer com argumentos inteligentes e um monte de insultos, mas não vou ceder. Quero que a dor desapareça, mas não da maneira mais fácil. É fácil demais curá-la com drogas e terapia, então se trata de fazer o que é certo. Estou orgulhoso da minha decisão. Jesus concordaria comigo, devo engolir minha dor.

Não conversamos durante o trajeto para casa. Caminhamos em silêncio um ao lado do outro, até que Marianne se vira de repente e me acerta no ombro. Ela me bate com tanta força que dou um salto para trás. A dor é tão forte que começo a urrar, mas percebo que me bater ajudou a diminuir um pouco a raiva de Marianne.

– Você precisa falar comigo todos os dias.

Eu a assustei.

– Eu falo com você todos os dias.

– Não. Você precisa falar comigo todos os dias sobre as coisas que lhe dão medo, sobre as coisas que o levam a tomar decisões estúpidas como essa. Quero saber de tudo. De tudo! Entendeu?

– Entendi.

– Tudo.

– Pare, já entendi – respondo irritado.

***

A partir de então, nos sentamos para conversar todos os dias. Ela me chama dizendo "Está na hora". Quase sempre penso em alguma brutalidade: a lembrança do meu pulso contra o rosto de Silje e o ruído seco que emana dos golpes; a lembrança da voz de Sis ao telefone tentando me convencer a vir para casa em vez de sair com Satan; Brian vomitando nas escadas do meu prédio. Tenho muito que contar, e ela é uma boa ouvinte.

Sinto-me mais saudável depois de conversar com Marianne. Há dias em que a presença dela me faz esquecer que eu deveria ter dor de estômago. Ela não me diz nada, mas eu digo coisas até demais, e assim construímos uma intimidade intensa. No início, eu peço para Jeppe sair enquanto conversamos, porque ele tende a se intrometer. Ele se sente inseguro com meu pedido, até que me convenço de que não há problemas. Ele se senta alguns metros atrás de mim e ouve com atenção. Rapidamente, no entanto, ele percebe que não faz parte da intimidade entre mim e Marianne, por isso para de participar das conversas. Pouco a pouco Marianne começa a me tocar, encostando a mão no meu rosto; de vez em quando ela até me beija – só no rosto, na testa ou na mão –, mas quanto mais triste e carente eu pareço, mais ela me toca. Queria que ela também me dissesse alguma coisa para que eu também tivesse algo para oferecer a ela, mas ela nada diz. Sei que conversa com os outros, mas para mim não diz nada. Ainda não se sente segura ao meu lado, pois ainda não lhe demonstrei absolutamente nada.

Não é só Marianne que guarda segredos. Karen também tem um segredo. Posso sentir na voz quando ela fala. Alguma coisa nos espera em Tarm – algo peculiar e adorável.

Torto se diverte

Tive de repreender Torto e Bike, porque muitas vezes não estão em casa no horário combinado. Toda vez eles prometem não repetir o atraso, mas no dia seguinte esperamos por eles em vão. Bike se sente envergonhado porque leva tudo muito a sério, mas ele não consegue lidar com o fascínio que Torto sente por Copenhague.

Torto acha o máximo que Nørrebro seja um bairro caótico com lixo pelas ruas, acha o máximo que haja tantos mouros na cidade, acha o máximo que as pessoas gritem tanto à noite, acha o máximo que a casa na esquina tenha sido ocupada por intrusos porque está abandonada há cinco dias, acha o máximo a quantidade de gente, acha o máximo Copenhague pelo simples fato de que não é Tarm.

Bike nos garante que Torto está apenas passando por uma fase superável: um período de deslumbramento com tudo. Copenhague é uma cidade fantástica, e todas as pessoas que ele encontra são fantásticas. Bike tenta seguir Torto fielmente. Eles são amigos, e amigos ficam de olho uns nos outros, mas Torto não o espera. Ou Torto não se importa, ou na verdade ele está tentando se livrar de Bike. Ele costuma desaparecer com uma anarquista de cabelo verde que conheceu numa casa ocupada onde havia uma festa, e deixa o pobre Bike sozinho e perplexo num ambiente cheio de adolescentes que usam camisetas de Che Guevara.

Há um atrito óbvio entre dois amigos que nunca tiveram atrito. Jeppe percebe a mesma coisa, pois de repente Bike começa a conversar com ele. Apesar de confuso, Jeppe gosta. Bike se senta perto dele e fala de trivialidades do dia a dia, transparecendo camaradagem pelos poros. Jeppe não fala muito, mas escuta, sorri e assente. Em determinado momento, Bike sussurra:

– Me desculpe. Nunca fiz muito esforço para conversar com você adequadamente.

Não é uma grande desculpa, mas já é alguma coisa.

A borboleta

Comecei a correr para fazer algum tipo de exercício. Sinto-me um idiota no começo, porque meu estilo de corrida se parece mais com uma caminhada, mas sei que estou progredindo rapidamente. Uma semana e já consigo percorrer dois dos três lagos junto a Nørrebro.

Tudo começa quando penso comigo mesmo: "Caramba, ela tem uma borboleta na bunda!".

Eu a vejo nua, mas por acaso. Ela devia ter trancado a porta, eu não sabia que ela estava lá. Talvez eu não devesse fitá-la com tanta intensidade, mas não consigo acreditar que ela está ali, nua, diante de mim. Uma tatuagem na bunda! As Testemunhas de Jeová podem fazer tatuagem? Ela está saindo do banho; está tão vermelha que é difícil dizer onde o rosto termina e o cabelo começa. Torto olha para mim, curioso.

– Por que está tão satisfeito?

Inclino-me para a frente, dando um sinal para que se aproxime, e sussurro:

– Acabei de ver Marianne nua.

– Tá de brincadeira!

– Não! Ela se esqueceu de trancar a porta do banheiro. Ela tem uma borboleta tatuada na bunda.

– Mentira sua – diz ele, certamente sem saber o que pensar.

De repente, sou arrancado da cadeira. Ensandecida, Marianne segura minha orelha e torce quase a ponto de arrancar. Torto sai correndo para escapar da tormenta por vir. Olho em seus olhos fumegantes e balbucio, de forma patética:

– Não foi mi-i-i-inha intenção.

Ela solta minha orelha. A raiva pouco a pouco vai se escoando.

Tenho de perguntar:

– Por que você fez uma tatuagem?

Ela pensa por um momento se eu mereço saber, mas por fim me conta parte da história.

– Nós temos a mesma tatuagem. Eu e meu ex.

– O albanês? Ele também tem uma tatuagem na bunda?

– Não, no peito. Quis fazer a minha onde ninguém visse.

– Eu vi – digo, e me lembro de sua bunda torneada.

– Parabéns.

– Obrigado. Você ainda tem contato com ele?

Ela escolhe com cuidado as palavras e diz:

– Não. Ele não conseguiu me esperar.

– Ah, que triste.

– Sim, é triste. E isso é tudo que vou contar.

Ela olha para mim com curiosidade.

– Você gosta de mim, não gosta?

Levanto minha guarda imediatamente. É nítido que ela está tramando alguma coisa. Mesmo assim, sou honesto.

– Sim, acho você muito atraente.

Ela chega bem perto de mim e encosta o nariz no meu rosto. Será que vai me beijar? Sua voz é carinhosa e insinuante.

– Se seus planos derem certo, eu durmo com você.

Olho para ela, totalmente estupefato.

– Mas não foi você que não deixou Anita recorrer ao sexo? – digo eu, confuso.

Ela sorri enquanto se afasta.

– Não deixei mesmo. Mas agora é diferente.

– Diferente como?

– Apenas diferente. Mas se você não fizer os planos darem certo, essa será a primeira e última vez que me vê nua. E você precisa perder peso, Nikolaj. Eu não vou dormir com uma morsa.

Porra, eu não sou uma morsa!

***

Quando chego em casa pingando de suor depois de correr, ela olha para mim com alegria e ternura. Faço questão de mostrar-lhe que é por ela que eu corro. Ela cai na gargalhada, não consegue esconder o orgulho. Para Marianne, é importantíssimo marcar a diferença.

Corrida satânica

Estou correndo com Jeppe. Ele conversa no início, mas eu não respondo, pois ainda não tenho fôlego suficiente para conversar enquanto corro. Estamos lado a lado. De repente, percebo que Jeppe não está mais ao meu lado. Viro para trás, procurando por ele. Demoro um tempo para enxergá-lo, pois ele está a uns cinquenta metros atrás de mim, parado dentro do lago. Vejo que agora ele avança para a água em vez de voltar à margem. Eu me aproximo assobiando e o observo, confuso. A água já o pega quase na cintura, deve estar congelando. Estamos no início de dezembro e consigo enxergar minha própria respiração.

– Jeppe, o que está fazendo?

Ele se vira e olha para mim com um medo real. Parece que se esqueceu de mim, quando de repente ele grita:

– Corre, Nikolaj!

Ele está no meio do lago Peblinge, comportando-se de maneira estranha, provocando o riso das pessoas que passam caminhando.

Percebo que ele olha para alguma coisa atrás de mim. Viro-me devagar e ele grita:

– Não, não olhe! Só corra!

Mas é apenas quando me viro totalmente que entendo o motivo do pânico. Bem atrás de mim está seu irmão mais velho com dois garotos de uns 17 anos.

– Olá, Nikolaj.

Não digo nada.

– Eu disse "olá".

– Não o machuque – digo.

– Você não quer que eu vá até aí, não é, seu merdinha? – grita ele para o irmão.

Jeppe está a uns dez metros para dentro da água, mas consigo ouvi-lo gemer claramente. Ele não ousa dizer nada.

– Não pode nem me cumprimentar? – Satan se aproxima de mim. – Diga "olá". Não é tão difícil.

Está gostando de me ver ali. Eu adoraria sair correndo, pois não tenho chance nenhuma contra Satan, mas não consigo. Não passo de uma lesma gorda. Vejo Jeppe de soslaio, esgueirando-se para chegar ao dique – mas anda só um pouco, pois está assustado demais para chegar mais perto. De certa forma, estou aliviado. Jeppe só faria se machucar. Satan é muito forte.

– Como você está?

– Tudo bem.

– Parece que comida é o que não falta, não é? Quer dizer que está saindo de novo com meu irmão...

– Satan, quem é ele? – pergunta um dos rapazes.

– Você não sabe quem ele é? – pergunta Santa, surpreso. – Você não é da época dele. Nikolaj Okholm.

– Esse é *o Nikolaj*? – pergunta o rapaz com uma nítida admiração.

– Sim, o Nikolaj. Filho da maldita Grith Okholm.

– E quem é essa? – pergunta o rapaz, estupidamente.

Ele nem sabe quem é minha mãe!

– A cantora Grith Okholm! Se você não sabe quem ela é, por que disse *o Nikolaj*? – pergunta Satan, irritado.

– Ouvi tanta coisa sobre ele! Supostamente deveria ser superlegal, mas não é o que parece.

– Ouvi dizer que ele bateu em você uma vez – diz o outro rapaz.

Não é verdade. Isso eu jamais tentaria. Satan olha para o garoto.

– Ele me bateu?

– Sim, ouvi que vocês tiveram uma briga para saber qual dos dois era mais filho da puta, e ele te bateu.

Por que ele não cala essa maldita boca? A essa altura, Jeppe já conseguiu chegar à margem e agora corre feito um louco para casa.

– Vamos dar uma volta – disse Satan.

Balanço a cabeça. Satan segura meu braço.

– Não perguntei se você quer – e sai me arrastando.

Eu o sigo como um cachorro na coleira, tanto que ele chegou a me dizer "aqui" algumas vezes por eu estar muito atrás dele. Não andamos muito tempo, o suficiente para chegarmos ao primeiro pátio onde teremos um pouco de privacidade. Para minha surpresa, Satan se afasta de mim e olha para os rapazes com um ar desafiador.

– Batam nele. Só assim verão o quanto ele é durão.

Eles olham para ele e para mim e vêm na minha direção. Param ansiosos na minha frente e olham para trás, buscando em Satan uma confirmação final.

– Porrada nele! – diz Satan, mas eles hesitam, então reajo instantaneamente.

PLOFT. O golpe que dou em um deles passa de raspão e mais parece um tapa, mas eles recuam assustados. Satan, por sua vez, avança com os punhos cerrados e atinge o alvo. Tento me defender, mas meus socos só acertam o ar. Ao contrário dos meus, os golpes de Satan são terríveis e certeiros. Tudo escurece na minha frente. Quando recobro os sentidos, Jesus está inclinado sobre mim.

– Você está bem?

Concordo com a cabeça e olho em volta. Os dois rapazes foram embora, e Satan está deitado no chão, imóvel. Fora o gosto de sangue na boca e a dor no corpo, estou bem.

– Você fez isso? – pergunto, apontando para Satan.

– Sim, dessa vez eu vim de espada na mão.

– Você cravou a espada nele?

– Não, é claro que não! Estou dizendo que não vim trazendo paz.

Sinto-me tonto. Jesus me segura e impede que eu despenque no chão.

– Tem certeza que você está bem?

– Sim, não foi nada.

Ele olha para mim desconfiado, mas conclui que eu, melhor que ninguém, sei como estou.

– Como vão as coisas?

– As coisas estão bem. Estamos cuidando do plano-mestre – digo, orgulhoso e contente.

– Eu sei. Anita está trabalhando no jardim de infância.

Sou pego de surpresa e me afasto um pouco.

– Como você sabe?

– Eu sei porque sou quem eu sou.

Ele acabou de nocautear Satan, o que exige força, mas nesse instante meu corpo dói tanto que não consigo contemplar a ideia de ele ser divino. Em vez disso, aponto para Satan e digo:

– Ele não está morto, está?

– Não, mas ele não está bem e jamais chegará perto de você de novo. Tem certeza que está tudo bem?

– Sim, caramba! Só estou um pouco destruído – digo eu, ainda zonzo por causa do meu encontro com os punhos de Satan. – É bom ter amigos.

– É claro que é. Já devia ter concluído isso há muito tempo. Preciso ir agora, logo eles estarão aqui.

– Meus amigos?

– Sim. Jeppe foi buscá-los – diz ele, que se agacha e olha bem nos meus olhos. – Cuide deles. Aconteça o que acontecer, cuide deles. Quero que me prometa isso.

– Eu prometo.

Acaba de me arrancar uma promessa. Olho para ele, curioso. Ele sabe de alguma coisa. Algo ruim vai acontecer e ele sabe disso.

– Ótimo. Você precisa estar ao lado deles, precisa protegê-los.

Assinto avidamente. Eu tenho de protegê-los?

Eu?

Claro que sim! Estou pronto.

***

Eles chegam não mais que trinta segundos depois. Todos correm para me abraçar quando me veem. É um sentimento impressionante. Os rapazes olham em volta perscrutando o perigo enquanto Marianne me segura com firmeza. Ela está bloqueando minha visão. Por isso não vejo quando eles encontram Satan deitado no chão, inconsciente. Tudo que ouço é o som de carne sendo pisoteada, depois Bike e Torto tirando Jeppe, furioso, de cima de Satan. Marianne me ajuda a levantar e voltamos em silêncio para o apartamento.

– Achei que o encontraríamos morto. Não imaginei que você conseguiria acabar com ele – diz Jeppe, aliviado.

Jeppe sabe do que seu irmão é capaz.

– Não fui eu. Eu estava apanhando, mas Jesus me salvou.

– Jesus?

– Eu não bati em Satan. Foi Jesus.

Ela está apaixonada

A insegurança de Anita desaparece e é substituída por uma esperança feliz e tranquila. Durante um bom tempo pensamos que é porque ela se dá bem no trabalho. No entanto, todos nós percebemos o tom de voz alterado sempre que menciona Brian, e começamos – ainda que bem devagar – a desconfiar. Ninguém ousa expressar em voz alta o que pensa. Talvez estejamos interpretando coisas no comportamento de Anita só porque a conhecemos: ela fala afetuosamente de todos os homens.

É Marianne quem traz o assunto à tona. Estamos em casa fazendo uma maratona de filmes enquanto Anita está em uma reunião de pais no jardim de infância. Assistimos *Um lugar chamado Notting Hill*, com Julia Roberts e Hugh Grant. Eu o escolhi. Tenho uma queda por filmes de comédia romântica, porque filmes violentos me deixam enjoado. De repente, Marianne diz:

– Vocês acham que ela está apaixonada?

– Claro, é uma comédia romântica – digo.

– Estou falando de Anita, não do filme.

– Mas apaixonada por quem? – pergunta Torto.

Ele é o único que não percebeu, pois sua cabeça está noutro lugar.

– Por Brian, é claro.

Sinto a presença de um "sim" pairando na boca de Bike e Jeppe, bem como na minha, mas ele fica preso e não sai – quem se encarrega de dizê-lo é Marianne.

– Tenho certeza absoluta.

Bike tenta minimizar.

– Ela se apaixona o tempo inteiro. Antes de Brian era o Nikolaj, e depois do Brian provavelmente será o Jeppe.

Jeppe parece se assustar com a ideia e começa a balançar para frente e para trás na cadeira.

– A voz dela não tinha o mesmo ardor quando ela falava do Nikolaj.

– Então ela está apaixonada por Brian e não por mim? Você sabe que eu sou um milhão de vezes mais bonito que Brian.

– Você parece um idiota quando fala desse jeito.

Arruinamos a tarde, pois agora só conseguimos falar que Anita está apaixonada.

***

Quando Anita nos diz como foi seu dia, tudo que ouvimos é Brian, Brian e Brian, seguido das fortes pulsações de um coração apaixonado. Ela o faz sorrir. Eles se abraçam. Conversam sobre várias coisas. Ele até fala sobre minha irmã, e não só das coisas terríveis. Falam besteiras. Ele ri, e ela se surpreende com o som da risada. Ele quer saber sobre vários assuntos particulares. Ela mente, é claro. Duvido que ele acredite que ela sente alguma coisa por ele, afinal ela não o conhece; mas ele se engana, ela o conhece por mim. Senti ciúmes e raiva de Brian, mas nunca neguei que ele seja boa pessoa. Se ele não fosse tão feio, eu gostaria de ser como ele. Ele diz a ela que não sente mais raiva como antes. Sem saber por que, de repente está sorrindo. Ela ganha a confiança dele e um pouco mais. Nenhum de nós diz para tomar cuidado, que o tiro pode sair pela culatra. Só assentimos como loucos – mais que isso não ousamos fazer, e deixamos que nutra seu amor em paz.

***

Começamos a nos preparar para o Natal. Compramos pão de mel e tangerina como se não houvesse amanhã; escondidos, Bike e Torto compram presentes; Marianne faz arroz-doce às quartas e domingos; Anita conversa com Brian sobre seus planos para o Natal.

– Vou ficar em casa com Allan – diz ele.

– E ninguém mais?

– Não. Meus pais estarão em Tenerife, eles vão todo ano. E você?

– Não sei.

– Não sabe onde passará o Natal? – Brian parece surpreso.

– Não, ainda não. Provavelmente ficarei em Copenhague.

– Mas você vai passar o Natal com alguém?

– Sim, acho que com alguns amigos.

– Você acha?

Anita não diz nada, apenas sorri com doçura e assente rapidamente. Depois de ficar algum tempo em silêncio, Brian balbucia nervoso:

– Se você não tiver ninguém com quem passar o Natal, pode celebrar comigo e Allan.

Ela enrubesce.

– Você acha que Allan vai gostar?

– Allan vai adorar. Você é a pessoa de quem ele mais gosta no mundo, e não sou eu que digo isso, é ele.

– Ele é uma graça.

– Ele está muito mais feliz depois que você apareceu.

– E você?

Dessa vez é Brian que enrubesce.

– Eu também estou muito mais feliz.

– Não, quero saber se você vai gostar que eu passe o Natal com vocês.

– Ah, sim, claro que sim.

Anita aperta de leve o braço de Brian e diz:

– Você também tem me feito muito feliz – e sai apressada.

Ela consegue sentir que Brian a observa um bom tempo, mas finge que não percebe porque está ocupada demais com uma criança que não para de chorar. Chega em casa se sentindo nas alturas. Começa a saltitar pela sala e não faz questão nenhuma de esconder o motivo. Marianne a pega pela cintura no ar, segura-a no chão e sussurra:

– Nós sabemos. Tome cuidado. Lembre-se de quem ele é e de quem somos nós.

A euforia de Anita diminui, mas não desaparece.

Ele está apaixonado

No dia seguinte, converso com Sis sobre as intenções de Brian. Estou preocupado, e minha preocupação não é nem um pouco atenuada quando Sis me conta que Brian não fala daquela maneira sobre Anita. Ele a menciona com frequência, mas principalmente porque Allan gosta muito dela. Mas isso não quer dizer nada: eu também não falo daquela maneira sobre Marianne.

– Não há nada acontecendo entre a gente. Somos só amigos.

Acontece o tempo inteiro! Não consigo ter uma conversa sequer com minha irmã sem que ela toque no nome de Marianne.

– Mentiroso.

– Não quero falar nisso de novo.

– Mentiroso.

– Sis, podemos falar sobre Brian e Anita? É importante.

– Eu quero falar sobre você e Marianne, então do que falaremos primeiro?

Nesse momento Sis é perversa. Ela fica muda, e o silêncio se espalha rapidamente. Não gosto nada disso, pois se não a ouço, significa que foi embora. Não há mais Sis, apenas o túmulo de Sanne Okholm, e de nada adianta que eu lhe diga:

– Quer deixar de estupidez? – Ela só volta a falar quando eu digo: – Eu vi Marianne nua.

– Viu mesmo? Como? – pergunta Sis, aparentemente surpresa.

– Ela se esqueceu de fechar a porta do banheiro. Sis, nunca mais repita isso, por favor.

– Repetir o quê?

– Nunca mais faça silêncio desse jeito.

Pela minha voz, ela percebe que estou assustado.

– Desculpe Nikolaj. Foi estupidez minha. – Silêncio. – Você a viu nua? Ela é atraente?

– Muito. Ela tem uma borboleta tatuada na bunda.

– Ela não era Testemunha de Jeová quando você a conheceu?

Ela está confusa. Eu também.

– Sim, ela tocou a campainha da minha casa para me converter.

– E acaba que foi você quem a converteu.

– Suponho que sim.

Nesse momento somos interrompidos por um senhor mais velho que me pergunta gentilmente se eu preciso de ajuda. Jeppe se aproxima pisando fundo, mas dou-lhe uma pequena assentida para indicar que está tudo bem. Sorrio e digo:

– Obrigado, mas está tudo bem. Só estou falando sozinho um pouco. – Ele não parece acreditar, ao que acrescento: – É minha irmã – e aponto para Sis. Ele assente com a cabeça, enfático. Agradeço pela consideração. Quando o homem vai embora, Sis explode num ataque de riso.

– Qual é? Não foi engraçado.

– Você devia ter visto seu rosto, parecia totalmente perdido.

– Pois eu acho que me saí muito bem.

– É claro, meu querido. Você não tem ideia de como estou feliz pelo modo como tem se comportado. Se fosse em outra época, você teria dado um grito com ele.

Um temporal começa a cair e não tenho onde me esconder. Nossa conversa está longe de acabar. Chamo Jeppe, que vem correndo imediatamente. Ele reclama com veemência. Já está todo molhado, mas não é por isso que o mando para casa. Quero ficar sozinho com minha irmã. Demoro uns cinco minutos para convencê-lo, até que finalmente ele vai embora. Estou ensopado e com frio, mas mesmo assim me deito e abraço Sis. O chão forma uma lama rapidamente, mas nosso abraço não deixa de ser confortável e me remete aos velhos tempos. Sussurramos baixinho um para o outro.

– Acho que estou apaixonado por Marianne.

– Acha.

– Sim, não tenho certeza. Não é tão intenso como por Silje.

– Existem outras formas de se apaixonar. Às vezes, começa bem suave e vai crescendo com o passar do tempo.

– Sim, talvez seja isso. Ela vai dormir comigo se eu perder peso.

Sis solta um grunhido de assombro.

– Tem certeza de que ela era Testemunha de Jeová?

– Sim, certeza absoluta. Mas o que importa agora é saber o que Brian disse sobre Anita.

– Ele fala muito dela, mas não sobre estar apaixonado.

– Droga, isso não é nada bom. Anita está apaixonada por ele.

– Não se preocupe meu querido. Ele também está apaixonado por ela. Ele fala absolutamente sobre tudo, menos do que sente por ela. É sempre Allan que gosta dela, nunca ele, mas percebo pela voz. Tenha cuidado. Ele não vai suportar outro baque.

– Prometo que ele não passará por mais um.

Depois disso, não falamos mais nada. Permaneço deitado perto de Sis, e ela me afaga até eu dormir enquanto a chuva me ensopa. Pouco tempo depois sou acordado por uma mão que me sacode levemente o ombro. Olho para cima e vejo Brian com um guarda-chuva. Assustado, levanto-me num sobressalto, mas percebo que ele não quer me machucar. Se o quisesse, não teria me acordado com tanta gentileza. Não dizemos nada um para o outro. Sacudo o corpo para tirar o excesso de barro.

– Ela é toda sua.

– Obrigado. Você se importa de vir sempre pela manhã para que a gente não se encontre?

Consigo murmurar um "sim" bem apagado. Vê-lo tão calmo assim me incita a conversar um pouco, mas consigo me deter antes de dizer qualquer coisa. Dou meia-volta e saio pingando água até em casa. Não há dúvida: ele está apaixonado.

Netto, e Marianne fazendo xixi

Vou ao Netto da Rantzausgade com Marianne fazer compras para a noite de sexta-feira. Marianne escolhe algumas guloseimas enquanto brinco de ser o conhecedor de vinhos. Decido-me por duas garrafas levemente mais caras que as outras, portanto é provável que sejam levemente melhores. Quando me viro, Silje está bem na minha frente. Ela deixa cair uma garrafa de vinho tinto, que se espatifa no chão e espirra em nós dois. Pouco me importa, mas ela usa um vestido rosa que agora está todo manchado. Ela olha para mim com uma expressão de fúria e medo, mas também com uma estranheza que mais parece desejo, e sai do Netto feito um foguete. Não tenho a chance de lhe dizer nada, tudo acontece muito rápido. Fico ali parado, com a roupa toda manchada de vinho, tentando reprimir a dor de estômago que começa a aparecer.

– Não consegui encontrar aqueles com creme de leite – e então, mais uma vez, sou confrontado por uma Camilla furiosa.

Primeiro ela me vê, depois vê a poça de vinho tinto e olha em volta, procurando Silje.

– Mas que merda você fez? – pergunta ela, soltando fogo pelos olhos.

Eu balanço a cabeça e murmuro:

– Eu não fiz nada.

Camilla chega perto de mim e cospe no meu rosto. Um gesto extremamente humilhante, como seria de se esperar, mas ela ainda não acabou. Começa a pigarrear preparando-se para me cuspir de novo, mas eu lhe dou um empurrão, ela escorrega na poça de vinho tinto e quase se corta em um pedaço enorme de vidro quebrado. Fujo enquanto posso, mas dou uma olhada pela loja antes de sair para tentar encontrar Marianne, mas ela não vem: está ajudando Camilla a se levantar.

Ela demora meia hora para aparecer. Estou preocupado, é claro, e vou encontrá-la na porta assim que ela volta.

– Onde você estava?

– Conversando com Camilla.

– Sobre o quê?

– Sobre você e Silje, é claro. Vou me encontrar com ela amanhã à noite no Tjili Pop.

– Você vai se encontrar com ela sem mim?

Ela assente.

– Mas ela cuspiu na minha cara!

– E você a empurrou. Nós só vamos conversar, Nikolaj. Talvez ela possa nos ajudar, talvez nós possamos ajudá-la.

E nada mais.

***

No dia seguinte, estou uma pilha de nervos. Quero acompanhar Marianne para ouvir o que dizem de mim, mas fico em casa, esperando-a impacientemente. Ela passa a noite toda fora. Quando chega, vai direto para o quarto. Bato na porta; ela não responde. Abro a porta assim mesmo. Ela está deitada imóvel, no escuro.

– Marianne.

Ela não diz nada.

– Marianne.

– Agora não, Nikolaj.

– Como foi?

– Preciso ficar sozinha um pouco – diz ela, irritada.

– Só quero saber como foi.

– Nikolaj, eu preciso ficar um tempo sozinha.

Não entendo, então acendo a luz. Ela vira o rosto para o outro lado.

– Desligue a luz e vá embora – diz ela, resoluta.

– Ela machucou você?

Estou preocupado. Camilla me dá medo.

– Nikolaj, saia. Não quero falar com você agora.

Fecho a porta, corro para o banheiro e começo a vomitar, aterrorizado. Não liguei o rádio, portanto todos escutam o barulho. Alguns minutos se passam antes de Marianne bater na porta do banheiro.

– Nikolaj, abra para mim, por favor.

Passo água no rosto, espirro desodorante no ar e deixo-a entrar. Ela tranca a porta. Olhamos um para o outro, com cautela.

– Preciso fazer xixi.

– Ah. Quer que eu saia?

Ela balança a cabeça, abaixa a calça e se senta no vaso. Arregalo os olhos, espantado: impossível não olhar. Ela sorri e começa a falar enquanto urina.

– Eu fiquei arrasada, Nikolaj. Foi muito intenso ouvir o que você fez com Silje.

– Mas eu já te contei!

– Parece mais assustador vindo de Camilla. Talvez porque ela também me contou como está Silje desde aquele dia. Só me dê um tempo para digerir isso e conversamos mais tarde. Tudo bem?

Concordo.

– Nikolaj, nada mudou. Continuo sentindo por você exatamente a mesma coisa que sentia antes.

Ela se levanta e puxa a calça. Vejo a borboleta de relance e meu coração dispara. Ela destranca a porta.

– É melhor você ficar aqui.

– Por quê?

Ela estica o braço e sinto a suavidade de sua mão no meu pau.

– Você está saliente.

E assim ela me deixa, paralisado e confuso, porém animado.

Grith Okholm Jam se separa (por enquanto)

A banda é convidada para fazer um show muito bem pago durante uma festa de Natal em uma grande empresa de consultoria, mas Silje não quer. Os outros integrantes concluem que para eles já basta: estão fartos de tocar apenas entre as quatro paredes da sala de ensaio. Camila implora de joelhos, mas de nada adianta. Não querem mais continuar. Camilla tem medo de contar para Silje. Na verdade, ela espera até que as duas estejam na sala vazia e conta para Silje que os outros não virão. Silje chora e lamenta, pois agora nem a banda ela tem mais.

Marianne encara isso como a nossa chance, e conta para Camilla sobre o plano que temos de realizar um grande festival em homenagem à mamãe, tendo a Grith Okholm Jam como atração principal. Marianne faz questão de frisar que é apenas uma ideia. Queremos fazer de Silje uma estrela, nem que seja por alguns dias. Camilla ouve com interesse. Ela se empolga com a ideia porque, assim como nós, está convencida de que Silje precisa voltar aos palcos. Agora não se trata mais de eu ser um filho da puta, ou do quanto Silje está fragilizada, mas sim de ser capaz de realizar alguma coisa de fato. É claro, nada é decidido quando as duas saem do Tjili Pop, pois Camilla ainda não tem certeza – ela aposta na ideia, e as duas acreditam que pode acabar dando muito certo.

A verdade é dita

Hoje à noite acontece a festa de Natal do jardim de infância. Os preparativos foram demorados, todos estão muito animados e Anita acaba de ser assediada pelo colega de 19 anos. Ela declina a oferta e continua se divertindo. Está adorando a noite, realmente bêbada como todos os outros. A diretora Hanne a puxa para um canto e lhe diz afetuosamente que está muito feliz por ter confiado nela. Estava um tanto nervosa desde que aceitou o dinheiro – não podia dizer não, mas Anita é adorável. Anita sorri de orgulho, mas também de ansiedade: não se sente confortável com Anne falando nesse assunto.

O tempo passa e a ansiedade de Anita desaparece. Ela está lá fora fumando um cigarro quando escuta Hanne gritar:

– Me pagaram cem mil coroas para contratar Anita. Vocês teriam recusado?

Anita consegue ouvir a surpresa dos outros.

– Eu estava com medo de ela ser psicopata, mas não! Ela é adorável, vocês não acham? Não sinto mais culpa nenhuma.

Anita volta correndo. O pouco da conversa que escutou mostra que Hanne fala sem pensar. Quando Anita passa pela porta, todos se viram e olham para ela. Hanne disse o suficiente para que todos a questionem. Sente que começa a chorar em silêncio.

– Você pagou cem mil coroas só para ficar perto de Brian? – alguém pergunta, surpreso.

Anita balança a cabeça e tenta se esforça para murmurar:

– Não sei do que ela está falando. Está bêbada.

Ofendida, Hanne se levanta. Certamente está mais que bêbada, mas não é da conta de Anita.

– Recebi cem mil coroas só para deixar você trabalhar aqui, e Gitte ganhou 200 mil – grita ela, ressentida.

– Eu não tenho esse dinheiro todo. Acabei de declarar falência!

A informação deixa Hanne confusa, mas ela não demora a colocar a memória no eixo.

– Não foi você não. Quem me pagou foi um tal de Nikolaj, cunhado de Brian – diz ela, triunfante.

Anita está parada na porta, sentindo-se exposta.

– Não é verdade.

– O que você quer com Brian?

Todos notaram que ela vive ao lado dele.

– Eu não quero nada com Brian, você está mentindo.

Ninguém acredita nela, e Hanne infelizmente está tão bêbada que não percebe como está ferrando a situação.

– Minha família inteira vai para Creta com o dinheiro, não estou brincando, não.

É inútil contestar. Talvez Anita os tenha convencido por causa de sua postura aterrorizada. Só se dá conta do quão forte está chorando quando o silêncio e os olhares silenciosos a forçam a fugir. Ela corre o mais rápido que pode, e é só lá fora, no frio, que sente o rosto molhado. Sua vontade é desaparecer. Está apaixonada. Antes a paixão a fortalecia, mas agora a destroça.

***

Quando Anita chega em casa, Torto e Bike ainda estão sentados diante da TV, quase adormecidos, assistindo ao último filme de Steven Seagal.

– Olá! Como foi a festa?

Ela não diz nada. Senta ao lado de Bike e o abraça com força. Ela ainda tenta beijá-lo e desabotoar-lhe as calças, mas Bike, apesar do terror, consegue afastá-la.

– O que foi, Anita? O que aconteceu? – grita Bike, quase tendo um acesso de pânico.

Há algo muito errado.

– Que merda, diga alguma coisa!

Bike está completamente perdido. Anita não fala nada e Bike só consegue dizer "calma, calma" enquanto a acaricia, tomando cuidado ao mesmo tempo para se defender das mãos dela.

– Vá chamar Marianne.

Torto entra de rompante no quarto de Marianne e a arranca da cama. Com pulso firme, Marianne consegue tirar Anita dos braços de Bike e a leva para o quarto. Anita continua sem dizer nada. Nenhuma das duas diz nada. Antes de a porta se fechar, Marianne olha para Torto e Bike.

– Não queremos ser incomodadas; por favor, não conte nada para o Nikolaj.

Eles concordam, embora o que mais tenham vontade de fazer é colocar minha porta abaixo a pontapés.

Primeiro a asfixia, depois o enrubescimento

Quando acordo, Torto e Bike estão olhando para a porta de Marianne e Anita. Chego perto deles e observo. Não há nada para ver. Só a porta.

– Por que vocês estão olhando para a porta?

– Porque Anita está ali – diz Bike sem desviar o olhar nem por um segundo sequer.

– Sim. E onde mais ela estaria?

Eles ficam mudos, e só então percebo que há alguma coisa de errado. Fico com medo.

– O que aconteceu?

– Não temos permissão para contar.

– Não têm permissão?

– Não podemos, entende?

Começo a imaginar toda sorte de coisas. Brian sabe e está tudo arruinado. Talvez ele tenha batido nela. Ficou furioso e não conseguiu se controlar, e agora eis Anita, com o rosto destruído e o coração dilacerado. Caminho decidido até a porta. Está trancada, então eu bato. Bike coloca a mão no meu ombro.

– Melhor não, Nikolaj. Elas não querem ser incomodadas.

Irritado, sacudo o ombro com força para tirar a mão dele e bato de novo, dessa vez com mais força. Meu estômago grita para mim: "Faça alguma coisa, seu imbecil! Tudo está se desintegrando".

Prometi a Sis que não falharíamos, mas pelo visto fizemos bobagem. Sinto uma mão apertando minha garganta e me viro furiosamente para mandar Bike me soltar, mas ele está do outro lado da sala. Ninguém me toca e mesmo assim sinto cada dedo dessa mão poderosa que me machuca. Mais uma vez, não consigo respirar. Quero pedir ajuda, mas como não tenho ar, também não tenho palavras. Meus olhos estão quase saltando para fora, meu rosto vai ficando roxo e as veias do meu pescoço pulsam freneticamente.

– Nikolaj, o que está acontecendo?

Chamam Marianne aos gritos. Perco os sentidos durante um minuto, no máximo. Volto a mim com um forte arquejo, e de novo meus amigos me olham com preocupação.

– Você realmente precisa fazer o que o médico mandou.

Marianne está sentada e inclinada sobre mim, enxugando com cuidado o suor da minha testa. Balanço a cabeça resoluto. Anita está de pé na porta e também me olha preocupada. Ela não deu nenhum passo para fora do quarto, mas está inteira, não há nem sequer um arranhão. Balança a cabeça e fecha a porta na minha cara – seu rosto pode não estar destroçado, mas reconheço o olhar de um coração aos pedaços. Viro-me e olho os outros.

– O que aconteceu?

– Hanne contou que você a subornou.

– Mas que merda, subornos não funcionam assim. Brian não pode saber.

– Ela não contou para Brian, mas sim para as outras pessoas da escola.

Isso me dá alguma esperança. Marianne parece ler minha mente.

– Ele sabe – diz ela.

– Não necessariamente.

– E você não acha que ele vai saber? Jamais deveríamos ter feito isso.

– É claro que deveríamos. Estamos fazendo isso para o bem dele. Talvez esperem até segunda-feira, quando ele levar o Allan.

Vou até meu quarto e visto uma roupa. Ajo com a consciência de um poder que não me é comum. Sinto-me forte. Os outros me seguem enquanto visto o casaco e os sapatos.

– Aonde vai?

– Preciso ver Brian.

Pronuncio as palavras sem a menor hesitação. Jeppe começa a se vestir imediatamente.

– Sozinho.

Ele olha para mim sem expressão.

– Não é seguro. Ele vai bater em você.

– Então é assim que tem de ser.

É estranho, mas sinto-me otimista no meio de todo esse desastre. Nunca imaginei qual seria o fim de Brian e Anita:

era algo muito distante, irreal e intratável. Mas nem tudo está perdido agora que o fim chegou. Quando saio, Marianne me agarra com força e me sussurra ao pé do ouvido:

– Prometa que tomará cuidado.

E eu sussurro como resposta:

– Prometo. Por que sussurramos?

Ela abre um sorriso.

– Estou orgulhosa de você.

Fico desconcertado.

– Por que está orgulhosa de mim?

– Porque você está fazendo isso por Anita e Brian.

Enrubesço. É a primeira vez que enrubesço depois de adulto; ao sair pela porta, no entanto, encho-me de coragem.

O porre

Ele ainda mora na Peder Skrams Gade. Experimento a senha antiga no portão de entrada. Funciona. Fico surpreso, dado o que fiz da última vez em que estive aqui. Estou gordo demais para subir quatro lances de escada, o que quer dizer que preciso recuperar o fôlego antes de tocar a campainha do apartamento. Sento no chão com a cabeça entre as pernas; estou ofegando tão alto que não ouço a porta se abrir.

– Tudo bem aí?

Meu corpo inteiro se contrai, surpreso. Brian está parado na porta, olhando para mim. Tento me recuperar, respiro fundo e consigo controlar a voz.

– Sim. Só estou realmente fora de forma.

Ele agacha e me ajuda, com certo esforço, a me levantar.

– Quer entrar?

Respondo que sim com a cabeça, aliviado. Sinto que estou maculando a casa dele com minha presença. Dou alguns passos pela sala – nada mudou. Tudo está igual à época em que minha irmã morava aqui, a não ser pelo casaco e pelos sapatos, que não estão mais no corredor.

– Onde está o Allan?

– Com alguns amiguinhos. Sente-se – diz ele, apontando para o sofá.

Estou surpreso, pois ele parece tão relaxado e afetuoso. Eu me sento e ele coloca sobre a mesa de centro uma garrafa de uísque e dois copos. Como acaba de passar do meio-dia, recuso. Ele balança a cabeça.

– Você veio se desculpar. Então o mínimo que pode fazer é ficar bêbado comigo.

Concordo com ele, sirvo-me de um copo e brindamos. Ele vira a dose de uma vez só, apesar do sabor perfumado. Sinto-me compelido a acompanhá-lo, então faço a mesma coisa. Ele enche os copos de novo.

– E não é que você engordou, Nikolaj?

Não faz nenhuma questão de esconder o prazer.

– Acho que sim.

Ele vira mais um copo e eu repito o gesto. Depois nos serve mais duas doses.

– Como conseguiu fazer amigos?

– Eu mudei.

– Mudou mesmo: está mais gordo.

– Mudei de outras maneiras.

– Como conseguiu engordar tanto? Você era tão magro, e agora está tão redondo que parece uma bola.

Ele gosta mesmo do assunto, pelo que vejo.

– Não sei, aconteceu. Por quê?

– Curiosidade. Saúde – diz ele, entre risadas.

Dessa vez eu não bebo, porque não consigo acompanhá-lo. Ele se serve de mais uma dose.

– "Saúde", eu disse.

Bebe mais uma vez. E se serve mais uma vez.

– Qual é, Nikolaj, beba. Precisamos ficar bêbados.

– Por quê?

– Porque você fodeu com a minha vida e agora vamos beber até cair para que eu não o arrebente em pedacinhos.

Ele diz isso com um sorriso afetuoso nos lábios. Digo "saúde" na mesma hora, e agora não tenho mais dúvidas de que ele sabe o que fizemos.

Às 2 horas da manhã, ele recebeu um telefonema do que costumava ser o jardim de infância de Allan.

– Idiotas – murmuro. – Podiam pelo menos ter esperado alguns dias.

Brian parece confuso. Sinto que devo explicar, então digo:

– É que eu mesmo queria ter lhe contado.

– Ah, você queria se antecipar... Por quê?

Ele enche meu copo mais uma vez. Percebo que minha voz já começa a ficar embolada.

– Não quero que você estrague tudo. Anita é louca por você.

– Não é não. É uma mentirosa. Saúde.

Bebemos de novo.

– Ela está arrasada, muito mais do que você.

Dessa vez ele não me interrompe dizendo "saúde". Ele presta atenção, portanto prossigo.

– Ela é louca por você e pelo Allan, é bonita, uma pessoa adorável. Isso não é nenhuma mentira. Sim, eu paguei para conseguir um emprego para ela no jardim de infância, mas não fiz isso para magoá-lo. Fiz para ajudá-lo. Saúde.

É minha vez de beber sozinho. Ele olha para mim com curiosidade, depois toma um pequeno gole, pensativo.

– Então quer dizer que você comprou uma garota para me alegrar?

– E qual seria o problema? Você procura putas o tempo todo.

Ele não esperava por essa. Sem ar e confuso, tosse dentro do copo.

– Isso não é verdade – diz ele, gaguejando. Está certo, ele não as procura mais. Já faz algumas semanas que ele disse a Sis que não se encontraria mais com putas.

– Eu falo com Sis todos os dias. Ela me conta tudo que você diz para ela, eu sei que já procurou.

– Ela está morta, babaca.

– Eu sei, mas mesmo assim eu falo com ela. Nossa relação é melhor do que era antes. Somos iguais.

– Ela está morta, você está vivo, isso não os torna iguais em nada. É claro que ela não fala com você.

– Ela fala comigo, sim. E fala mais do que eu. Eu também sei que você não transa com as putas.

Ele tenta entender o que eu disse, mas a única maneira de dar sentido a isso é me considerando maluco. Ele olha para mim tentando enxergar algum traço de loucura, mas estou são e saudável como nunca estive antes.

– Eu não a comprei para você. Ela é minha amiga, não uma prostituta. Não era para Anita se apaixonar por você, simplesmente aconteceu.

Ele continua sem dizer nada, então lhe conto toda a história. Enquanto isso, ele vira e vira doses de uísque. Em determinado momento ele pega outra garrafa, e seguimos no mesmo ritmo. Ele não diz nada, apenas ouve com interesse. Quando termino, estou cansado e bêbado. Ele é muito forte para o álcool; eu, ao contrário, vou tropeçando para o banheiro. Não vomito nada, mas chego perto. Como é ruim essa sensação, puta que pariu! Quero ficar aqui dentro até a náusea passar.

Quando volto para a sala, ele está sentado tranquilo na cadeira.

– Então quer dizer que de repente você tem consciência?

– Sempre tive.

– Mas agora você é atazanado por ela.

– Ela sempre me atazanou. A diferença é que hoje eu faço alguma coisa a respeito.

– Se você diz, meu caro... Saúde.

– Saúde.

Viro a dose de uísque e, numa explosão, vomito tudo na mesma hora. Há vômito na mesa e no chão. Brian cai na gargalhada.

– Nada como mais uma dose para melhorar – diz ele, e me serve outra.

Não sei ao certo durante quanto tempo vamos continuar e não tenho a menor ideia do que digo a ele. Provavelmente tento convencê-lo de que sou uma boa pessoa, e que Anita faz tudo por ele. Vomito várias vezes e ele continua me servindo de uísque, não sei a razão. Só sei que durmo no sofá e ele não me incomoda.

***

Acordo coberto de vômito e sinto o fedor atravessar minhas narinas. O sofá também está todo vomitado e tenho a pior dor de cabeça da história da humanidade. Brian dorme na poltrona. Eu o acordo gentilmente. Ele abre devagar os olhos cansados e olha para mim, sonolento. Sorri.

– É melhor você ir agora.

– Como?

– Você precisa ir embora. Não quero ver você nunca mais. Entendeu?

Balanço a cabeça, sentindo-me confuso.

– Ontem à noite eu me testei, e passei. Não te odeio como antes, só não quero mais te ver.

Minha dor de cabeça começa a aumentar.

– Você não pode me mandar embora. Eu mudei.

– Não me interessa. Você não é nada para mim, é apenas o maluco do Nikolaj que encontrou Jesus porque ninguém o suporta.

Mentira. Eu tenho amigos verdadeiros, bons amigos. Mesmo assim me sinto ofendido, porque Jesus veio até mim no meu momento mais solitário. Engulo o orgulho e me lembro do coração partido de Anita.

– E o que me diz de Anita? Vai jogar isso fora também?

Ele hesita, não olha no meu rosto e diz:

– Não quero que ela me procure. Nunca mais.

Olho para ele com tristeza. É um desperdício lamentável. Os dois se amam. Para que dificultar ainda mais as coisas?

– Vá embora. Agora.

– Anita vai te fazer feliz.

Brian se levanta e vem até mim. Coloca a mão nas minhas costas e me empurra de leve enquanto saio lamentando entre protestos.

***

Uma vez na Peder Skrams Gade, tenho a sensação de que não há clareza em nada. De repente sinto uma mão no meu ombro.

– E então, como foi?

Viro-me para trás. É Jesus.

– Não exatamente como planejamos. Não foi terrível, mas também não foi bom.

– Caramba, Nikolaj, que fedor. Isso tudo é vômito?

– Sim.

– Que nojo. Por que fez isso?

– Foi sem querer.

Entramos no primeiro bar aberto e pedimos uma cerveja para curar a ressaca. Olham para nós sem acreditar no que veem: estou coberto de vômito e Jesus usa sandálias, ainda que falte apenas dois dias para o frio do Natal. Por sorte, não são tão sensíveis a ponto de recusarem nosso pedido.

– Não entendo por que me deixou entrar, se ele já sabia o que ia fazer. Por que ficou bêbado comigo?

Jesus dá de ombros.

– Não sei, mas ele não teria feito isso há dois meses, não é?

– Não, mas o que isso significa?

Ele sorri convencido.

– Significa que você está conseguindo.

Olho boquiaberto para ele. Anita e Brian estão extremamente magoados, embora ele pareça ter progredido. Há dois meses ele era pura raiva, não havia espaço para mais nada. Agora que há espaço, depende só dele. Não cabe a mim fazê-lo feliz, só preciso dar a ele uma chance.

– E Anita?

– Agora depende deles – diz Jesus. – Se quiserem mesmo ficar juntos, encontrarão uma solução.

É mesmo simples assim? Não gosto muito da ideia, mas concluo que o fato de se amarem e serem felizes não depende mesmo de mim. Tomo mais duas cervejas com Jesus enquanto falamos disso e daquilo. Ele diz que sente orgulho de mim. Percorri um longo caminho num intervalo muito curto. Eu agradeço. Significa muito para mim que ele esteja orgulhoso, e digo isso a ele. Quero que ele saiba que sou grato à preocupação que sente. Apesar de não querer mesmo ir embora – é sempre reconfortante falar com ele –, os outros devem estar preocupados comigo. É melhor ir para casa.

***

Passei exatamente 24 horas fora de casa, portanto sou recebido com alívio. Marianne me abraça, feliz por me ver. Quando sente o fedor e percebe que estou coberto de vômito, ela me afasta, com cara de nojo. Anita saiu do quarto: está triste, mas presente. Sento-me e explico o que aconteceu e o que Jesus disse. Nem tudo está perdido. Ela concorda, mas o medo que sente não lhe permite tomar nenhuma atitude.

– Isso quer dizer que não vamos mais nos concentrar em Brian? – pergunta Bike.

– Sim. Jesus disse que já fizemos o suficiente. Agora depende deles.

Ninguém entende nada, mas não posso ser mais claro que isso.

– Então agora passamos para a Silje?

– Sim, mas antes disso, vamos voltar para casa – digo, sentindo-me profundamente aliviado.

Preciso ir embora. Copenhague está me desgastando. Preciso recuperar minhas forças. Marianne assente como se entendesse, mesmo que eu não tenha explicado nada. Ela sabe o porquê. Isso é tudo que preciso para saber que tomo a decisão certa.

***

Levaremos Silje para a Jutlândia com a ajuda de Camilla. Estou certo disso, e quando ela chegar a Tarm, faremos com que seu sucesso seja tão grande que ela terá forças para me ouvir. Esse é nosso plano – é simples, e sei que não é à prova de balas. Mas como posso planejar o perdão de outra pessoa? Só posso pedir desculpas e ter a esperança de que ela acredite em mim.

Conseguimos convencer Camilla depois de várias conversas. No início ela disse que não, mesmo que gostasse da ideia, mas não posso me encontrar com Silje, ainda mais no meu território. Nós aceitamos ficar em Copenhague, mas aí Camilla telefona para Marianne.

– Ela se trancou.

– Silje?

– Sim. Não responde nem minhas mensagens de texto. Não suporto mais isso, é demais para mim.

Tensa, Marianne prende a respiração.

– Temos que fazer alguma coisa – diz Camilla.

Ela não tem opção e acaba concordando conosco. A partir desse momento, começa uma animada correspondência entre ela e Marianne.

Faltam dois dias para a noite de Natal e seria um alvoroço muito grande mudar antes do feriado. Enchemos Anita de carinho e presentes, o que melhora um pouco seu humor, porque conseguimos distraí-la. Ela vai sobreviver – temos uns aos outros, mas seria melhor se ela também tivesse Brian.

Feliz Natal

É noite de Natal. Colocamos presentes embaixo da árvore e arroz-doce sobre a mesa. Ninguém encontrou a amêndoa ainda[1*]. O clima está ótimo, mas nada fora do comum. De repente o telefone toca. Olhamos uns para os outros, confusos. Karen já ligou, então quem pode ser? Jeppe consegue atendê-lo quando está prestes a parar de tocar.

– Alô?

Como ninguém diz nada do outro lado da linha, Jeppe repete a saudação.

– Quem está falando? – pergunta alguém, timidamente.

– Você quer falar com quem?

– Quem é?

– Eu é que pergunto, quem é? – rebate Jeppe, pronto para uma batalha.

– Brian Birkemose Andersen.

Ele pegou o número com Hanne. Promete que não a denuncia se ela conseguir o telefone de Anita naquela noite ainda. Hanne não tem o número guardado na agenda e está passando o Natal com a família do marido em Odense. Brian não lhe dá escolha: é conseguir o número ou encarar uma queixa na polícia. Só lhe resta dirigir de Odense até o jardim de infância para conseguir o número, e agora eis que Brian está ao telefone.

Jeppe faz uma série de gestos esquisitos que ninguém entende.

– Você sabe quem eu sou?

– Sim, eu o vi no cemitério.

Só então percebemos que ele fala com Brian. Todos olhamos ansiosos para Anita, que está muito pálida.

– O Nikolaj está aí?

---

[1] Na Dinamarca, é tradição servir na noite de Natal uma sobremesa chamada *Risalamande*, parecida com arroz-doce, com uma amêndoa inteira dentro. Dizem que quem encontra a amêndoa tem boa sorte durante todo o ano seguinte. (N.T.)

– Sim.

Jeppe faz um sinal para que eu me levante.

– Não quero falar com ele. Se passar o telefone para ele, eu desligo.

Jeppe faz sinal para que eu me sente de novo. Anita se levanta e caminha até Jeppe, que lhe entrega o telefone – não sem antes apertar o botão de viva-voz para que todos possamos ouvir.

– Alô.

Nada se ouve do outro lado.

– Está me ouvindo?

– Sim.

Quase não respiramos.

– Você quer me dizer alguma coisa? – pergunta Anita.

– Sim – mas é tudo que diz.

– O que quer me dizer?

– Allan está com raiva de mim.

Anita abre um ligeiro sorriso.

– Por que Allan está com raiva de você?

– Prometi que você passaria no Natal conosco. Agora ele está trancado no quarto e diz que sou um cocô.

– Eu adoraria passar o Natal com vocês.

– Eu sei – diz ele, nitidamente envergonhado de si próprio, e se segue outro silêncio constrangedor.

– Era só isso que você queria me dizer?

– Não. Quer vir até aqui?

Anita morde o lábio, nervosa.

– Por causa do Allan?

– Sim.

Começa o jogo.

– Para mim, não basta.

– Como assim? – diz, ansiosa, a voz do outro lado da linha.

– Você também tem de querer. Gosto muito do Allan, mas é por você que estou apaixonada.

Nesse momento, Bike começa a choramingar feito uma menininha feliz. Torto se afasta dele um pouco, restando apenas Jeppe para tomar alguma providência. Desconcertado, Jeppe olha para as lágrimas que escorrem pelo rosto de Bike. São lágrimas felizes, mas não deixam de ser lágrimas – Jeppe estende o braço gentilmente e envolve Bike, que se aninha a ele, fungando. Jeppe olha para mim rapidamente para ver minha reação e conclui que faz a coisa certa no momento em que sorrio orgulhosamente para ele. Brian não diz nada durante um longo tempo, mas percebemos, pela respiração dele, que algo grandioso está para acontecer. Quando ele finalmente se solta, é como se junto viesse uma chuva de fogos de artifício.

– Quero que você venha. Também estou apaixonado por você.

Anita não consegue se segurar mais. Ela grita de alívio e alegria. Todos nos levantamos para apoiá-la, mas ela nos afasta a empurrões. Nós a deixamos sozinha com o telefone para que chore um pouco em paz e a ouvimos dizer:

– Estarei aí em um minuto.

Ela desliga o telefone e olha para nós. Estamos todos mudos, até que alguém solta o primeiro berro gigantesco de felicidade e pulamos de um lado para outro. Anita continua sentada ao telefone, exausta. Ela sorri para nós, bêbados de tanta alegria, enquanto trombamos uns nos outros, topamos com os móveis, com a árvore de Natal e nos jogamos nos braços dela.

***

Ela sai dez minutos depois. Estamos um pouco perplexos, mas ainda há arroz-doce na mesa e ninguém ainda encontrou a amêndoa. Depois descobrimos que Jeppe a engoliu sem querer quando o telefone tocou.

Dessa vez ela realmente nos deixa

Temos uma noite de Natal maravilhosa. Estamos com a leve sensação de que nada mais pode dar errado, e é exatamente dessa sensação que precisamos no Natal – o ambiente perfeito para nos transformar em gigantes que bebem, comem em excesso e berram canções até quase ficarmos roucos. É o primeiro Natal da minha vida que bebo porque estou feliz.

Acordo no sofá com Marianne entre os braços. Ela que se aconchegou a mim. Estou no sofá, ela invade meu espaço, pega meu braço e coloca em volta de si. Na verdade, ela primeiro coloca minha mão no seio, mas só permite o toque por dois segundos, depois desce minha mão para sua barriga. Tento deslizar minha mão mais para baixo, mas ela não deixa. Ainda está dormindo. Tenho na boca uma mecha de seu cabelo ruivo, além de uma leve dor de cabeça. Passo o olho pela sala, ainda com sono. Há garrafas, pratos sujos e papel de presente para todo canto, e Anita está sentada numa cadeira – sorri e nos observa feliz e melancólica ao mesmo tempo. Ela fez as malas mais uma vez. Olho para a bagagem, depois para o rosto dela, que exibe uma tranquilidade sem tamanho. Ela ergue a mão numa despedida silenciosa, se levanta, pega a bolsa e sai. Não tenho tempo de reagir ou processar a situação antes que ela se vá; e como estou de ressaca, acabo me aninhando a Marianne de novo. Por isso não sou eu, mas Jeppe, que encontra o bilhete na bancada da cozinha.

> *Olá, pessoal. Não posso mais ver vocês. Pronto, já disse, e começo a chorar. Odeio ter que fazer isso, odeio! Queria estar com vocês o tempo todo, mas Brian diz que preciso escolher entre vocês e ele, então o escolho. Talvez isso mude um dia, mas nesse momento é ele ou vocês, o que me faz sentir inacreditavelmente feliz e triste ao mesmo tempo. Vocês me entendem? Já sinto falta de vocês, mas Brian me quer. Ele me quer! Vocês sabem como isso é importante para mim. Eu mal havia passado pela porta quando ele começou a me beijar. Foi o melhor Natal da minha vida, e sei que nunca mais ficarei sozinha na vida, pois ele me prometeu. Fiz com que jurasse, e ele não mente nunca. Eu sei que não.*

Gosto muito de vocês, mas é a ele que escolho, pois estive esperando por ele durante todos esses anos. Isso não é um adeus. Pelo menos, espero que não.

Anita

Jeppe acorda Marianne e eu com cuidado, depois acordamos Bike e Torto bruscamente. Não estamos magoados, nem furiosos. Entendemos a decisão de Anita, mas é como se estivéssemos amputados, como se faltasse um braço ou uma perna. Temos um dia estranhamente sossegado, marcado pela ressaca e por uma saudade feliz e singular.

Mais uma perda

Nossas malas estão prontas e está na hora de nos despedirmos de Copenhague. Percebi que Torto passeia devagar pelo apartamento, e quase não me surpreendo quando ele me pergunta com cautela se podemos conversar. Sei que é sério, pois ele pede para falarmos lá fora para que ninguém escute. Quando saímos no frio, ele diz quase em tom de desespero:

– Posso ficar no apartamento?

– Como assim? – pergunto. Afinal, estamos voltando para casa daqui a algumas horas.

– Posso ficar aqui?

– Você não vai voltar para Tarm?

Ele balança a cabeça em silêncio.

– Por quê?

Ele se esforça para encontrar as palavras certas.

– O que você sente em relação a Tarm é o mesmo que sinto em relação a Copenhague.

Ele pensou no assunto, não é uma decisão tomada de impulso. Meu estômago me diz que é assim que tem de ser.

– Sinto muito em ouvir isso, Torto, muito mesmo, e os outros também ficarão chateados. Você é uma pessoa importante no grupo.

Ele se esforça para manter sua decisão. O grandalhão está prestes a cair no choro.

– Mas se quiser ficar no apartamento, vá em frente.

– Obrigado.

– Você não contou nada para os outros, não é?

Ele balança a cabeça.

– E quando vai contar?

– Pode fazer isso para mim? Prefiro não dizer nada.

Sei que é por causa de Bike.

– Vamos pensar em alguma coisa.

Ele nos acompanha até a estação. Atrasamos o passo em relação aos outros, depois nos escondemos num canto e os deixamos descer para a plataforma.

– Tem certeza absoluta? – pergunto a Torto, com a esperança de que ele tenha mudado de ideia.

Ele assente. Dou-lhe um abraço e as chaves do apartamento.

Corro para pegar o trem. Os outros já estão sentados quando entro ofegante no vagão lotado, faltando apenas dois segundos para a partida. Todos olham surpresos para mim, pois veem uma pessoa só em vez de duas.

– Cadê o Torto? – pergunta Bike.

Gesticulo indicando que preciso recuperar o fôlego e me sento. Ele repete a pergunta com mais intensidade.

– Ele vai ficar em Copenhague.

Para minha surpresa, Marianne e Jeppe sentem um choque. Bike apenas consente com a um gesto – ele já suspeitava. Agora que Torto se foi, Bike está sozinho. Os olhos dele buscam Jeppe instintivamente; Jeppe se levanta e senta ao meu lado.

Quarta parte

O FESTIVAL

De volta a Tarm

Karen nos espera quando chegamos a Tarm, e dá em cada um de nós um abraço de boas-vindas. Envolvido nos braços dela, entendo por que amo esta cidade. Até Jeppe agora gosta do abraço de Karen.

Demoramos mais de uma hora para chegar ao 22 da Poppelvej, pois as pessoas não deixam de nos parar para dar as boas-vindas. Várias pessoas dizem que perdi peso: estou cinco quilos mais magro do que quando parti. Faço questão de falar com todo mundo, dando um relato sincero de como foi nossa viagem.

– E agora você voltou para ficar?

– Sim, voltei. Tarm é meu lar.

– Porra, está certíssimo! – respondem os entusiasmados.

Repito a mesma história muitas e muitas vezes. Por que fui para Copenhague. Como as coisas se sucederam. Por que voltamos para casa sem Anita e Torto. Somos acolhidos por uma atmosfera de ternura e deleite, e pergunto a Karen se foi ela quem preparou tudo isso. Ela simplesmente balança a cabeça sorrindo e diz:

– Não, Nikolaj, as pessoas estão felizes por você ter voltado, só isso.

Sei, no entanto, que ela guarda um segredo de nós. Ela não tenta escondê-lo – seu orgulho transborda pelos poros –, mas só fico sabendo o que é quando chegamos a minha casa.

Vovó está na cozinha.

O que Karen fez enquanto estávamos em Copenhague

Faz uma semana que estamos em Copenhague quando Karen aborda minha avó no supermercado. Ela está na gôndola de laticínios, quase em transe. Karen olha desconfiada para ela, mas vovó parece estar completamente atônita com um litro de leite integral na mão. Durante os minutos em que vovó permanece estática, Karen tira de sua mão enrugada o litro de leite e vovó começa a se recobrar aos poucos. Ela sorri timidamente para Karen, mas não consegue dizer nada, embora pareça buscar ansiosa pelas palavras. Ela apenas está ali, tímida e sorridente em meio a um cenário de queijos e leite.

– Eu conheço Nikolaj. Ele é um ótimo rapaz – diz Karen, orgulhosa, para vovó.

Vovó apenas assente, mas prolonga o gesto por um período mais do que o normal. Karen acha que deve repetir o que disse.

– Ele é um ótimo rapaz.

Vovó continua sem fazer nenhum comentário. Só assente com a cabeça. Karen começa a se irritar com a falta de reação de vovó. O mínimo que ela poderia fazer era perguntar como eu estava, mas só há o rígido movimento com a cabeça.

– Vamos – diz Karen, e começa a caminhar.

Nesse momento ela entende que vovó precisa de ajuda. Não pode esperar até que voltemos de Copenhague. Vovó tem uma aparência tão frágil, é como se estivesse à beira da morte. Ela continua onde está. Não sai junto com Karen. Por que deveria?

– Vamos – repete Karen.

– O que você quer? – pergunta vovó, cautelosa.

– Venha – e dessa vez é um comando, embora ainda feito com gentileza. Vovó não tem mais escolha e segue Karen até o 22 da Poppelvej, mas por que deveria? Karen só quer o que é melhor para a vovó, que parece saber disso, ainda que considere estranho o comportamento de Karen.

***

– É aqui que o Nikolaj mora – diz Karen, mostrando para vovó os arredores de minha casa. Karen fala sozinha: vovó continua muda. – Jeppe também mora aqui. É o amigo mais antigo de Nikolaj, sabia? Eles se conhecem desde que tinham 15 anos.

Vovó abre um pequeno sorriso. A ideia de que não estou totalmente sem amigos a deixa aliviada.

– Ele está em Copenhague agora com Jeppe, Jonas, Lars, Anita e Marianne. São todos amigos aqui de Tarm. A senhora sabe por que eles foram para Copenhague?

Karen decide ficar quieta e forçar vovó a dizer alguma coisa. Por fim, vovó murmura:

– Por que eles foram para Copenhague?

– Nikolaj tem um plano. Ele quer dar uma reviravolta na vida, mas para isso precisa colocar algumas coisas no lugar. Uma das coisas que precisa fazer é ajudar Brian a seguir adiante. A senhora conheceu Brian?

Vovó nega com a cabeça.

– É o marido de Sis.

– Quem é Sis? – pergunta vovó com ar de surpresa, pois Karen ainda não havia mencionado ninguém de nome Sis.

Pela reação de Karen, vovó percebe que disse alguma coisa errada e de repente cai em si. Parece que o choque a sacudiu de volta à vida. Envergonhada, ela esconde o rosto com as mãos. Espiando entre os dedos, ela diz:

– É minha neta, e aqui estou eu perguntando quem ela é. Estou envergonhada.

Karen hesita um instante e diz:

– Sim, e deve mesmo sentir vergonha. É terrível que nunca tenha estado ao lado de Nikolaj e Sis, mas agora a senhora tem a chance de fazer diferente.

– E como eu faria isso? – indaga vovó sem uma ponta sequer de esperança.

Karen olha bem nos olhos dela.

– A senhora precisa ajudá-lo.

Nesse momento vovó é atingida por um terror, e o terror tem um nome.

– Mas e o Leif?

– O que tem ele?

– Ele tem muito ódio da mudança de Nikolaj para Tarm, entende? Nikolaj contou que eles se trombaram logo que chegou à cidade?

Karen assente.

– Leif achou muito desagradável eu não ter dito que Nikolaj havia se mudado para cá. Se eu tivesse contado, é claro, Leif o teria reconhecido. Fui obrigada a dormir na cozinha a semana inteira.

– A senhora teve de dormir na cozinha? – pergunta Karen.

– Quando Leif está zangado, eu durmo na bancada da cozinha, porque ele não suporta olhar para mim. Não é tão ruim quanto parece. Leif jamais me deixaria ver Nikolaj.

Karen, que se recusa a se entregar ao desânimo, limita-se a dizer:

– Bem, então a senhora terá de escolher.

Vovó olha para Karen, angustiada.

– Mas eu não posso. É meu marido.

Karen diz com toda a convicção que consegue reunir:

– Pois vou lhe dizer o que é um marido. Marido é quem faz a mulher sentir orgulho, quem não a deixa sentir vergonha de si mesma; marido é quem ama os filhos e não espanca a filha com o cinto.

É nesse instante que vovó começa a chorar em silêncio.

– Um marido digno perdoa os filhos quando cometem alguma estupidez; não mantém distância da filha. Um verdadeiro marido ama a neta que tem e não a chama de vulgar. Kaj é um verdadeiro marido para mim, um sujeito magnífico e adorável a quem eu amo profundamente. A senhora acha mesmo que Leif é seu marido?

Vovó balança a cabeça.

– E o que pensa em fazer a respeito?

***

Elas se encontram seis vezes depois disso, e Karen continua preparando vovó. Ela também a apresenta a Kaj, e vovó o acha adorável. Elas conversam sobre memórias antigas, e vovó precisa voltar a tempos bem remotos para se lembrar de alguma coisa agradável. Já Karen não precisa ir tão longe: basta se lembrar da noite anterior, quando Kaj a chamou de "aconchego" e lhe deu um beijo no rosto. Vovó diz que não é beijada há dez anos. Karen também lhe apresenta Jens e a faz conversar com ele sobre sua vida com vovô. Depois disso, Karen tem de acalmá-lo – do contrário, ele teria ido até a casa de vovô e dado a ele mais do que um alerta. Jens fica furioso quando senhoras mais velhas não são bem tratadas. A mãe dele foi assaltada cinco anos atrás. A violência da reação de Jens surpreende vovó, mas também a faz pensar. Na sexta vez que ela e Karen se encontram, é vovó quem pergunta timidamente:

– Karen, você pode me ajudar? Quero deixar Leif.

Karen a abraça e diz:

– Mas é claro que ajudo!

Vovó liga para Karen no dia seguinte quando vovô sai para sua caminhada diária de duas horas. Karen, Kaj e Jens vão correndo até lá. Eles jogam no carro tudo de que ela precisa e saem apressados. Vovó se muda para minha casa e se sente esperançosa pela primeira vez, sabe-se Deus desde quando. No dia seguinte, vovô comunica o desaparecimento dela; Jens vai até lá para lhe dizer que vovó o deixou e que não quer nunca mais ter contato com ele. Vovô foi humilhado e está furioso, mas o que pode fazer? Ele não tem a menor ideia de onde está vovó e ninguém quer ajudá-lo.

Karen convence vovó de que é melhor não me contar nada até que eu volte para Tarm. Quando passamos pela porta, esgotados da viagem, eis que ela nos espera com a mesa posta, cheia de guloseimas. Olho desconcertado para Karen e pergunto:

– Então é esse o motivo de tanto mistério?

Ela assente, orgulhosa. Não presto muita atenção, pois escuto Marianne se apressando para cumprimentar vovó e evitar que ela se descontrole, e olho para ela de novo. Vovó está me esperando. Aproximo-me dela, seguro sua mão e pergunto:

– A senhora se mudou para cá?

– Sim, espero que não tenha problema. Karen disse que eu podia vir – diz ela, nervosa, enquanto aperta minha mão de maneira tímida, porém feliz.

– Mas é claro! – digo, como se não fosse tão importante.

Os olhos de Marianne me dizem que é, sim, muito importante. Eu sei disso, mas como devo reagir? Devo me sentir feliz? Que droga, estou com raiva de vovó. Devo sentir raiva? Droga, estou feliz que vovó está aqui. Sinto um emaranhado de emoções conflitantes, mas puxo uma cadeira para vovó e digo:

– Então, que tal comermos alguma coisa?

– Uma delícia esses biscoitinhos! – exclama Jeppe, soltando farelos pela boca.

Feliz, vovó concorda com a cabeça e se senta à mesa junto conosco. Minha vida é muito esquisita.

***

Quando eu e vovó estamos juntos, sinto uma amargura no peito que não me deixa relaxar. Conversamos apenas coisas banais, pois é só isso que sabemos fazer. Somos educados e sociáveis e nada mais que isso, o que é frustrante. Os outros tentam interceder, visto que estão comovidos com a fragilidade de vovó. Ela é miúda e delicada, todos querem protegê-la. Bike, Karen, Marianne e principalmente Jeppe conversam com ela, depois falam dela comigo. Tenho ideia do quanto ela está sofrendo? Do que ela perdeu? De como ela se sentia solitária, mesmo estando com vovô? Não, eu não tenho ideia, mas a culpa é dela. O que esperam que eu faça? Que eu a ame porque me dizem que ela é adorável? Porque é da família? Eu os amo porque estão ao meu lado, mas e vovó? Não posso simplesmente me livrar do ressentimento só porque eles querem.

Marianne me beija, e vovó tenta me dizer algo

Bike e Marianne se mudam para minha casa. Ficam apenas um dia em suas respectivas casas, depois chegam arrastando um monte de malas. É muito solitário morar sozinho, e como eles se acostumaram a morar conosco, por que não mudar a situação? Por mim, tudo ótimo. Quero estar com eles o máximo que posso. A única coisa que me irrita é a relação amistosa que todos têm com vovó, ou seja, me sinto excluído mais uma vez. Desafogo a frustração em silêncio, pois eles gostam dela e pronto. O que vou fazer? Proibi-los de gostar de vovó? Não posso.

***

Já entramos no ano-novo. O réveillon foi bem tranquilo, apenas um jantar com os amigos e um monte de fogos de artifício. Hoje é 8 de janeiro, acabo de voltar de uma corrida e estou parado na porta envolto pelo vapor. Foi uma corrida fria e solitária, pois Jeppe não tem mais vontade de correr comigo. Desde que Bike perdeu Torto, Jeppe não correu comigo nenhuma vez. Ele e Bike dão gargalhadas na sala. Eles riem do mesmo jeito e por causa das mesmas coisas. Passaram os últimos dias um com o outro o tempo inteiro. Estou um pouco enciumado, mas entendo que a relação deles é mais de igual para igual do que a minha relação com Jeppe. Tudo bem, não estou perdendo Jeppe: estou apenas dividindo-o com Bike. Em outras palavras, não tenho mais Jeppe para me convencer a correr em dias frios e chuvosos; a sorte é que minha motivação aumentou dramaticamente. Não se trata mais apenas do sexo. Trata-se de amor, mas também não só do amor que sinto. Há dois dias, Marianne me deu um beijo intenso não no rosto, mas na boca. Estamos brincando de luta e eu a jogo no chão. Sou grande e pesado, e como estou em cima dela, meu corpo a força contra o solo. Ela murmura como se sentisse dor, enquanto eu caio no riso, satisfeito. Meu rosto está a um palmo de distância do dela; quero beijá-la, mas não ouso. De repente, no entanto, sinto os lábios dela contra os meus, mas não sou eu que a beijo – quem me beija é ela. Quase fico cego. Quando recupero a visão, vejo que ela está em choque. Está arrependida, por isso eu a solto. Ela sai correndo da sala, e eu a deixo pensar em paz.

Procuro por ela algumas horas depois. Está deitada no quarto, lendo.

– Quer falar sobre o assunto?

Ela nega com a cabeça.

– Por que me beijou?

Ela não diz nada: em vez disso, tenta se concentrar no livro.

– Marianne, fale alguma coisa.

Sento-me na ponta da cama. Não chego a tocá-la, pois ela pediu que eu não o fizesse. Agora, não olha para mim.

– Por quê? Você gosta de mim...

– Você é imbecil ou o quê? Estou apaixonada por você, mas não quero que me toque. Ainda não confio em você.

Continuo na cama, sem tocá-la. Ao lado dela, sinto que o nó no estômago perde a força. Nunca o nó esteve assim tão folgado, e percebo que em pouquíssimo tempo ele desaparecerá. A partir desse momento, minhas corridas diárias são de cinco quilômetros.

***

É por isso que estou parado na porta depois da corrida, soltando vapor pela boca. Vovó chega se esgueirando quase sem fazer nenhum barulho.

– Você se parece tanto com sua mãe – diz ela num sussurro, como se fosse perigoso dizer algo assim em voz alta, e meu corpo tem um espasmo de surpresa.

Pelo tom que ela fala, não consigo perceber se está me insultando ou não, então não digo nada. Apenas olho para ela, confuso, e como ela não diz nada, murmuro:

– Preciso tomar um banho. Estou todo suado.

Deixo vovó na entrada.

Jeppe bate na porta enquanto estou no banho.

– Nikolaj, sua avó está chorando.

Fecho o chuveiro, me enxugo bem rápido, me visto e vou até ela. É minha avó; é uma senhora e está chorando. É claro que preciso apoiá-la. Ela está sentada na saleta. Fecho a porta atrás de mim e me sento diante dela. Procuro e não encontro as palavras corretas, até que vovó diz:

– Eu estava tão preocupada com você.

Faço que sim com a cabeça, mas não a levo a sério. Se estava tão preocupada, por que não fez nada até agora? Fiquei onze anos sem ter notícias dela, e agora ela espera que eu entenda o quanto está preocupada. Não existe preocupação silenciosa. Ela procura minhas mãos de novo, mas dessa vez não estou assustado e permito que ela as segure o mais forte que consegue. Ficamos sentados em silêncio durante um longo tempo, e quando penso se não haveria problema em deixá-la sozinha, ela torna a falar:

– Você acha que um dia será capaz de me perdoar?

– Não sei.

Ela assente, como se já previsse a resposta.

– Eu adoraria.

– Eu também, vovó, mas não é tão simples.

– Não... para os outros é tarde demais – ela diz, entristecida.

De novo ela faz silêncio. E de novo eu estou prestes a sair quando ela fala:

– Eu senti tanto orgulho da sua irmã quando ela mandou aqueles motoqueiros atrás de Leif. Ele ficou realmente assustado. É claro que você não podia ser separado da sua irmã, mas Leif não me ouvia.

Digo, murmurando, que sei da bondade de suas intenções, mas que isso não ajuda em nada. Ela assente, triste, e diz mais uma vez que sou parecido com mamãe.

– Não, Sis é que se parecia com ela.

Ela balança a cabeça, teimosa.

– Não... Sis era parecida com seu pai. Você é como minha filha. Nikolaj, estou tão envergonhada.

E não diz mais nada. Apenas continua sentada, miúda e frágil. Não quer mais falar no assunto, é doloroso demais. Eu me levanto, mas antes de sair, inclino-me sobre ela e lhe dou nosso primeiro abraço, porque quero. Ela o absorve por todos os poros.

***

Vovó passa horas a fio ponderando sua traição e tentando arrumar maneiras de repará-la. Tenho de consolá-la todos os dias e dizer:

– O que passou, passou. Não é possível mudar nada agora.

Ela está convencida de que, de um jeito ou de outro, ainda pode vir ao meu auxílio, como disse Jesus, mas estou bem com a mera presença dela. As coisas são assim e ela é uma senhora que precisa da minha proteção, não o contrário.

Minha esperança é que Jesus apareça e diga "Muito bem, Nikolaj", mas ele não aparece, e eu espero pacientemente durante vários dias. Não concluo nada além do fato de que é impossível prever quando ele vai aparecer.

O bate-papo na biblioteca

Não posso deixar que o medo me detenha, então entro em contato com a biblioteca da cidade para saber se eles têm interesse em organizar um bate-papo comigo. A bibliotecária se emociona tanto com a ideia que tem medo de aceitá-la. Eu sorrio para tentar acalmá-la e ela consegue balbuciar:

– Será ótimo tê-lo conosco. Quando?

Sugiro uma data para dali a duas semanas. Felizmente, Tarm é uma cidade pequena, portanto o rumor da minha primeira aparição pública se espalha como fogo. No dia 27 de janeiro, acontece minha primeira fala na biblioteca de Tarm, intitulada "Nikolaj Okholm – filho de sua mãe".

Há uma grande fila quando chegamos à biblioteca, e olhamos uns para os outros, nervosos. Não há espaço para tanta gente. Entramos pela porta dos fundos, cumprimentamos a bibliotecária-chefe e o prefeito de Tarm – o nome dele é Mogens, um sujeito simpático, criador de marta. Ele se ofereceu como mediador assim que soube da notícia. Agora observa a fila com uma inveja visível.

– Isso mostra como a indústria do entretenimento tem um apelo muito maior que a política. – diz ele. – Meus comícios nunca tiveram uma fila tão grande.

Os assentos da frente estavam reservados para a OTAN – os integrantes se sentam na mesma hora. Não posso tirar os olhos deles. A bibliotecária diz que metade dos livros foi levada para um cômodo nos fundos, liberando espaço para 225 pessoas.

– Será suficiente? – pergunto.

– Não, há mais de 300 pessoas lá fora e o número só aumenta – diz ela.

Coloco-me no pequeno pódio montado e as portas se abrem. Começa um empurra-empurra terrível para o qual a biblioteca não está preparada. O espaço permite apenas 225, mas há muito mais gente do que isso. Quando a porta finalmente se fecha, restam poucas pessoas lá fora, que têm de voltar frustradas para casa. As pessoas estão completamente espremidas e começo a ouvir algumas reclamações. A bibliotecária e o prefeito tentam em vão acalmar os ânimos. Por fim, pego o microfone e digo, em tom firme e sério:

– Se não houver silêncio e compreensão, vou-me embora sem dizer uma única palavra. Combinado assim? Há muita gente nessa sala, mas vamos ter de aguentar a multidão por algumas horas, tudo bem?

Silêncio total. Não se ouve nem um ruído sequer. Infelizmente, agora a multidão atrapalha minha visão da OTAN. Só consigo vê-los quando as pessoas na frente deles se mexem – mesmo assim, crio coragem. Limpo a garganta, tomo um gole de água e começo a falar.

– Eu odiava as músicas da mamãe ....
....
....
....
....
....
....
....
....
....
.... e é nesse ponto que estou agora. Desejo do fundo do meu coração ser o filho da minha mãe. Obrigado.

Falei sem parar durante uma hora e meia e minha garganta está seca. Não prestei muita atenção à reação da plateia – estava concentrado apenas em conseguir falar – mas tudo correu muito bem. Para todos os efeitos, fui aplaudido com um entusiasmo quase histérico. Esforçando-me um pouco, consigo ver os membros da OTAN, inclusive vovó. Há orgulho nos olhos dela. Eu também estou orgulhoso. Nunca poderia sonhar com um triunfo como esse. Demoro uns vinte minutos para acalmar as pessoas o suficiente para saber se alguém tem perguntas, e agora vejo pelo menos cem mãos levantadas. Mogens não consegue levar o microfone até o público, então as pessoas o passam de mão em mão.

– Por que sua mãe nunca se apresentou em Tarm?

– Mamãe queria cantar aqui, mas ela tinha medo de decepcioná-los, então era mais fácil não fazer nenhuma apresentação.

Há um suspiro coletivo de alívio. Não é que ela não gostasse deles; ao contrário, ela gostava em excesso.

– Então ela tinha medo dos palcos?

– Sim. Mas ela também tinha medo de outra coisa na cidade, mas isso não importa.

Eles sabem que me refiro ao vovô, o velho petulante que late para tudo e para todos. Eu o mencionei algumas vezes, mas não disse que ele deu uma surra na mamãe, apenas que a expulsou da cidade. Também disse que vovó o abandonara, mas sem dizer que ela estava morando comigo. Todos estão muito entusiasmados.

– Você tem alguma canção favorita?

– Sim, a única música rock de mamãe, "Storm". Era a predileta dela também. Mamãe não costumava ouvir música pop. Quando queria desanuviar, ela sempre ouvia rock pesado. Adorava AC/DC e Metallica.

As pessoas engasgam. Isso, sim, é uma novidade.

– Você já pensou em seguir carreira musical?

– De jeito nenhum. Não consigo cantar nem a música da Dona Aranha sem assassinar a coitada!

As pessoas riem, não muito, porém mais do que a piada merece. Nesse momento, ouço a voz de vovô. Ele estava escondido no meio da multidão e ouviu tudo que falei dele.

– Você sabe onde está minha mulher?

As risadas param de imediato, dando lugar à agitação barulhenta de centenas de pessoas. Procuro vovó e vejo de relance um par de olhos muito assustados: ela se esconde o máximo que pode. Não vejo vovô: ele está atrás de uma muralha de gente. Faço um gesto para que as pessoas se movam e lá está ele.

– Olá, vovô. Sim, eu sei, mas ela não vai voltar para o senhor.

É uma visão triste. Ele está imundo, e o cabelo ralo está todo bagunçado.

– Ela tem de voltar. Preciso dela.

– Não, senhor, ela não tem de fazer nada.

Duzentas e cinquenta pessoas prendem a respiração e espiam animadas nossa conversa.

– Vou encontrá-la – diz ele, resoluto.

– O senhor vai deixá-la em paz. Já a arruinou o bastante.

Olho para a multidão e digo:

– Gostaria de contar para vocês tudo que aconteceu no último dia de mamãe em Tarm. Ela foi espancada pelo meu avô até sangrar, e só parou de bater porque meu pai entrou no meio.

A atmosfera muda abruptamente. As pessoas estão chocadas e furiosas. Vovô sai correndo – não lhe sobra escolha. A sala inteira começa a se agitar e a se indignar, entre gritos e empurrões. Que canalha, espancando a própria filha – embora isso seja melhor que o boato de pedofilia que pairou na cidade durante alguns meses. Agora todos entendem por que mamãe nunca voltou.

Quando as perguntas acabam, o prefeito resolve concluir o encontro. Ele me agradece e me diz do quanto a cidade toda me adora. Há mais uma salva de aplausos.

– Esperamos que você ajude a fazer de Tarm um lugar agradável por muitos e muitos anos.

É impossível haver uma oportunidade melhor para que todos estejam reunidos. Pego o microfone e agradeço ao prefeito, à biblioteca, a todos os presentes e à própria cidade de Tarm.

– Quero agradecer Tarm mais do que com meras palavras, pois eu realmente acredito que vocês me dão muita coisa. Meu lugar é aqui. É por isso que estou tão feliz com a presença de tanta gente, principalmente com a sua – digo olhando para Mogens –, pois preciso da sua ajuda.

A sala inteira faz silêncio.

– Estão curiosos? – pergunto audacioso.

Ouço mais um bramido.

– Quero realizar um festival aqui, na Semana Santa, em homenagem à minha mãe.

Todos já estão aplaudindo, entusiasmados.

– Música para todo canto durante a Semana Santa. Quero convidar todos os artistas que já gravaram alguma versão de músicas da mamãe. Thomas Helmig, Lis Søsrensen, todo mundo, além da melhor banda cover da Dinamarca, Grith Okholm Jam. Será o meu agradecimento e de minha mãe a essa cidade. Posso contar com a ajuda de vocês?

Bramido ensurdecedor.

– Preciso de ajuda. A Semana Santa está logo ali. Vamos precisar de tendas, cerveja, salões de esporte, escolas, autorizações – tudo! Posso contar com o senhor, prefeito?

Mais uma vez, ouço um bramido fortíssimo. Devolvo o microfone para o prefeito. Ele olha surpreso para mim e todos nós esperamos ansiosos por suas palavras.

– Obrigado – murmura ele. – Parece uma ideia ótima, mas sugiro esperar até o segundo semestre, para não fazermos nada com pressa.

Há um suspiro coletivo de decepção, depois várias pessoas gritam:

– Mas Grith nasceu na Semana Santa!

Esse seria o meu argumento, mas é melhor que venha de estranhos. Uma coincidência, pois na verdade o feriado é a primeira oportunidade para um festival. Não queremos esperar até o segundo semestre. Mogens conclui que não há saída e promete que nada vai impedir a realização do festival na Semana Santa.

Karen está parada na porta. Ela se encarrega de que ninguém saia da biblioteca sem receber uma tarefa. Colocamos a cidade inteira para trabalhar nos meses seguintes sob a supervisão de Karen. Passamos meses planejando cada detalhe, agora é a hora de colocar o plano em prática. Estão todos ocupados com a bomba que estourei, mas bastam apenas dois dias para que outra bomba também exploda.

Jeppe não é inofensivo

Enquanto lavo as louças, Bike e Jeppe as enxugam. Aqui em casa, lavar a louça é tarefa dos homens. Vovó e Marianne fazem todas as outras coisas. A casa seria o caos se elas não morassem aqui. Na última semana, Marianne chamou a atenção de Bike três vezes porque ele não limpa as marcas da privada depois de usá-la. A única tarefa que cumprimos é lavar a louça, então aqui estamos nós. Sempre sou eu quem lavo e eles quem secam, e seguem batendo um na bunda do outro com o pano de prato. Lá fora, vovó e Marianne conversam. De repente, paro para observá-las passeando no jardim sob a luz daquele sol de inverno e me pego pensando que tudo está em paz e tranquilidade – e, de repente, não está mais. Vovô surge do nada: está parado diante delas, furioso, e elas não têm tempo para correr. Ele dá um soco fortíssimo no rosto de Marianne e começa a arrastar vovó pelo pulso. Sou mais rápido, no entanto: demoro dez segundos exatos para alcançá-lo.

– Fique longe de mim! – grita ele, mas eu arranco vovó das mãos dele, o seguro pelo cinto e pelo pescoço e o arremesso de cabeça – e com força – na sebe. Ele tenta se levantar, mas eu o jogo no chão de novo. Ele chora.

– Vá embora e não volte aqui nunca mais. Vá para o inferno! Entendeu?

Dou as costas para ele e pergunto a vovó se está tudo bem. Ela assente e deixa escapar um grito. Vovô levantou. Pegou uma tora no chão e a aponta para minha cabeça. Jeppe interrompe o golpe com o braço esquerdo no momento certo e arrebenta o crânio de vovô com uma panela de ferro. Tudo agora é silêncio.

Estamos todos em choque. Parados e atônitos, olhamos vovô caído no chão. Dá para ver o cérebro. Olho para Jeppe e digo:

– Você o matou.

– Ele ia matar você.

– Sim, eu sei, mas você o matou.

Ouço o choro de Marianne e desperto do choque. Caminho até ela, que ainda está deitada no chão, machucada e assustada. Abro-lhe um sorriso reconfortante e a ajudo a se levantar, dando-lhe um abraço depois.

Vovó se aproxima de Jeppe em silêncio e tira a panela da mão dele. Jeppe não solta a panela no princípio, mas vovó acaba conseguindo. Todas as esperanças que ele tinha começam a desmoronar. Ele grita para liberar a angústia, mas Bike o agarra com uma força e uma ferocidade que eu nunca tinha visto. Bike o prende firme ao solo como se para impedir que a terra o expelisse a toda força. Jeppe tenta escapar, mas Bike não deixa – não porque Jeppe precisa ser punido, mas sim porque não podemos prescindir dele. Ele tenta se soltar, mas Bike resiste até que a força de Jeppe se esgota.

– Vou colocá-lo no sofá – diz Bike, segurando Jeppe nos braços.

Assentimos e continuamos imóveis. Vejo que vovó sorri de um modo feliz, o que para mim é muito estranho. Tudo bem que vovô era um escroto de marca maior, mas eu esperava que ela demonstrasse pelo menos um pouco de medo ou remorso.

– É melhor chamarmos a polícia – diz ela, com um leve sorriso no rosto, e sai para lavar o sangue e a massa cinzenta da panela.

Começa a nevar e eu ainda fico mais uns minutos lá fora, com Marianne nos braços. Quero voltar para casa e me juntar aos outros, mas ela me pede para abraçá-la um pouco mais forte.

Nós não chamamos a polícia; chamamos Karen, que telefona para Jens. Ela chega correndo e entra em choque, assim como nós. Quando Jens chega, ainda estamos paralisados na sala – exceto vovó, que se trancou no quarto. Não dizemos palavra alguma por mais de meia hora. Jeppe está escondido embaixo de um cobertor. Jens e o colega ficam perplexos ao ver o corpo do vovô, agora semicoberto de neve. Nós não dissemos o motivo da chamada, por isso se surpreendem tanto ao ver vovô estirado no jardim. Eles entram. Não parecem agitados, ao contrário: estão muito tranquilos, como se preocupados com o nosso estado.

– O que aconteceu? – pergunta Jens, gentilmente.

Karen explica, com a voz baixa, que vovô foi atingido na cabeça com uma panela.

– E como ele foi atingido na cabeça com uma panela?

Ninguém diz nada, então Jens repete a pergunta tranquilamente, e eu passo o olho em todos eles. Prometi para Jesus que protegeria meus amigos, portanto digo:

– Eu o acertei. Não era minha intenção, mas o acertei.

Todos olham para mim como se eu tivesse acabado de lhes dar um golpe certeiro no estômago e Jeppe sai de baixo do cobertor:

– É mentira, eu que o acertei! – grita ele, como se essas fossem as palavras mais importantes de toda sua vida.

Eu balanço a cabeça e digo:

– Não precisa me proteger, Jeppe.

Jeppe vai ficando vermelho de raiva, mas não dá tempo de contestar – vovó aparece na sala e intercede.

– Jens, Jens.

Jens olha para ela.

– Sim, sra. Ulla.

A voz dele parece suave e tranquila. Jens gosta muito de vovó; veio visitá-la diversas vezes nas últimas semanas.

– Fui eu que o acertei. A panela está no meu quarto. Eles estão tentando me proteger, mas Leif chegou e eu fiquei assustada. Primeiro ele bateu em Marianne (que está com o rosto inchado e vermelho); depois bateu em Jeppe (que está com um machucado no braço, do tamanho de uma mão), e começou a me arrastar. Fiquei tão assustada e furiosa que o acertei com a panela.

Jens assente e acompanha vovó até o quarto para pegar a panela. Jeppe começa a protestar novamente, mas o jovem policial diz que é inútil tentar protegê-la, pois ela já confessou. Jens volta com vovó e a panela.

– Sinto muito, mas acho que não vai acontecer muita coisa. Esse filho da mãe teve o que mereceu.

Karen se levanta e dá um abraço em Jens. Ele sorri para ela e diz:

– Vamos chamar uma ambulância agora, depois levamos Ulla para a saleta para conversarmos um pouco. E mais tarde, é claro, teremos de falar com todos vocês.

Ele pisca para Karen, indicando que está nos prestando um grande favor. Nos próximos dez minutos, nos encarregamos de acalmar Jeppe e compor nossa própria história. Vovô apareceu; foi violento; vovó o acertou – é assim que ela quer que seja. Está fazendo isso por nós.

***

Obviamente, o resto do dia se passa numa grande comoção. Ambulância, mais policiais, jornalistas, curiosos de plantão, a neve caindo, além de um estresse redobrado, até que tudo chega ao fim e eles levam vovó. Despeço-me dela com um abraço de partir os ossos. Quando o carro sai, para de nevar.

Respiramos aliviados depois que todos vão embora e ficamos sozinhos. Percebemos que ainda não acabou – nesse momento, no entanto, podemos relaxar, pois somos só nós. Todos olham surpresos para mim.

– Por que você fez isso? – pergunta Jeppe, sem compreender.

Meço minhas palavras, mas não há explicação.

– Porque você é meu amigo.

Eles não dizem nada, e Jeppe olha para mim, agradecido. Percebo que ele e Bike estão de mãos dadas e sinto-me feliz por saber que Bike ainda cuida dele. Marianne olha para mim de um jeito que nunca olhou. É confuso.

– O que foi?

Ela não diz nada, apenas me arrasta para o quarto.

A história de Marianne

Vejo nos olhos dela que algo monumental está prestes a acontecer. Ela me coloca sentado numa cadeira, monta em cima de mim e me cobre de beijos fortes e cálidos. Resolvo arriscar e levar minhas mãos até os seios. Ela não tenta me impedir, então deslizo as mãos por dentro da blusa. Ela continua sem me impedir, e fico tão aturdido que por um momento começo a apertá-los em vez de acariciá-los. Quando recupero o controle das mãos, desabotoo o sutiã e tiro sua blusa. É quando me detenho completamente, porque a visão dos seios dela leva meu coração a um ritmo descontrolado. Ela sorri e se afasta um pouco para trás, deixando à mostra meu quadril, e olha para mim de uma maneira extremamente sensual enquanto desabotoa minha calça. Meu pau se manifesta. Ela se levanta, tira a calça e a calcinha. Está completamente nua diante de mim, e a mera visão de seus pelos pubianos ruivos é o bastante para quase me fazer gozar. Ela quer se sentar em mim, mas eu a interrompo:

– Não, fique aí um instante. Quero olhar para você.

Ela obedece.

– Deus, como você é bonita! – digo, e inclino-me para tocá-la docemente. Deixo as mãos deslizarem dos seios à barriga enquanto a beijo, depois passo as mãos até certo ponto. Ela treme um pouco e eu olho nos olhos dela, só para garantir. Ela abre um sorriso alegre e me diz:

– Adoro como você me toca. É tão gentil.

Levo as mãos de volta aos seios. Levanto-me um pouco e encosto os lábios nos mamilos. As mãos dela buscam meu pau, mas só conseguem alcançá-lo quando me levanto para beijá-la. Ela segura forte meu pau e começa a movimentá-lo, deixando-me ofegante. Continuo tocando-a, e agora levo os dedos entre as pernas dela. Quando percebo que ela treme um pouco mais, penetro-lhe um dedo. Está aberta, molhada. Ela solta meu pau e tira minha mão bruscamente. Por um momento penso que fiz alguma coisa errada, mas ela me empurra com força em cima da cadeira. Depois senta sobre mim e transamos com uma intensidade acumulada.

No meio da transa, Bike bate na porta e pergunta se quero falar com o pessoal do *Skjern-Tarm*. Eles estão ao telefone, mas não consigo me concentrar o bastante para dizer as palavras – portanto, não respondo. Ele continua na porta, e agora escuta. De repente, ele grita:

– Caramba, eles estão transando!

Na mesma hora, ouço Karen berrar:

– Jonas, saia da porta! – e depois de dez segundos: – Jonas, saia daí agora!

Depois disso, Marianne continua sentada em cima de mim, me abraçando bem forte. É um sentimento maravilhoso, quero ficar sentado aqui, brincando com o traseiro dela.

– Agora vou te contar tudo – sussurra ela, mordendo minha orelha.

Ela olha para mim para ver se escuto: nunca na minha vida ouvi nada com tanta atenção.

***

Ela tem 13 anos quando sua mãe decide que se tornar Testemunha de Jeová é a solução para todos os erros que cometeu até o momento. A decisão é fácil: a tia e a prima de Marianne já são membros.

– Temos brigas gigantescas porque eu não quero me converter. É constrangedor, mas mamãe adoece e fica muito triste, eu me sinto culpada e prometo tentar. Eu tento, mas depois brigo com minha mãe de novo e ela volta a adoecer e a ficar triste, e eu me sinto culpada de novo. No fim, desisto.

Desde que Marianne nasceu, a mãe sofre de depressão e tem a saúde frágil, mas as Testemunhas de Jeová a fazem se sentir notavelmente melhor – física e emocionalmente –, o que leva Marianne a aceitar sua nova vida, apesar de tudo:

a perda dos amigos, do estilo de se vestir, das ambições. Ela faz novos amigos, compra novas roupas, se interessa por coisas novas, mas é tudo fingimento. Só se permite ser ela mesma quando está sozinha.

Mathias é o primeiro rapaz que ela beija, o que acontece quando ela tem 20 anos e uma fama de ser inacessível. Ele a acompanha até em casa e a beija. Um beijo meio roubado – não houve nada que levasse a isso.

– Durante mais ou menos um ano, nos beijamos de vez em quando. Um beijo totalmente inocente, mas agradável, ainda que seja com Mathias.

Ela tem 21 quando os dois ficam noivos. Todos dizem que são perfeitos um para o outro. O noivado se prolonga e deixa Mathias sexualmente incontrolável, mas Marianne não quer se casar com alguém tão certinho: ele precisa mostrar a ela que não é tão perfeito. É nesse momento que Marianne conhece Emir.

Ela bate na casa dele e Emir abre a porta. Ele é albanês, o único de Tarm. É formado em engenharia, mas não consegue encontrar trabalho em Aarhus, onde mora sua família, então se muda para Tarm. Marianne pergunta se ele não quer ouvir alguma coisa sobre a Bíblia. Emir não quer, pois é muçulmano. Mas ele não diz isso para Marianne; ela é muito bonita e Emir está sozinho. Ele a escuta, assente com atenção e olha boquiaberto para os seios dela.

– É claro que eu percebo, mas resolvo ignorar, da mesma maneira que fiz com você. Meus seios são bonitos, não são?

– Seis seios são perfeitos – digo sem a menor hesitação, segurando cada um deles com firmeza.

– Obrigada – diz ela, feliz.

Marianne fala com Emir sobre o Armagedom e Jesus como rei da Terra. Depois de um tempo, Emir se levanta, agitado. Ela percebe que ele reúne coragem para fazer alguma coisa. Ele passa por trás de Marianne e desliza a mão até seus seios. Alarmada, ela pula do sofá. Ele parece igualmente alarmado, como se não acreditasse no que acabara de fazer. Ela vai correndo para casa. Continua assustada durante uma hora, mas depois começa a se tocar. No dia seguinte, ela volta e pergunta se Emir não quer ouvir alguma coisa sobre a Bíblia.

Eles se encontram escondido durante quase um ano. Marianne passa o tempo inteiro planejando uma maneira de estar com Emir sem ser descoberta. Quando ela sai para passear nos bosques, é sempre para encontrar Emir atrás de uma árvore, ou contra uma árvore. Muitas vezes, está frio e úmido. Quando visita a prima em Copenhague – o que de repente acontece quatro vezes naquele ano –, ela passa quatro dias a mais na cidade, sai com Emir para beber, transar e tatuar uma borboleta na bunda e no peito. A tatuagem é uma promessa para si mesma: ela não pode se casar com Mathias com uma tatuagem na bunda. A proximidade entre Marianne e Emir é grande, mas dentro dos limites que o segredo permite. Emir quer que todos saibam sobre eles, mas Marianne tem medo. É uma situação de merda, porque Emir também enfrenta muitos problemas. Os pais dele o querem mais próximo da família e que se case com uma muçulmana. Eles o apresentaram à filha de dois amigos. Ela não é estúpida, nem feia, e Emir consegue facilmente se imaginar casado com ela – quer dizer, se ele não estivesse se encontrando com Marianne. Há uma pressão implícita por parte dos pais dele, que não entendem por que ele ainda não se casou. A mãe de Emir pergunta, nervosa, se ele tem interesse em homens. É o momento mais embaraçoso de sua vida. Emir implora que Marianne revele tudo, mas ela não pode.

É claro, as pessoas notam que ela está diferente. A mãe de Marianne e Mathias têm longas conversas com ela. Está incomodada com alguma coisa? Então por que sai sempre sozinha para longas caminhadas? Por que não quer se casar? Afinal, eles formam um casal perfeito. Todos dizem isso. Ela não consegue explicar por que não, então usa a palavra que funciona – a palavra que sua mãe sempre usou para fazê-la entender que não estava bem.

– Digo-lhes que estou triste.

A mãe se assusta, porque sabe o que a palavra significa. Ela protege Marianne e faz de tudo para que tenha tranquilidade e privacidade. Mathias não entende.

Ela realmente se convenceu de que precisa fazer alguma coisa: ou seja, se libertar. Só precisa conseguir a coragem que falta, mas Emir se precipita e estraga tudo. Ele parece distante por algumas semanas, até que um dia não aparece. Marianne espera durante mais de uma hora em seu esconderijo secreto. Está frio e ela se sente muito sozinha. Ele voltou para Aarhus, para a família, para uma namorada real. Não teve coragem de se despedir, mas manda uma carta, que é aberta pela mãe de Marianne.

– Chego em casa e lá está mamãe com a carta na mão. Ela me entrega o envelope. Não parece brava; ao contrário, parece triste por mim. Começo a ler a carta e enrubesço. Mamãe me conforta.

Ela conta tudo para a mãe. Não há reprimendas, apenas consolo. Quando ela termina de contar a história, a mãe lhe diz com tranquilidade:

– Você queimará no inferno por causa disso.

Ela chama Mathias na mesma hora e lhe conta tudo, palavra por palavra.

– Sou excomungada. Tenho que me sentar nos fundos durante as reuniões e não posso conversar com ninguém, e ninguém pode falar comigo. Nem mamãe fala comigo, embora eu saiba que ela quer. Ela sofre, fica triste, deprimida e doente, quer dizer, muito doente. Ela morre quatro meses depois.

Nesse momento, Marianne me abraça mais forte.

– Confio em você. Sei que estará do meu lado, não é? – sussurra ela no meu ouvido.

Concordo intensamente com a cabeça. É inacreditável o quão frágil ela se tornou em meus braços. Ela sempre foi forte, e aqui estou eu, sentado com as mãos na bunda dela, sentindo-me o super-homem. Dou-lhe um beijo suave na testa.

Marianne se senta na última fila durante as reuniões e recebe olhares penetrantes de reprovação. Por que ela não foge? Porque é tudo o que tem. Para onde ela iria? Por isso fica. Mathias adora subjugá-la, protegê-la contra os outros e contra ela mesma. Faz seis meses que a excomunhão foi anulada e Marianne pode voltar a evangelizar. É de Mathias esse mérito: ele "lutou" por ela, prometeu mantê-la na linha, de acordo com a moral e os bons costumes. Ela não pode ir a lugar nenhum sem ele.

– Sei que um dia consigo me libertar. Mas ainda não sei como, e é quando você surge. Você parece maluco, mas também parece honesto e errado na medida certa.

Levanto-me sem tirá-la do meu colo; giro o corpo e a coloco na cadeira, pressionando meu ventre contra o dela. Feliz, ela deixa escapar umas risadinhas – e assim transamos de novo.

Morre vovó

Não consigo dormir, tenho coisa demais na cabeça. Vivo algo grandioso, muito maior que com Silje, pois agora minha vida está em outro momento. Marianne repousa a cabeça no meu peito. Está roncando de um jeito silencioso e tipicamente feminino: é adorável. Ela não tem problema nenhum para dormir: basta encostar o corpo no meu e fechar os olhos. Puxo um pouco o edredom e deixo sua bunda à mostra. Lá está a borboleta. Ouço a porta da frente se abrindo. Por um breve momento, tenho medo de termos nos esquecido de trancá-la e de estarmos sendo invadidos na calada da note, mas é Karen quem entra. O que faz aqui tão tarde? Deve ser quase 3 horas da manhã. Ela bate na porta do quarto gentilmente e sussurra:

– Nikolaj? Nikolaj?

Marianne desperta um pouco conforme levanto sua cabeça do meu peito e a repouso sobre o travesseiro. Tem um sono muito bom. Ela é boa em muitas coisas. Levanto-me, visto cueca e camiseta e abro a porta. Karen traz uma expressão preocupara no rosto, mas estamos no meio da noite, estou cansado e não consigo adivinhar do que se trata.

– O que faz aqui tão tarde? – murmuro com voz de sono.

Ela procura a forma mais gentil de dizer, mas não há muitas maneiras de dizer essas coisas.

– Nikolaj, sua avó morreu.

Como eu não digo nada, Karen continua falando. Vovó está morta e eu não me sinto triste. Não há dor. Ao contrário, sinto um orgulho estranho.

– Ela morreu dormindo. Não sofreu nada.

Assinto e Karen me abraça.

– Tudo bem, Nikolaj. Não fique triste.

Continuo sem dizer nada, porque sei que não posso dizer que estou orgulhoso. Soaria cínico, quando na verdade não é. Jesus disse que ela não podia morrer com o peso da culpa, e ela morreu feliz. Karen me solta.

– Vá se deitar com Marianne, eu cuido de tudo.

Aninho-me a Marianne e tento tranquilizar minha mente. Ela reclama um pouco no sono, porque eu mexo demais. Levanto gentilmente sua cabeça do travesseiro e a coloco de novo sobre meu peito. Ela não está acordada, mas também não está dormindo. Nesse estado letárgico, seus lábios encontram os meus. Nos beijamos. Ela me beija durante o sono, eu a beijo acordado. Afasto-me dela e a deixo cair desajeitada no colchão. Ela está deitada de bruços e eu puxo o edredom. Dormindo, ela murmura que está frio, mas se está frio, por que sinto esse calor agradável? Deito-me por cima dela.

– Nikolaj, você é muito pesado – diz ela meio adormecida, mas não vou deixá-la dormir.

De repente, ela arqueja: estou dentro dela. Ela ergue a pélvis para facilitar a penetração e eu começo a me movimentar. Quero gozar o mais rápido possível para tranquilizar minha mente, mas por alguma razão, não consigo. Ela fica de quatro e bate a bunda contra meu quadril. Estou transpirando e gemendo sobre ela, mas não gozo e seguro meu pau. Ela se vira de pernas abertas e volto a penetrá-la. Quando finalmente gozo, meu corpo despenca sobre ela e eu digo, ofegante:

– Vovó morreu.

Durmo imediatamente e sonho que eu e Marianne fizemos amor com muita ternura. Um sonho maravilhoso, mas não chega aos pés da realidade.

***

Na manhã seguinte, acordo sozinho. Saio pela casa procurando os outros. Jeppe ainda dorme. Teve uma noite complicada, e Bike teve que embebedá-lo para que conseguisse dormir. Ele ainda não sabe que vovó morreu. Será um choque, pois ele vai se sentir culpado, quando na verdade a culpa não é de ninguém: é só como tem de ser. O telefone tocou a manhã inteira; jornais de circulação local e nacional tentam falar comigo. É uma história sensacional – não é todos os dias que celebridades se envolvem em assassinatos. Nem eu nem vovó somos celebridades, pelo menos não nacionalmente – mas não estamos longe disso; num país onde temos tão poucas estrelas, somos famosos. Karen me protegeu para garantir que eu dormisse depois de receber a triste notícia. Kaj está lá fora para garantir que ninguém aperte a campainha. Beijo Marianne amorosamente; Bike dá uma risada.

– Vocês me acordaram ontem à noite.

– Oh!

– Você grita muito!

O rosto de Marianne enrubesce de alegria, ainda que seja estranho dizer isso quando vovó acaba de morrer. Sento-me e me sirvo de uma xícara de café.

– Ela morreu dormindo?

Karen assente, aliviada pelo meu tom de voz tranquilo.

– Numa cela?

– Não, no sofá do departamento de polícia. Ela precisava descansar um pouco, e dez minutos depois Jens a encontrou já morta.

– O que acontece agora?

– Como assim? – pergunta Karen.

– O que fazemos com o funeral e tudo mais?

Karen cuida dessas questões. Ela resolve os detalhes práticos, como funeral, inclusive o de vovô, e não tenho que me preocupar com nada, a não ser com meu estado de espírito. Ela me garante que nada vai desmoronar, sobretudo eu mesmo.

***

O funeral é marcado para cinco dias depois – um longo período de perseguição da imprensa. Jornais, rádio, televisão, todos nos procuram incansavelmente, mas também sem nenhum sucesso. As pessoas tentam nos cercar, mas não deixamos. Do meu esconderijo atrás da veneziana, vejo Kaj explicando para um jornalista da revista *Se & Hørs* que estacionar na frente do 22 da Poppelvej é uma estupidez. Estamos em Tarm, e aqui nos comportamos com decência. Há um fotógrafo que se esconde no jardim da casa vizinha e acaba brigando com o dono, que tenta expulsá-lo. Jens prende o fotógrafo em flagrante. A rádio Klitholm promove uma campanha que chama de "Fora os invasores". Eles acham que todos os fotógrafos e jornalistas que não são de Tarm devem ser mandados embora da cidade. As pessoas gritam com eles na rua; alguns até levam cusparadas. O *Skjern-Tarm* publica uma montanha de cartas me apoiando e defendendo: é o único jornal com o qual converso. Nós os convidamos na manhã seguinte à morte de vovó e lhes damos um resumo da história. Ela estava se protegendo, e a violência foi seu último recurso. Preenchemos toda e qualquer lacuna da história com drama, violência e paixão. Eles tiram uma foto de Marianne com o rosto machucado para respaldar a história. Jens confirma nossa versão, inclusive os detalhes que são mera conjectura.

***

O enterro transcorre tranquilamente, exceto pelos constantes soluços de Jeppe. Os últimos cinco dias foram mais difíceis para ele do que para qualquer um de nós. Ele se convenceu de que é um caso perdido. Só estamos nós cinco no funeral, além de Kaj e Jens. Ninguém conhecia vovó o bastante para querer se envolver; no entanto, há sete pessoas a mais que no enterro de vovô. Jornalistas e fotógrafos nos deixam em paz – todos temem o que pode acontecer se nos incomodarem. Conforme o caixão é baixado, percebo que há mais um convidado, parado a uns trinta metros de distância, observando a cerimônia. Inclino-me sobre Marianne e sussurro:

– Preciso sair um instante. Jesus está aqui.

Marianne olha rapidamente ao redor, mas ele dobra uma esquina antes que possa ser visto. Pego Jeppe pelo ombro.

– Venha. Vou te apresentar Jesus.

Jeppe está feliz

Não entra na cabeça de Jeppe o fato de Jesus estar no cemitério de Tarm. Seus olhos saem de órbita. Esperamos durante trinta longos segundos de silêncio um movimento qualquer que nos permita prosseguir. Jesus está visivelmente incomodado com a presença de Jeppe, mas eu tenho uma sensação cristalina de que faço a coisa certa.

Limpo a garganta e digo:

– Ela morreu sem o peso da culpa. Está orgulhoso de mim?

Jesus assente, distraído; sua atenção está voltada para outra pessoa.

– Como vai, Jeppe? – pergunta ele, com a voz grave e profunda.

– Não muito bem.

– É mesmo impossível se sentir bem depois de matar um homem.

Jeppe olha para mim como se eu tivesse revelado nosso segredo, mas eu jamais faria isso. Jesus nos tranquiliza imediatamente:

– Ninguém vai saber. Não foi sua intenção, e você está arrependido. Estou certo, Jeppe?

Jeppe concorda freneticamente com a cabeça.

Jesus não pode ignorar a angústia de Jeppe, é claro. Ele se aproxima de Jeppe e segura a cabeça dele, que desaparece em suas mãos que mais parecem patas, de tão grandes que são. Jesus puxa Jeppe para perto de si.

– Quem sou eu?

– Jesus – diz Jeppe sem hesitar. – Não quero mais me sentir desse jeito. Me prometa que não vou me sentir mais assim.

Jesus olha para mim.

– Nikolaj, me deixe sozinho com Jeppe um instante, por favor?

Sou pego de surpresa: afinal de contas, Jesus é meu, mas não posso contestar – afinal, levei Jeppe comigo. Distancio-me algumas centenas de metros e me sento num banco. Espero um longo tempo, pelo menos uma hora. Por fim, minha bunda está tão gelada que não consigo mais suportar e volto até onde os dois estavam: Jesus foi embora; Jeppe delira de alegria. Olho à nossa volta sem entender, mas é isso: Jesus não está mais aqui.

– Onde está Jesus?

– Saiu.

– Para onde ele foi?

Jeppe dá de ombros e eu praguejo de irritação. Ele não pode ir embora sem falar comigo, que babaca! De repente sinto Jeppe me abraçando por trás. Ele encosta a cabeça nas minhas costas e me aperta para demonstrar que o abraço é mesmo especial.

– Eu te amo como amigo.

É um jeito engraçado de dizer.

– Você também é meu amigo.

Já disse isso mil vezes para ele.

– Não é isso que quero dizer. Eu te amo como amigo, não estou mais apaixonado por você.

Eu continuo imóvel. Nem meu coração se atreve a bater.

Solto-me do abraço dele e me viro, com um olhar de surpresa. Quando nossos olhares se encontram, ele me segura pelo pescoço e me beija. É um beijo forte e intenso – nada ruim, na verdade. Não sei por que não o empurro e deixo que me beije.

Jeppe sorri enquanto voltamos para casa.

– Não vou beijá-lo de novo. Não precisa ter medo disso. Mas vou beijar Bike.

– Você não acha que Bike vai estranhar se você começar a beijá-lo?

Ele balança a cabeça, sorrindo.

– Não... acho que ele vai gostar.

De repente, a ficha me cai.

– Você já o beijou! – digo, atônito.

– Não, ele que me beijou.

***

Quando chegamos em casa, não consigo não olhar para Bike. Ele me parece diferente agora, parece gay. Ouço Marianne falar com Jeppe.

– Como assim? Não acredito.

– Ele estava lá. Eu conversei com ele.

– Não acredito, Jeppe.

– Ele é real – diz Jeppe, resoluto.

***

Naquela noite, quando Karen e Kaj vão para casa, estou na sala com Marianne quando de repente ouvimos uma série de gemidos vindo do quarto de Bike. Sinto-me desconfortável, pois posso adivinhar do que se trata, mas como Marianne não sabe, ela corre para ver se Bike se machucou. Tento dizer alguma coisa, mas as palavras ficam presas na garganta. Ela chega até a porta, gira a maçaneta e eu penso "Tomara que esteja trancada", mas não está. Ela grita, fecha a porta, olha para mim com expressão de choque, depois se decompõe numa gargalhada gigantesca. Ela tenta me contar o que viu, mas não quero saber.

LA LA LA LA LA LA LA LA LA LA LA LA LA LA LA LA LA LA LA LA LA LA LA LA LA LA LA LA LA LA LA LA LA LA LA LA LA.

Meia hora depois aparece Jeppe, todo suado. Ele ri presunçoso e Marianne sai andando pela sala, gritando:

– Que legal, que legal, que legal!

Ela o abraça e despenteia o cabelo espetado de Jeppe.

– Há quanto tempo isso está acontecendo?

– O quê? Você viu?

– Sim.

– É a primeira vez, mas estamos nos beijando há algum tempo.

Ele vai até a cozinha e pega um copo com água.

– Alguém tem cigarro?

Tiro o maço do bolso e jogo para ele.

– Obrigado. Melhor eu ficar lá dentro com Bike – diz ele com um sorriso lascivo antes de se mandar com meu cigarro.

Depois disso, não consigo mais olhar Jeppe ou Bike nos olhos. Há uma tensão pairando na casa, e me sinto enjoado toda vez que ouço Bike gemer.

Ele não é Jesus

Alguns dias depois, saio para um passeio de namorados com Marianne. Andamos de mãos dadas, paramos para nos beijar e conversamos sobre várias coisas, bem do jeito que os namorados conversam sobre várias coisas.

– Você está feliz? – pergunta ela, de repente.

Eu hesito, porque sei que ela vai ficar magoada se eu disser que não.

– Não exatamente, mas estou bem perto disso.

Ela assente.

– Estou feliz.

Que maravilha, me alegra ouvir isso.

– Você me ama?

Nisso não preciso hesitar.

– Sim, amo muito.

– Então por que não está feliz?

– Porque não tenho permissão para isso.

– Não tem permissão? Quem disse?

– Eu disse.

Ela parece chateada.

– Bem, você é tudo de que eu preciso. Não preciso de permissão.

Ela não diz nada durante um tempo, depois prossegue:

– Jeppe me contou que conheceu Jesus, que ele é real. Um grandalhão de sandálias.

Ela tentou falar sobre isso antes, mas não sabia por onde começar.

– Sim, Jeppe precisava vê-lo. Mas não acho que Jesus o tenha tornado gay.

– Você não acha estranho?

– Sim, é nojento.

Ela fica irritada: não está falando de Bike e Jeppe, não há nada de nojento no amor. Peço desculpas imediatamente; ela está certa, é claro. Eu é que estou sendo fresco demais. Eu não acho estranho receber conselhos de um sujeito que usa sandálias? Ponho-me na defensiva.

– Ele não é um sujeito qualquer. É Jesus.

– Não, ele é um homem que diz ser Jesus.

– Você não reclamava disso antes.

– Não quando eu pensava que você era maluco, mas agora me parece muito pior: você aceita conselhos de um maluco.

Caminhamos em silêncio algum tempo. Não estou com raiva. Entendo o que ela diz, e acho que ela me entende. Ela para e me abraça forte.

– Não quero te deixar com raiva, Nikolaj.

Inclino-me e a beijo.

– Não estou com raiva, mas ele significa muito para mim.

– Ele não é Jesus.

– Como você sabe?

– Porque Jesus exigiria sua crença em Deus, e você não acredita em nada.

***

Chegamos e encontramos Bike e Jeppe na sala. O braço de Bike envolve Jeppe, e eu nunca vi Jeppe tão em paz. Me aproximo e dou-lhe um tapa na perna para que libere espaço no sofá para mim.

– Você sabe que ele se apaixonou por mim primeiro, não sabe?

Acabo de chegar e torno a situação ainda mais estranha. Marianne vem e se senta nos meus pés. Preciso pedir desculpas de algum modo por ter sido tão inconveniente. Não podemos viver assim. Inclino-me um pouco para frente e encosto as mãos em Marianne, tentando buscar no contato físico alguma tranquilidade.

– Me desculpem por me comportar como um idiota. Estou agindo de uma maneira muito estúpida com tudo isso. É maravilhoso que vocês estejam juntos. Só estou me sentindo excluído.

Marianne aperta minha mão de leve. Bike e Jeppe não dizem nada.

***

Vamos nos deitar, mas continuo acordado quando Jeppe bate na porta. Abro quase instantaneamente. Ele quer me dizer alguma coisa e imagino o pior. Começo a chorar incontrolavelmente quando ele diz que os dois vão se mudar. Não o ouço dizer "para a casa de Bike". Acho apenas que estão indo embora e que perderei dois dos meus melhores amigos. Jeppe e Marianne tentam me acalmar, pois não paro de chorar, até que Jeppe também começa a chorar e Marianne tem que consolar os dois. Depois de dez minutos, entendo que eles são meus amigos mais do que nunca: querem apenas viver como um casal daqui em diante. É por isso que estão se mudando para a casa de Bike, que está vazia, esperando por eles. Me alegra saber que não vão para longe, e abraço Jeppe, aliviado. Quando deitamos de novo, Marianne me diz:

– Agora podemos andar nus pela casa o tempo todo – e desaparece embaixo do edredom. Só nesse momento é que agradeço o fato de Bike e Jeppe estarem se mudando.

Todas as noites eu acordo por um instante e a toco ternamente, só para garantir que seu sono é profundo. Ela nunca acorda; pode passar um tornado que ela continua dormindo, desde que eu esteja ao lado. Passo a mão pelas costas dela, depois desço pela cama, beijo-lhe a borboleta e fecho os olhos de novo. De manhã acordo sabendo que existe algo de especial que só nós dois compartilhamos. Mas isso não é felicidade... ou será que é?

Estamos perto do fim

Durante os últimos meses, Marianne entra em contato com Camilla quase diariamente para acertar todos os detalhes. Não foi fácil sequer começar a convencer Silje, mas Camilla está cansada e quer a velha Silje de volta. A primeira vez que Camilla toca no assunto, Silje olha para ela como se estivesse diante de uma maluca. Silje acusa Camilla de ser uma péssima amiga, embora peça desculpas imediatamente quando percebe o quanto a magoou.

– Silje, é como quando uma vítima de violência se encontra com o agressor. A situação adquire um tamanho desproporcional na mente, mas quando o encontro acontece, a pessoa se dá conta de que é inofensivo – diz Camilla.

– Não existe "como" nesse caso. Eu sou vítima de violência. Por que o encontraria agora? Você nunca gostou dele.

– Não, e continuo detestando-o. Mas é por você. Ele será vigiado, Silje, não vai poder fazer nada. Eu acabo com ele se fizer qualquer gracinha.

Silje então percebe que isso é importante para Camilla.

Camilla também conta que encontrei Jesus e me transformei em um jutlandês educado e pacífico. Minha nova namorada também estará lá.

– Ele está namorando?

– Sim, com a Marianne. Ela é adorável.

– Você está maluca? Não quero saber se ele tem uma namorada adorável. Não quero que ele seja feliz.

– Ele não é. Ele desmaiou quando viu você aquele dia, perto do ensaio. Você o deixou assustado e ele caiu no meio da rua. Foi levado numa ambulância.

Silje sorri feliz. Há mais de um ano ela não ouve algo tão interessante, e Camilla se enche de força.

– Se você concordar, faremos tudo do nosso jeito.

Até Silje se surpreende com as próprias palavras:

– Vou pensar; mas a oferta tem de ser realmente boa.

***

As condições:

(1) Cachê:

Cobram 150 mil coroas por show. Planejam três apresentações – duas com as músicas de mamãe e uma com as músicas de Silje, somando 450 mil coroas. Karen quer que negociemos. É uma questão de princípios, pois as pessoas devem receber por aquilo que valem e nenhum centavo a mais. A Grith Okholm é boa, mas não vale 450 mil coroas.

– Para nós, vale sim – digo, colocando um ponto final antes que a discussão comece.

(2) Assessoria de imprensa:

– Ah, esse é o nome de vocês a partir de agora? Tudo bem, vamos chamá-los assim então. – Marianne desliga o telefone. – A banda não se chama mais Grith Okholm Jam. Agora o nome deles é Silje Kjær Band.

Aparentemente, Silje decidiu que se tiver de fazer os shows, será a última vez que canta as músicas de mamãe. Ela não dá explicação nenhuma, apenas insiste que tem de ser assim.

Prometemos anunciar os shows com o nome Silje Kjær Band. Começo a falar sobre Silje em todas as entrevistas que dou. Digo que ela é a cantora mais talentosa da Escandinávia. Damos destaque ao nome da banda nos cartazes que circulam no país inteiro. Esse não é um pedido deles; estamos apenas fazendo o impossível para convencê-la.

Silje se sente confusa quando vê seu nome espalhado aos quatro cantos, em destaque nos cartazes, mesmo sem ter concordado em fazer os shows, mas Camilla diz para Marianne que Silje está lisonjeada e que estamos no rumo correto.

(3) Questões práticas:

Não querem tocar antes de qualquer artista consagrado; isso os faria parecer uma banda de abertura. Devem ser a principal atração, e o último show vai fechar o festival. Como não querem ficar em Tarm enquanto se apresentam, fazemos reservas para todos no hotel Vestjyden, em Skjern. Também nos pedem para providenciar um ônibus totalmente equipado para se deslocarem durante o festival. Conseguimos um e nos esforçamos para que disponha de tudo que se possa imaginar dentro de um ônibus de turnê.

(4) Eu:

Não tenho permissão para assistir aos dois primeiros shows, pois deixaria Silje estressada demais. Posso assistir ao último, no entanto. Aparentemente, é importante que eu esteja presente na última noite. Marianne pergunta por que, mas Camilla não diz.

– Ela vai contar para todo mundo o que Nikolaj fez? – pergunta Marianne.

– Talvez. Ninguém pode impedi-la de fazer isso.

Nós nos encontraremos no ônibus de turnê uma hora depois do último show. Se eu tentar falar com Silje antes, posso me esquecer de encontrá-la. Camilla deixa totalmente claro que Silje tem medo de me encontrar, e que se eu me comportar de maneira inapropriada, está tudo acabado. Elas estabelecem as regras do nosso encontro, não eu.

***

Mesmo que tenhamos concordado com todas as exigências de Camilla, Silje ainda tem dúvidas. Duas semanas antes do festival, Camilla resolve que é preciso dizer sim ou não definitivamente. Ela pergunta a Silje na frente dos outros membros da banda (que voltaram sabendo que há montanhas de dinheiro envolvidas) se eles vão ou não vão tocar. Silje fica furiosa porque se sente numa armadilha, mas precisa dizer alguma coisa, e o faz de modo simples e doce:

– Sim, vamos tocar.

A banda delira na sala de ensaios.

Camilla liga para Marianne na mesma hora.

– Ela concordou.

Marianne suspira de alívio.

– Ótimo. E você, está tranquila?

Camilla não diz nada, mas Marianne escuta sua respiração.

– Camilla?

– Não quero que ele encoste o dedo nela!

Tarm está em êxtase

Estimamos que o público de visitantes que não moram na cidade não passa de 8 mil (a quantidade real passa dos 15 mil, o que é muito para os padrões de Tarm). Tenho diversas reuniões com Karen e Mogens. Tudo segue de acordo com o planejado. Contratamos as bandas, solicitamos banheiros químicos (em quantidade insuficiente dado o sucesso do festival, o que significa que Tarm exala urina durante todo o feriado), tendas, barris de cerveja, além de autorizações da polícia e do corpo de bombeiros. Não estou envolvido nas resoluções práticas. Karen e seu exército de voluntários cuidam de tudo. Eu apenas aprovo as decisões e pago o que tem de ser pago. Além disso, dou uma ou outra entrevista sempre que me pedem.

Sou o porta-voz do festival. A história é boa – quer dizer, o fato de eu organizar um festival em homenagem à minha mãe na cidade em que ela nasceu –, por isso todas as rádios e redes de televisão, todos os jornais e revistas querem participar. Mogens está emocionadíssimo, porque Tarm é mencionada todos os dias nos noticiários. A cidade nunca recebeu tanta atenção da mídia, e Mogens insiste que esse tipo de propaganda é impagável. Seu momento mais feliz é quando o *Politiken* escreve que existe uma relação praticamente de irmãos entre Tarm e Skjern, sendo que Tarm é o irmão maior. Ele recorta o artigo do jornal e afixa no quadro de avisos. Numa entrevista que dou para o *Skjern-Tarm*, digo que ele é um homem de visão, e que se mamãe tivesse recebido uma visita dele, com certeza já teria cantado em Tarm. Quando nos encontramos depois disso, ele me mostra o artigo, dá um tapinha no meu ombro e diz:

– Obrigado, Nikolaj.

A cidade inteira está empolgada de uma maneira estranha, porque não é só empolgação: é também um alívio. Ou seja, a empolgação gerada pelo alívio. Há muitos anos a cidade nutre um amor por mamãe que nunca foi retribuído. O festival é a confirmação de que esse amor não foi em vão. Estou agindo como o intérprete de mamãe, e digo que os amo a ponto de gastar com eles meus milhões. Quanto mais nos aproximamos do festival, mais experimento uma cordialidade quase violenta. As pessoas me abraçam espontaneamente na rua sem dar a menor explicação. É esquisito fazer parte dessa comoção – afinal, tentei evitar mamãe a vida inteira; agora, no entanto, não posso mais fugir. O festival é minha forma de abraçar mamãe e deixar que ela me abrace.

Não me sinto nada inferior

Meu gerente do banco entra em contato e me diz, cauteloso, que gastei 15 milhões de coroas em um ano.

– Uau. Mas não estou em falência, estou?

– Não, claro que não – ele se apressa em responder. Eu odeio quando o banco se intromete e eles sabem disso. – Só achei que você devia saber que seus gastos estão descontrolados.

– Não estou descontrolado. Gasto apenas o que precisa ser gasto – digo, irritado.

Continuo rico e, a propósito, penso em arrumar um emprego depois que tudo isso acabar. Já me inscrevi para trabalhar no correio. Quero ser carteiro em Tarm. Não tenho razão nenhuma para me envergonhar de ser carteiro, porque não sou meu pai. Karen está orgulhosa de mim, porque isso prova que sou um deles. Sem demora, ela conta a novidade para Bitten.

Trecho de um programa de rádio

Somos convidados para participar de um programa de rádio pouco antes do festival, e assim estamos nos estúdios da P3. O programa já começou, portanto já fomos apresentados. Falamos da minha motivação para realizar o festival. É claro, falamos muito sobre mamãe e sua relação com a cidade, mas agora o assunto sou eu e minha relação com Tarm. Mogens me acompanha como meu escudeiro loquaz.

APRESENTADOR: Mas o fato de ser em Tarm não é algo especial?

EU: Sim, porque mamãe nasceu em Tarm. E esse é o motivo, como já disse, de eu ter me mudado para cá.

APRESENTADOR: Mas morar em Tarm faz com que seja especial?

MOGENS: Com certeza é especial para Nikolaj. É a cidade dele. Nós cuidamos de Nikolaj e ele cuida de nós. É assim que agimos na Jutlândia, nós nos preocupamos uns com os outros.

EU: É verdade.

APRESENTADOR: Então não se trata apenas da sua mãe, mas também de você e de como se sente morando na cidade, não é mesmo?

MOGENS: É claro que sim. Se eu não soubesse de nada, diria que Nikolaj foi nascido e criado em Tarm, mas ele está aqui há apenas um ano. Já se passou mesmo um ano?

EU: Ainda não. Eu me mudei para Tarm em junho do ano passado. E também tem a ver com mamãe, sim.

MOGENS: Sim, claro que sim, mas é você que mora aqui hoje.

APRESENTADOR: E quando você se mudou para cá, se sentiu bem de imediato?

EU: Porra, com certeza! Perdão, deixei escapar um palavrão.

APRESENTADOR: Não se preocupe. E por que se sentiu tão bem?

EU: Não sei dizer.

MOGENS: Tarm tem muita coisa a oferecer. Tem um comércio agitado, paisagens muito bonitas, diversas atividades de recreação, uma pista de boliche. Há motivos de sobra para se sentir em casa em Tarm.

APRESENTADOR: Mas certamente não é por isso que você se sente em casa.

MOGENS: Essas coisas são importantes.

EU: Não, na verdade não são, Mogens. Tem a ver com o povo de Tarm.

MOGENS: Ah, mas é claro. O povo é o que mais importa. Nikolaj agora faz parte de uma forte comunidade.

APRESENTADOR: Como assim, tem a ver com o povo?

EU: Não sei. Só me sinto bem-vindo.

APRESENTADOR: Você se sente bem-vindo?

EU: Sim.

MOGENS: Ele foi muito bem recebido. Não tenho dúvidas disso.

APRESENTADOR: Mas o que quer dizer com "bem-vindo"?

EU: Não sei dizer exatamente. Tem a ver com a atmosfera.

APRESENTADOR: Existe uma atmosfera especial em Tarm?

MOGENS: Existe, sim. Tarm pode não ser uma cidade grande, mas somos muito especiais.

EU: Concordo com Mogens.

Bike ama Jeppe

Poucos dias antes do festival, eu e minha namorada vamos jantar com nossos amigos gays. Ninguém entende nada de cozinha, mas sei que pelo menos o arroz não pode ter gosto de carvão. Mesmo assim, comemos com um sorriso. No meio da noite, Bike se levanta da cadeira. Quer dizer alguma coisa e já bebeu o suficiente para ter coragem. Primeiro ele fala sobre mim e Marianne, sobre como formamos um casal adorável, e depois ele se vira para Jeppe, que sorri como se o estivesse mandando se sentar, mas ele não se senta. Durante dez minutos exatos ele fala sobre Jeppe e sobre o quanto Jeppe significa para ele. Não sei de onde ele tirou tanta coragem! Não consigo acreditar que ele simplesmente esteja de pé, sendo ele mesmo! Depois ainda diz que o ama, e para enfatizar ainda mais suas palavras, ele olha intensamente para Jeppe.

– Eu te amo.

Jeppe olha em volta em busca de ajuda, mas ele não precisa de ajuda. Quando vamos para casa, pergunto a

Marianne se agora posso parar de cuidar de Jeppe. Ela sorri para mim e pergunta:

– Você quer mesmo parar?

De repente entendo que nem tudo precisa acabar.

O festival

Faço a abertura do festival com Mogens. Nunca vi um homem de meia-idade tão nervoso. Estamos atrás de um imenso palco ao ar livre, que chamamos de Palco da Bola, porque foi instalado no maior campo de futebol de Tarm. Ele treme, transpira e não consegue ficar um segundo parado.

– Você está bem?

Ele apruma o corpo.

– Não, acho que estou um pouco nervoso. Tem um cigarro?

– Não sabia que você fumava – digo, entregando-lhe o maço.

– Não fumo há três anos. Minha mulher vai ficar uma fera.

As mãos dele tremem tanto que ele não consegue acender o cigarro. Pego o isqueiro da mão dele e seguro a chama. Ele dá uma tragada fortíssima, que parece acalmá-lo. Afrouxa o nó da gravata e desabotoa a camisa. Está ensopada. Espero que ele termine de fumar, embora já estejamos atrasados. Ele tenta reunir alguma coragem antes do discurso de abertura. Deve haver milhares de pessoas no gramado para nos ouvir, o que, por mais estranho que pareça, não me afeta em nada.

– Vai dar tudo certo, não vai? – pergunta ele, ansioso.

– O discurso? Claro que sim.

– Não, digo em geral. Não vamos parecer uns idiotas, não é? Será que conseguimos lidar com tudo isso?

Acabamos de perceber que subestimamos o poder de atração da minha mãe. Pessoas do país inteiro não param de chegar a Tarm.

– Conseguimos, sim. Vai dar tudo certo.

Ele respira aliviado e entra decidido no palco. Vou em seguida. Ele fala um pouco sobre minha mãe e a cidade, eu falo sobre minha mãe como pessoa e como artista, e seguimos passando a palavra um para o outro. Fazemos até algumas piadas. Quando terminamos, Mogens me abraça com um alívio perceptível. É esse abraço que fará dele um vitorioso quando Tarm e Skjern se fundirem numa só prefeitura. Pelo menos será sua fotografia oficial a partir de agora.

Depois de nós Thomas Helmig sobe ao palco, e depois dele quem se apresenta é Silje, por isso desapareço. Seria uma estupidez inequívoca se por acaso eu trombasse com ela e arruinasse o que planejamos.

Caminho sozinho pela cidade. Há muita coisa acontecendo. Há shows em todos os lugares, inclusive de várias bandas cover. Algumas são muito boas, mas nenhuma delas se equipara, nem de longe, à banda de Silje. Aprecio o festival e dou autógrafos até minha mão doer. Há pessoas em todos os cantos. Tarm nunca teve tanta gente feliz assim, sinto-me orgulhoso. Sento-me num banco junto ao riacho e observo com gosto os transeuntes. Abro um sorriso imenso, pois estou exatamente onde deveria estar, e começo a cantarolar "Med dig" por entre os dentes enquanto penso em Marianne. É a primeira vez que cantarolo uma música de mamãe. Fecho os olhos e deixo que a canção tome conta de mim. Quando abro os olhos, Karen e Kaj estão parados na minha frente. Olho para cima e vejo o maior sorriso que já vi na vida.

– O que foi?

– Você está cantando – diz Karen, surpresa.

– Não, estou cantarolando.

– Nikolaj, você estava cantando feliz e em voz alta!

Vejo no rosto dela que estou errado, e ela, certa. As pessoas olham para mim e meu rosto enrubesce. Ela se inclina para baixo e passa a mão no meu rosto. Rapidamente, seguro a mão dela antes que ela pense em se afastar. Ela leva um susto, não por ser eu, mas por causa da rapidez do movimento. Kaj dá um passo adiante, e eu digo rapidamente tudo que precisa ser dito. Nesse instante, a felicidade é tão grande que não consigo contê-la.

– Sou extremamente grato por você ter entrado na minha vida. Você é a melhor pessoa que já conheci e não faço ideia do que seria de mim se você não tivesse aparecido aquele dia com um bolo na mão. Estou feliz pra cacete por estar cantando as músicas da minha mãe, e é tudo culpa sua!

Solto a mão dela. Começo a chorar de alegria e tento me conter, mas não sou muito bom nisso. Karen está parada na minha frente em estado de choque, e de repente os olhos dela também explodem em lágrimas.

Segundo Jeppe e Marianne, Silje se saiu muito bem. Ela estava nervosa e muito introvertida, mas cantou bem. Bike, por outro lado, que já havia visto a banda tocar no Centro de Convenções de Herning, disse ter a sensação de estar vendo a banda cover de uma banda cover.

Não falta amor para ninguém

Torto chega para o festival na sexta-feira e traz consigo a baixinha de cabelo verde. Ela é uma graça, mas ingênua, porque tudo lhe parece kitsch. Solta altas gargalhadas quando vê as ruas repletas de jutlandeses bêbados, batendo palmas para acompanhar a música. Fingimos que nada acontece, mas é um tanto desagradável que ela continue olhando sem nenhuma reserva para as pessoas enquanto cai na gargalhada. Naquela mesma noite, depois do show mais chato da história – segundo sua descrição do segundo show de Silje –, ela começa a fazer gozação de um casal que dança numa das tendas de cerveja. Fica claro para todo mundo que ela está tirando sarro deles, é sorte que ela tem Torto para protegê-la. Quando mais idiota ela parece, maior parece Torto. Por fim, ele consegue controlá-la e trazê-la para nossa mesa. Karen, que há muito tempo quer dizer alguma coisa, inclina-se sobre a mesa e pega a mão dela.

– Não é muito educado rir dos outros desse jeito. Acho melhor você parar.

Ela se cala, pede desculpas depois de alguns segundos e se acalma. Não demora para começar a dançar abraçada a Torto.

É um pouco estranho quando Torto encontra Bike, mas só por uma fração de segundo: logo os dois se dão o abraço devido. Bike se encanta pela namorada de Torto e diz que ela é encantadora. É a primeira vez que a chamam de encantadora, e ela cai na gargalhada quando Bike lhe conta a história das cicatrizes que Torto tem no pau. Torto, por sua vez, fica irritado. Ela percebe, para de rir e sussurra algo no ouvido dele. Toda a irritação desaparece no ar. Passo os olhos de uma ponta a outra da mesa, surpreso. Kaj abraça Karen, Marianne está com a mão na minha bunda e Bike apoia a cabeça no ombro de Jeppe. Estou sentado numa mesa em que não falta amor para ninguém. Passo os olhos pela tenda. As pessoas cantam, dançam, se beijam e sorriem. Mais tarde dançamos todos ao som de Poul Krebs enquanto ele canta que todos precisam de um grande amor.

***

Ao voltar para casa com Marianne, falo do quanto eu a amo, porque preciso que saiba disso. Ela me pergunta de novo se estou feliz. Ainda não tenho permissão para isso, mas não quero viver sem ela. Ela promete que nunca vai me deixar. Naquela noite fazemos amor com tanta ternura que quase parecemos não nos tocar. Depois nos deitamos juntos e falamos sobre o dia seguinte. Algumas pessoas me dizem que faltou emoção nas duas primeiras apresentações de Silje. Ela canta muito bem, mas não se entrega. Marianne diz que ela precisa ousar. Silje parece frágil e minúscula naquele palco gigante.

– E então, o que fazemos a respeito?

– Vamos esperar até amanhã. Agora, não podemos fazer nada. Se eles querem que você assista ao show de amanhã, deve haver um motivo.

É claro que há, e acho que sei qual é. Até agora, Silje não disse nenhuma palavra sobre mim, mas temo que amanhã eu sofra um golpe e Tarm se volte contra mim. Eu os enganei para que me considerassem uma boa pessoa, mas boas pessoas não surram suas namoradas. Marianne promete que, não importa o que acontecer, ela sempre estará comigo. Ela se aconchega junto a mim e dorme no mesmo instante, mas é claro que não consigo dormir – é o medo do que vai acontecer amanhã.

Tiro a cabeça dela gentilmente do meu peito, vou para a sala e ligo a televisão. Sirvo-me de uma taça de vinho do porto e sento-me para beber, fumar e assistir a *Tal mãe, tal filha* para relaxar. Meu estômago não dói exatamente, mas sinto uma pontada nervosa. Estou sentado há algum tempo quando percebo que há alguém de pé atrás de mim. Suponho imediatamente que seja Marianne.

– Também não conseguiu dormir? – digo, e me viro. Droga, é Jesus. – Olá, o que você está fazendo aqui? – pergunto, surpreso.

Ele sorri.

– Vim me despedir.

– Como assim?

– Não nos veremos mais. Agora você já pode caminhar sozinho.

Demoro alguns segundos para entender o que ele diz. Levanto-me e lhe dou um abraço forte, de homens.

– Estou orgulhoso de você, Nikolaj.

– Obrigado. Você tem sido um grande amigo.

Ficamos um tempo na frente um do outro, até nos darmos outro abraço. Ele se vira e sai, mas eu preciso que ele me responda uma coisa antes que desapareça:

– De verdade que você é Jesus? Quero dizer, *Jesus* mesmo?

Ele olha para mim.

– O que você acha?

– Marianne diz que não, mas não sei em que acreditar.

– Nikolaj, não posso provar nada. Você precisa acreditar em mim ou não.

Isso não resolve muita coisa, mas sinto meu corpo mais em paz por ele ter passado aqui. Desligo a televisão e volto a me deitar com Marianne. Aninho-me bem perto dela. De repente, não sinto mais medo do amanhã, porque amanhã é o dia em que tudo se ajeita. É também amanhã que Marianne vai morrer, mas hoje à noite ainda não sei disso.

No show

Mogens está no Palco da Bola. Ele fala do orgulho que sente e agradece ao público fenomenal que nos garantiu três dias fantásticos de sorrisos e bom humor. As pessoas aplaudem entusiasmadas a si próprias. Houve alguns errinhos aqui e ali por causa da grande quantidade de gente; as ruas se encheram de urina, a cerveja quase acabou na sexta-feira, mas felizmente conseguimos um reabastecimento de emergência. Mogens também agradece a todos os voluntários. Karen, obviamente, é a mulher do momento. Ela está ao lado dele e parece muito feliz. Abrimos juntos o festival e devemos encerrá-lo juntos, mas digo que não. Seria arriscado demais, tendo em vista que Silje sobe ao palco logo depois. Por esse motivo, estou bem no fundo junto com os membros da OTAN.

– Por último, mas não menos importante, quero agradecer especialmente a Nikolaj Okholm. Ele está sentado aqui, à minha direita. Não quis subir ao palco para evitar um estardalhaço, mas de nada vai adiantar. Queria que todos o aplaudissem nesse momento. Ele está bem ali.

Mogens aponta para onde acha que eu estou, mas nós nos afastamos uns cinquenta metros para termos uma visão melhor das coisas. Sou ovacionado com aplausos entusiasmados de cinco mil pessoas voltadas para o banco onde pensam que estou sentado. Eu também me viro e aplaudo na mesma direção.

Mogens agora pede silêncio. As pessoas se voltam para o palco de novo. Ele apresenta Silje como a herdeira musical de mamãe. Pedi para Mogens fazer a melhor propaganda possível, porque quanto mais elogios ele fizer, mais fácil será para Silje ganhar o público. Mogens diz que Silje compõe canções muito bonitas, dirigidas ao público em geral. Nós não ouvimos as músicas, mas supomos que sejam canções pop suaves. Por isso as primeiras filas estão todas tomadas por senhoras e famílias com crianças.

A banda entra no palco e Silje caminha até o microfone.

– Hoje vai ser diferente – diz Marianne.

Silje está no palco há dois segundos. Ainda não disse nenhuma palavra, sequer olhou para o público. Marianne apenas sabe.

– Dá para notar pelo jeito que ela anda.

Quero acreditar nela, mas não noto nada. Silje está olhando para o chão, alheia ao público, e geralmente ela se conecta com as pessoas assim que sobe no palco.

– Não percebo nada.

– Está diferente.

– De um jeito bom?

– Sim, está mais forte.

Marianne vê algo que não consigo ver. Ela vê obstinação onde eu vejo apenas medo.

– Olá, meu nome é Silje Kjær. Vocês me conhecem como vocalista da banda Grith Okholm Jam. Hoje não vamos cantar nada de Grith Okholm, mas sim canções minhas. Fui convidada para tocar nesse festival pelo meu ex-namorado, então se não gostarem do show, é ele que devem procurar.

Ela faz uma breve pausa e as pessoas gritam, entusiasmadas. É claro, formávamos um casal. As pessoas próximas olham para mim com largos sorrisos, e eu sorrio de volta, nervoso. Abraço Marianne com força, porque tenho certeza de que Silje está a ponto de contar toda a história.

– Vocês gostam dele, não é?

As pessoas gritam de novo. Alguns até gritam:

– Nikolaj é um Deus!

– Pois para mim ele é um sujeito escroto e imbecil.

Ela não diz mais nada e a música explode no mesmo instante. O público está paralisado, não só por causa das palavras que acabam de ouvir vindas de uma moça tão bacana, mas também porque a música em si é um choque. Silje grita e se contorce; a guitarra chia estridente e a bateria parece prestes a se despedaçar. As letras são violentas e brutais. Falam de morte, adultério, violência e calamidades. As famílias com crianças e as senhoras começam a sair; já a namoradinha de Torto pula empolgada de um lado para outro.

– Que ótimo! Parece P. J. Harvey no início da carreira – grita ela, dando saltos e levando Torto consigo. Eles abrem caminho até a frente do palco, seguidos por Bike e Jeppe.

Silje assusta um monte de gente, mas muitas outras permanecem, e estas estão completamente emocionadas. Elas formam um grande grupo na frente do palco e colidem felizes umas com as outras. Eu permaneço nos fundos junto com Marianne e Karen, que não demora a ir embora porque a música lhe deu dor de cabeça. Mogens se junta a mim com uma expressão confusa no rosto. Ele teme que esse seja um tremendo anticlímax para o festival.

– Você sabia que o tipo de música era esse?

– Não, é claro que não. Eu teria lhe contado se eu soubesse, não é? Eu acho interessante, as pessoas terão do que falar nos próximos dias.

– Tudo bem, eu não tinha pensado por esse lado. É uma coisa boa, então?

– Sim. Não temos de pisar somente em solo seguro.

Mogens ainda não se convenceu, mas, por ora, se dá por satisfeito. É somente quando as críticas do show de Silje se mostram extremamente positivas que ele se acalma e se orgulha do fato de Tarm ter sido seu grande trampolim.

Silje não fala muito entre as músicas. Em outras palavras, ela não conversa com o público, e ela costumava falar e se envolver muito com as pessoas. Faz parte da sua persona. Hoje é só a música no palco, e mesmo assim estão todos cativados. Preciso de um tempo até me acostumar à brutalidade do tom, mas a música tem muito vigor. Todos nós esperamos um final polido e tranquilo para o festival, e o que ganhamos é um soco no estômago. Talvez as senhoras tenham considerado um fracasso, mas eu não. É maravilhoso que Silje tenha finalmente encontrado sua própria voz, ainda que seja uma voz agressiva.

– Que energia intensa ela tem! Ela sempre foi assim? – pergunta Marianne.

– Não, ela era meiga mesmo quando ficava brava. Não me lembro de vê-la realmente com raiva de mim.

– Ela nunca gritou com você?

– Não, com certeza não do jeito que você grita. E você ainda me bate! – digo, dando-lhe um beijo na nuca.

Somos as únicas pessoas abraçadas assistindo ao show. Todas as outras pulam e se trombam. Tenho certeza de que Silje nos vê quando o campo começa a esvaziar. Tenho certeza de que ela crava o olhar em nós quando grita com mais fúria; digo mesmo que grita, não canta. Em determinado momento o público enlouquece com a fúria que emana de seus gritos.

Quando a última canção termina, Silje olha animada para o público, depois para mim. Não consigo acreditar que ela saia do palco sem exercer sua vingança. Há espaços vazios no meio do campo, mas bem na frente do palco há um grupo de rapazes e moças pedindo mais. Ela olha boquiaberta para eles, e tenho a impressão de que é isso que me salva. Ela não acredita que é aplaudida com tanta veemência. Seria muito brutal se contasse toda a verdade sobre mim. Ela não diz nada – sai do palco em silêncio e eu respiro aliviado. Marianne se vira e me dá um beijo para me tranquilizar. Sempre sei quando seus beijos são para me tranquilizar, pois ela se retrai um pouco.

– Vamos dar uma volta para você relaxar.

Só então percebo que, de tão tenso, eu a estava apertando demais contra mim.

Seguimos até ao bosque onde podemos ficar sozinhos. Estou feliz por encontrar Silje aqui em Tarm, porque se isso tivesse acontecido em Copenhague, eu teria perdido o ar e já estaria no chão. Sinto-me seguro e com medo ao mesmo tempo. Eu e Marianne passamos uma hora inteira sem dizer nada um para o outro. Não preciso dizer nada. Preciso apenas de Marianne ao meu lado para evitar que eu exploda.

Crítica do show publicada na revista Gaffa

Silje Kjær, Palco da Bola, Festival Grith Okholm
Ao vivo – Hans Henrik Fahrendorff

Ex-vocalista da banda Grith Okholm Jam é revelada como salvadora do punk rock dinamarquês no festival mais fofinho de toda a Dinamarca.

Como repórter da *Gaffa* durante o elogiadíssimo Festival Grith Okholm, assisti a uma pilha de bandas fazendo versões das mesmas músicas de Grith Okholm, além de uma série de estrelas dinamarquesas que já nos são velhas conhecidas, como Thomas Helmig, Poul Krebs, Peter Belli, Ivan Pedersen, Gnags, Sanne Salomonsen, TV-2. Pelo festival passaram praticamente todos os artistas pop que eram da cena musical dinamarquesa quando Grith Okholm estava viva. Alguns fizeram apresentações até interessantes, enquanto outros confiaram na própria reputação para repetir nada mais que o mesmo.

O festival foi realizado como tributo a Grith Okholm, criando uma atmosfera muito própria – fantástica para muitas pessoas, mas que em mim causou arrepios. Parecia uma seita onde todos precisavam ter os mesmos gostos. Por todos os lugares pairava a mesma sensação de conforto. Todos passeavam e se divertiam nas ruas com a mesma alegria estampada no rosto – não há nada de errado nisso, mas fiquei com a sensação de que qualquer comportamento fora dos padrões seria proibido, assim como era proibido não ser louco por Grith Okholm.

Particularmente, eu sempre considerei que ela era superestimada. Acho que ela tem apenas umas três ou quatro canções muito boas ("Hvad hjertet gemmer" se equipara ao melhor de Stevie Wonder), e não toda uma obra exemplar – um aglomerado de canções extremamente pop. Por causa de sua morte, no entanto, ela passou a ser idolatrada por uma quantidade cada vez maior de fãs, cuja concentração mais significativa está em Tarm, sua cidade natal.

Esse excesso de delicadeza acaba sendo sufocante – eu me senti claustrofóbico. Não via a hora de voltar para Aarhus e assistir a algo mais oblíquo e contundente. Mas antes disso eu precisava assistir ao último show: Silje Kjær, a aclamada ex-vocalista da Grith Okholm Jam. Ela havia sido promovida pelo festival como uma revelação sem precedentes – seu nome apareceu em destaque em todos os cartazes, além de propagandas em todos os jornais anunciando o show de estreia de suas

Fotografia: Martin Dam Kristensen

próprias composições. Eu, assim como a grande maioria, esperava uma réplica opaca de Grith Okholm. Pouquíssimas pessoas haviam ouvido suas canções, e eu não era uma delas. E como me equivoquei!

Ela é apresentada como herdeira musical de Grith Okholm, mas desta se distancia já na primeira nota. Silje Kjær é a verdadeira anti-Grith. Sua aparência pode ser formosa e delicada, mas sua música é rude e vulgar. Suas armas são simples, mas eficazes: canções intensas, bonitas e assustadoras, porém muito cativantes, com letras que falam abertamente sobre relações destrutivas, traição e violência – tudo cantado com uma fúria que ninguém associaria a uma cantora das músicas de Grith Okholm. A canção "Kæreste" talvez seja a melhor música já escrita em dinamarquês sobre uma relação destrutiva. Talvez se refira ao filho de Grith Okholm, Nikolaj, que idealizou e realizou o festival, com quem Silje namorou no passado e pelo qual não nutre mais nenhum afeto. Eu esperava uma overdose de delicadeza e ganhei o oposto: o show perigoso e intenso de uma artista original e fascinante. O melhor show a que assisti esse ano! Mal posso esperar pelo disco de estreia de Silje Kjær. A rainha está morta. Vida longa à rainha!

Muito obrigado pelo alarde, Festival Grith Okholm. Por fim, vocês me conquistaram.

O encontro com Silje

Batemos durante dez minutos na porta do ônibus antes que qualquer coisa aconteça. A porta se abre, mas não somos convidados para entrar. Em vez disso, Camilla coloca a cabeça para fora e diz:

– Ela precisa de mais dez minutos.

A porta é fechada e esperamos. Dez minutos se tornam trinta, e percebo que Marianne está pensando a mesma coisa que eu: estamos fazendo papel de idiota. Mas ela não diz nada; sua única preocupação é com meu bem-estar. Estamos parados no estacionamento onde todos nos veem, então as pessoas se aproximam, bêbadas e felizes, e berram coisas do tipo "Porra, Nikolaj, tivemos três dias fantásticos". Eu concordo educadamente com a cabeça, mas na verdade queria mesmo que me deixassem em paz. Finalmente, a porta se abre. Entramos apressados. O ar está pesado e desagradável, carregado de tensão. Talvez pareça estranho, mas sinto que é uma tensão sexual. Silje está sentada em um dos sofás no fundo do ônibus, que de repente me parece muito comprido, e chegar até ela parece ser uma longa jornada. Não sei como cumprimentá-la. Quase lhe dou um abraço, mas me detenho porque sei que é um gesto íntimo demais. Então estendo a mão, mas rapidamente a recolho, pois seria um gesto impessoal demais. Por fim resolvo acenar brevemente e dizer:

– Olá. É bom vê-la de novo.

Silje não responde. Ela simplesmente tira os olhos de mim e mira o chão. Sento-me diante dela. O ônibus tem uma decoração rock, com as janelas pintadas e móveis modernos. Marianne continua discretamente atrás de mim. Silje olha incomodada para ela, depois mira o chão novamente. No último momento, Silje pediu que Marianne não se aproximasse, e essa foi a única exigência que não cumprimos. Camilla limpa a garganta. Ela está ao lado de Silje e segura uma garrafa de vinho como arma.

– Tente qualquer gracinha e eu lhe dou uma garrafada, entendeu?

Tento sorrir para tranquilizá-la, mas interrompo o sorriso pela metade.

– Entendeu?

– Nós só vamos conversar.

Olho de novo para Silje, que rapidamente desvia o olhar para o chão. Ela está tremendo. Alguém bate na porta. É o motorista que quer entrar, mas o mandam embora. Quando ele sai, Silje respira fundo e finalmente diz alguma coisa:

– E então, gostou do show?

– Foi maravilhoso. Você arrasou!

– Muita gente foi embora.

– Sim. Ficaram em choque.

Ela quase sorri.

– Obrigada por me ajudar a fazer isso. Significa muito para mim.

– Por nada – respondo, sem conseguir esconder meu alívio.

Pela primeira vez, ela olha nos meus olhos. Eu sorrio aliviado, mas sinto que o olhar dela me penetra, e meu sorriso rapidamente se apaga. Ela não diz nada durante um longo tempo. Assim permanecemos em silêncio; estamos apenas sentados, olhando um para o outro. Quando o silêncio se torna opressor, eu digo:

– Sinto muito, Silje. Eu adoraria reparar o que fiz, mas não sei como.

Ela continua sem dizer nada.

– Silje, eu sinto muito.

– Eu sei que sente, Nikolaj – diz ela.

Quero sorrir para ela de novo, mas sua expressão não é favorável. Ela cria coragem e diz:

– Eu te amava tanto. Como pôde fazer aquilo?

Meu estômago começa a gritar furioso, mas consigo controlá-lo. Começo a suar. O ar está pesado. Desvio o olhar para os outros. Eles não estão suando. Marianne abre um sorriso para me tranquilizar. Ela nota que não estou bem e seu olhar acalma um pouco meu estômago, e então olho para Camilla, que parece ainda mais irada do que antes.

– Eu também te amava muito – murmuro.

– Então como pôde fazer aquilo?

– Não sei.

Ela precisa que eu responda, e procuro uma resposta que não a machuque tanto. Felizmente, alguém bate de novo na porta. Dessa vez é um grupo de adolescentes que querem falar com a estrela. São persistentes, então Marianne desce para acalmá-los. Estão bêbados e não entendem que precisam ir embora. A porta se abre e um deles passa correndo por Marianne. Ele vai direto em cima de Silje e a abraça, gritando que aquele foi o melhor show que já viu na vida. Silje simplesmente não tem energia para lidar com um adolescente bêbado, então eu me levanto para tirá-lo de lá. Camilla se aproxima num segundo. Ela balança a garrafa para mim como alerta e eu me sento de novo, balançando a cabeça para ela. Por sorte, o garoto pensa que ela o está ameaçando e sai correndo, pedindo desculpas.

Não dizemos nada até que ele saia e Marianne volte para o lugar onde estava.

– Eu tinha medo. Por isso fiz o que fiz.

Perdemos o fio e Silje não entende do que estou falando.

Respiro fundo e prossigo:

– Eu não merecia seu amor. Eu tinha medo, por isso bati em você.

Ela olha para baixo e diz, com a voz suave:

– Mas não é você que decide isso.

– Não entendi.

– Não é você que decide se merece ser amado.

Marianne chega mais perto de mim. Ela passa a mão nas minhas costas para me fazer relaxar. Eu me viro para ela e sorrio, agradecido. Meu sangue fervilha e sinto um calor estranho. Marianne sorri feliz para mim e quero gritar que eu a amo mais do que imaginava ser possível amar alguém. É claro, não faço isso porque a expressão de Silje tornou-se séria de um modo singular. Meu amor por Marianne é diferente do amor que eu sentia por Silje. Marianne me faz sentir que as coisas são do jeito que devem ser; será felicidade? Não pode ser, porque Silje ainda não está bem e meu estômago não para de doer. Olho para Silje e abro um sorriso largo e maravilhado, pois de repente já não sei mais se sou feliz ou não. Ela fica incomodada com meu sorriso, mas não consigo evitar.

Tento retomar a conversa e digo:

– Eu me sentia sufocado, e você piorava a sensação.

– Eu piorava? De que maneira? – diz ela, furiosa.

Parece injusto, mas é a verdade.

– Porque me assustava.

– E agora então você consegue respirar? Com ela? – diz Silje, apontando para Marianne.

Assinto, mesmo sabendo que isso não a deixará feliz. Falo para Silje dos meus amigos, de Jesus e do amor que existe na minha vida, mas ela não escuta; apenas olha para Marianne, que chega um pouco para trás com o intuito de parecer menos visível, mas Silje não se satisfaz.

– Silje?

– O quê?

– Você está escutando?

– Sim, você está falando de Jesus – responde ela, irritada.

Faço silêncio. Ela se levanta, vai até a geladeira e pega uma garrafa de Coca-Cola. Marianne abre espaço para ela passar. De repente estão bem próximas uma da outra. Silje solta a garrafa e parte para o ataque, mas sua mão apenas toca Marianne. Levanto-me num sobressalto. Silje tenta de novo acertar Marianne, que se esforça para manter Silje a distância. Ela não está com medo, porque a violência de Silje não assusta. Seguro Silje na tentativa de acalmá-la e fazê-la se sentar de novo – tudo é muito absurdo. Camilla entra em pânico, pois aparentemente eu estou atacando Silje. A garrafa de vinho passa zunindo pela minha cabeça. Estou em pânico absoluto.

– Só estou tentando acalmá-la! – grito eu, e solto Silje imediatamente.

Ela começa a gritar.

– Eu já te soltei! – grito mais uma vez, e de repente escuto um ruído esquisito atrás de mim, como se alguém tossisse embaixo d'água.

Eu me viro e vejo Marianne zonza. Ela solta muito sangue pela boca. Sinto como se estivesse parado observando-a há um longo tempo, pois agora tudo acontece com uma lentidão fora do comum. Minha respiração está lenta, meus movimentos estão lentos, meu pensamento está lento e o foco dos meus olhos também é lento. Silje bate com força nas minhas costas e grita:

– Nikolaj, faça alguma coisa! A garrafa bateu na cabeça dela!

E Marianne cai, solta mais uma porção de sangue e fecha os olhos. Está morta.

Tudo agora acontece rápido demais. Eu me jogo no chão, puxo seu corpo para perto de mim e começo a entoar, quase sem respirar:

– SALVE-A SALVE-A SALVE-A SALVE-A SALVE-A SALVE-A SALVE-A SALVE-A SALVE-A SALVE-A SALVE-A SALVE-A SALVE-A SALVE-A SALVE-A SALVE-A SALVE-A SALVE-A SALVE-A.

Camilla pede desculpas a gritos histéricos enquanto chama a ambulância. Do outro lado da linha, custam a entender seus gritos entrecortados: ônibus, sangue, ônibus, sangue, ônibus, sangue. Meu mundo é minúsculo nesse momento: somos só eu e Marianne. Por isso não noto que Silje está sentada ao meu lado, perplexa. Depois de algum tempo, ela começa a passar a mão nas minhas costas para me tranquilizar, exatamente como Marianne fazia antes, mas só consigo pensar na minha oração. Então ela tenta tirar meus braços de Marianne. Fala comigo primeiro com gentileza, depois com mais firmeza, porque não estou ouvindo; minha voz desesperada abafa todo o resto. Por fim ela me sacode violentamente.

– Nikolaj, você precisa soltá-la, assim ela não consegue respirar.

Olho confuso para ela, e depois olho para Marianne, que me olha de volta completamente grogue. Eu deveria soltá-la, mas em vez disso eu a abraço ainda mais. Nesse instante experimento uma sensação que nunca tive na vida: minha respiração está completamente desimpedida, pois não tenho mais um nó no estômago. Marianne está zonza e sangra, mas está viva. Eles dizem que o sangue foi porque mordeu a língua, e que a pancada a fez desmaiar, mas sei que não foi só isso: olho bem no fundo dos olhos dela e digo:

– Acho que estou feliz.

Ela não entende o que eu disse, porque ainda não voltou totalmente a si.

***

A ambulância chega para atender Marianne enquanto as pessoas se juntam em volta do ônibus. Silje diz aos paramédicos que Marianne foi atingida pela porta de um armário.

Saio descontrolado e também quero ir ao hospital, mas Silje me arranca da ambulância. Consigo beijar e beijar e beijar Marianne antes da ambulância partir, e repito "Acho que estou feliz". Ela sorri. Dessa vez ela entendeu, parcialmente. Tenta dizer algo, mas não consegue porque sua língua está inchada. Ela estende a mão para mim, mas Silje me puxa. A ambulância sai e eu fico para trás com Silje. De repente me dou conta de que Marianne se foi porque meu corpo começa a perder a tranquilidade. Olho ao redor.

– Onde ela está?

Silje me segura e me empurra na direção do ônibus.

– Onde está quem?

– Camilla.

Ela me empurra pelas escadas do ônibus e tranca a porta.

– Eu a mandei embora.

Minha vontade é de destroçar Camilla. Quero que ela sofra pelo que fez com minha Marianne, mas em vez disso, estou preso com Silje, que me olha. Por que ela está parada dessa forma na minha frente, olhando para mim com uma expressão atônita?

– Onde ela está? – murmuro, furioso.

– Eu não sei, Nikolaj.

Há uma guitarra na poltrona ao meu lado. Eu a pego e espero que Silje faça alguma coisa – como não faz nada, arrebento a guitarra no chão. O estrondo é grande e a guitarra se parte.

– Essa não era a guitarra de Camilla – diz Silje.

Alguém bate na porta e pergunta:

– Está tudo bem aí dentro?

– Sim, está tudo bem. – diz Silje. – Deixe-nos sozinhos, por favor.

Continuo irritado, bufando de ódio.

– Eu vou sair agora e vou encontrá-la – digo, mas Silje entra na minha frente.

– Não, Nikolaj, você vai ficar aqui comigo.

O ar está estranhamente denso de novo, e tenho uma fúria enorme dentro de mim que precisa ser liberada.

– Por que me olha desse jeito?

Não entendo, mas os olhos dela me desafiam. Ela não diz nada. Estamos bem próximos um do outro e a mão dela encosta na minha coxa. Do nada sinto uma cãibra na panturrilha e me abaixo para massageá-la. Ela ri.

– Do que você está rindo?

– Você ainda sente aquelas cãibras?

Balanço a cabeça, o que a faz esticar o braço para mim em tom de gozação. Irritado, seguro Silje com firmeza. Ela se assusta e contrai o corpo, e eu a solto no mesmo instante.

– Não me toque, Silje. Não agora!

Preciso sair. Não posso ficar preso aqui com Silje, mas ela tem de sair do meu caminho.

– Eu quero sair.

– Não posso deixá-lo fazer isso, Nikolaj. Quero que fique aqui comigo.

Estamos a apenas um centímetro de distância um do outro: entre nós, o ar pesado. Estou suando de novo. Ela olha fixo nos meus olhos e eu dou alguns passos para trás, mas ela se aproxima. Não tenho mais para onde fugir. Ela espera que eu faça alguma coisa. Estou prestes a explodir. A distância entre nós é a menor possível sem que nos toquemos. Ela brinca comigo, e é algo sexual.

– Silje, saia da minha frente – mas ela não sai e eu não suporto mais.

Ponho a mão esquerda por trás de sua nuca, puxo seu rosto para bem perto de mim, beijo-a com força e enfio a mão direita dentro de sua calça. Tento penetrá-la com o dedo, mas não consigo: ela fecha as pernas com toda força. Ela não quer, por isso a solto.

– Desculpe, achei que você queria. Não devia ter feito isso, eu amo Marianne.

Silje não parece assustada. Está apenas parada na minha frente com as calças semiarreadas.

Sinto nojo de mim mesmo. Ela não diz nada. De novo quero sair, mas ela continua no caminho. Não sinto mais raiva. Sinto vergonha e medo.

– Por favor, Silje, me deixe sair – imploro.

Ela nega com a cabeça. É quando ela se vira, abaixa as calças, se agarra às duas fileiras de bancos e inclina o corpo para frente. Estou confuso e ofegante. Diante de mim, ela empina o traseiro e impede minha passagem. Chego mais perto, depois me afasto, até que por fim me aproximo de novo, ponho para fora e a penetro. Invisto sobre ela com toda minha força; ela faz silêncio absoluto. Quando gozo – e gozo bem rápido –, ela me empurra de uma só vez. Caio no chão ajoelhado enquanto ela levanta as calças. Sinto-me sujo e asqueroso. Ela passa por mim e se senta no sofá, dando um suspiro profundo. Olha para mim com espanto, ainda no chão com a calça arriada. Ela começa a rir de novo.

– Nikolaj, pelo amor de Deus, vista suas calças! Me dá nervoso ver você assim, com a bunda de fora.

Visto as calças de novo e me levanto. Tenho medo de olhar para ela, então viro os olhos para o chão.

– Não precisa ter medo. Não vai acontecer nada de ruim com você.

– Posso ir embora agora?

– Sim, vá se encontrar com Marianne.

Ela se levanta do sofá e passa por mim. Encolho o corpo com medo até que ela abra a porta do ônibus. Saio correndo, mas antes que ela feche a porta, dou meia-volta e olho para ela.

– Não entendo.

Ela simplesmente fecha a porta e eu dou de cara com Nadja Jessen do *SkjernTarm*, que agora quer saber o que eu não entendo.

O ônibus parte meia hora depois.

Marianne e eu

Tenho pavor de ir para casa e demoro um bom tempo antes de começar a caminhar até a Poppelvej. Encontro no caminho pessoas felizes e intoxicadas, aproveitando ao máximo as últimas festas antes que Tarm volte ao normal. Ainda não decidi o que direi a Marianne quando chegar em casa. Felizmente, ela ainda não voltou da emergência, e vou direto para o chuveiro. Enquanto tomo banho, ela chega em casa. Tenta me chamar, mas grito de volta que estou no chuveiro. Ela entra no banheiro e puxa a cortina para me ver. Sua língua está inchada e ela parece uma retardada, parada me olhando com a boca semiaberta porque a língua não lhe cabe.

– Como você está? – pergunto.

– Levei alguns pontos na língua – balbucia, depois coloca a língua para fora, mostrando-me os pontos. Está horrível, parece que a língua foi quase arrancada. Tenho que fazer um esforço sobre-humano para entender o que ela diz. Ela entra ainda vestida no chuveiro e me abraça, encostando a cabeça nas minhas costas.

– De verdade que você já pode ser feliz, Nikolaj?

Ela quase não consegue dizer a frase, mas não só por causa da língua. Acho que já posso ser feliz porque meu estômago não dói, mas não respondo que sim. Digo:

– Estive com Silje.

Ela demora uns dez segundos para entender o que quero dizer com "estive com Silje". Ela me solta. Espero sua reação e ela começa a bater nas minhas costas. POW. E continua me batendo até que minhas costas ficam todas marcadas. Aceito cada pancada em silêncio, até que ela para de me bater.

– Que estúpido você é! – balbucia ela, e me deixa sozinho.

Permaneço no chuveiro. Consigo escutá-la chutando portas e derrubando móveis, e de repente não ouço mais nada, mesmo que preste muita atenção. Desligo o chuveiro, me seco e continuo hesitando até criar coragem para sair do banheiro. Espero que ela ainda esteja aqui.

Este livro foi composto com tipografia Electra e impresso
em papel Pólen Bold 70 g/m² na Gráfica EGB.